ATÉ O FIM DO MUNDO

Tommy Wallach

ATÉ O FIM DO MUNDO

Tradução
Silvia M. C. Rezende

1ª edição
Rio de Janeiro-RJ / Campinas-SP, 2016

VERUS
EDITORA

Editora
Raïssa Castro

Coordenadora editorial
Ana Paula Gomes

Copidesque
Lígia Alves

Revisão
Cleide Salme

Capa, projeto gráfico e diagramação
André S. Tavares da Silva

Fotos da capa
Morgan DDL/Shutterstock (jovens abraçados)
solarseven/Thinkstock (cometa)

Título original
We All Looked Up

ISBN: 978-85-7686-492-9

Copyright © Tommy Wallach, 2015
Todos os direitos reservados.
Edição publicada mediante acordo com Simon & Schuster Books For Young Readers, selo da Simon & Schuster Children's Publishing Division.

Tradução © Verus Editora, 2016
Direitos reservados em língua portuguesa, no Brasil, por Verus Editora. Nenhuma parte desta obra pode ser reproduzida ou transmitida por qualquer forma e/ou quaisquer meios (eletrônico ou mecânico, incluindo fotocópia e gravação) ou arquivada em qualquer sistema ou banco de dados sem permissão escrita da editora.

Verus Editora Ltda.
Rua Benedicto Aristides Ribeiro, 41, Jd. Santa Genebra II, Campinas/SP, 13084-753
Fone/Fax: (19) 3249-0001 | www.veruseditora.com.br

CIP-BRASIL. CATALOGAÇÃO NA FONTE
SINDICATO NACIONAL DOS EDITORES DE LIVROS, RJ

W179a

Wallach, Tommy
    Até o fim do mundo / Tommy Wallach ; tradução Silvia M. C. Rezende. - 1. ed. - Campinas, SP : Verus, 2016.
    23 cm.

    Tradução de: We all looked up
    ISBN 978-85-7686-492-9

    1. Romance americano. I. Rezende, Silvia M. C. II. Título.

16-37107
CDD: 813
CDU: 821.111(73)-3

Revisado conforme o novo acordo ortográfico

Para minha mãe,
por uma vida inteira de apoio,
aconselhamento e inspiração

And the meteorite's just what causes the light
And the meteor's how it's perceived
And the meteoroid's a bone thrown from the void
That lies quiet in offering to thee

You came and lay a cold compress upon the mess I'm in
Threw the window wide and cried, Amen! Amen! Amen!*
— Joanna Newsom, "Emily"

---

* "E o meteorito não passa de uma fonte de luz/ E o meteoro é o que vemos/ E o meteoroide é um osso arremessado do vácuo/ Que vaga tranquilo como uma oferenda a ti.// Você apareceu e aplacou a minha confusão/ Escancarou a janela e gritou: Amém! Amém! Amém!"

PETER

— Não é o fim do mundo — disse Stacy.

Peter baixou os olhos. Seu olhar vagava perdido no céu, enquanto ele repassava mentalmente a conversa rápida que tivera com o sr. McArthur, sem saber ao certo o que fazer com aquilo.

— O quê?

— Eu disse que não é o fim do mundo. Uma pessoa não gosta de você. E daí?

— Você acha mesmo que ele não gosta de mim?

Stacy bufou. Eles estavam falando disso fazia quinze minutos, o que, de acordo com a experiência de Peter, era aproximadamente catorze minutos a mais do que a sua namorada gostava de falar sobre temas mais sérios.

— Sei lá. Talvez ele esteja com inveja de você ou algo assim.

— Por que ele teria inveja de mim?

— Porque, hum... — Ela jogou o cabelo para um lado, em seguida de volta para o mesmo lugar. Peter nunca entendeu por que Stacy tinha mania de fazer aquilo; talvez tivesse visto em algum comercial de xampu ou coisa parecida. Seu cabelo era de fato muito bonito. Além de ser comprido, castanho, sedoso e brilhante como o tecido sintético de uma camiseta de basquete, ainda seria forte candidato ao mais bonito da escola quando chegasse a época do álbum de formatura. — Você tem muito potencial, sabe?

Uma vida inteira pela frente. Já ele está preso nesta porcaria de escola, ensinando a mesma baboseira de história ano após ano. Se eu tivesse que fazer o que ele faz todo ano, provavelmente acabaria me enforcando dentro do almoxarifado.

— Acho que sim.

Isso nunca tinha passado pela sua cabeça, que um professor pudesse ter inveja de um aluno. Quando era criança, Peter achava que, no momento em se atinge uma determinada idade, alguém vem e lhe dá todo o conhecimento necessário para você se transformar em adulto. Mas ele acabou descobrindo que não é bem assim que funciona. Recentemente, o pai de Peter confessara que, mesmo aos cinquenta e dois anos, às vezes se sentia com vinte e quatro, com uma vida inteira pela frente, intocada igual a um jantar de Ação de Graças. Esse era apenas um dos mistérios do envelhecimento, além da calvície masculina, crises de meia-idade e disfunção erétil. Claro que o único caminho para passar por cima de tudo isso, evitar perder a boa aparência física, os dentes, o cabelo e finalmente o juízo, era bater as botas, opção que *ninguém* queria.

O sr. McArthur era careca. Talvez tivesse disfunção erétil também. Sério, que direito Peter tinha de ficar bravo com um professor de história de meia-idade do ensino médio, com a vida boa que tinha? Em seus três anos e meio na Hamilton, ele tinha sido convidado quatro vezes para o time de basquete. Tinha disputado o campeonato estadual duas vezes e o nacional, uma. Tinha perdido a virgindade com Stacy, ganhado um Jeep animal no seu aniversário de dezesseis anos, tomado todas e se acabado em umas cem festas incríveis. Agora ele estava com dezoito. No outono, partiria para a ensolarada Califórnia (tecnicamente, as cartas de admissão só começariam a chegar em março, mas o departamento esportivo de Stanford garantiu que ele já estava dentro). Fala sério, a vida na faculdade prometia. Morando em uma república, jogando basquete pelo país afora, festas todo fim de semana com o pessoal do time e os caras da república. Stacy com certeza entraria na Universidade Estadual de San Francisco, e assim eles poderiam ficar juntos o tempo todo. Se desse sorte, ele acabaria virando jogador profissional, ou então técnico ou algo assim, e ele e Stacy se casariam e teriam filhos e iriam para Baja ou Tijuana nas férias de Natal e comprariam uma casa de verão espetacular no lago Chelan, com banheira de hidromassagem e tudo. Era assim que a vida deveria ser, certo? Cada vez melhor?

Mas Peter sabia que não era bem assim para todo mundo; ele assistia aos noticiários (ou dava umas olhadinhas enquanto seus pais assistiam). Pessoas passavam fome. Pessoas perdiam o emprego e depois a casa. Pessoas enfrentavam doenças devastadoras e divórcios complicados, e seus filhos se metiam em acidentes de moto e acabavam em cadeiras de rodas. Talvez a vida do sr. McArthur tivesse piorado desde o ensino médio. Talvez ele realmente *estivesse* com inveja.

Se não era o caso, que diabos ele estava tentando provar durante a aula?

— Para de se preocupar com isso, amor. — Stacy deu um beijo em seu rosto. — Se eu fosse esquentar cada vez que alguém não gosta de mim, eu ficaria, hum... — Ela pensou por alguns segundos, então encolheu os ombros. — Sei lá. Eu ia pirar.

— É. Você tem razão.

— Claro que tenho. E também estou *morrendo* de fome. Vamos.

Era dia de isca de frango à milanesa no refeitório, tradicionalmente um dia feliz (pois a isca de frango da Hamilton era muito boa). Peter lotou a bandeja com duas caixinhas de papel cheias, um Gatorade de limão, um pudim de chocolate, uma maçã, uma barra de cereal e uma tigelinha de salada de alface murcha com cenoura ralada. Em seguida, cruzou o refeitório, de olho no cabelo recém-tingido da sua irmã mais nova (parecia que um duende tinha vomitado e morrido na pia do banheiro que eles dividiam). Ela estava almoçando com aquele namorado esquisito, naquela mesa de esquisitões. Peter ainda se lembrava da sua irmã sentada ao seu lado no sofá da sala, brincando de Lego, antes de se transformar em uma criatura feminina indecifrável.

— Cara, você está bem? — Peter olhou para a mão do seu melhor amigo, Cartier Stoffler. — Já comi umas três iscas de frango suas.

— Está tudo certo, foi mal. O meu dia está estranho. Foi um negócio que um professor falou.

— Você se meteu em encrenca?

— Não é isso. É difícil explicar.

— Sabe qual é o meu truque com os professores? Nunca ligue para o que eles falam.

— Brilhante.

— Foi assim que eu cheguei até aqui — ele disse e então enfiou um pedaço de frango na boca.

Peter riu do modo mais convincente que conseguiu. Cartier quase sempre conseguia levantar seu astral, mas nesse dia não adiantou. A pergunta do sr. McArthur tinha criado um buraco negro que sugou tudo de bom ao seu redor. Ou pior: tinha feito tudo ao redor parecer uma merda. Por exemplo, era uma merda o fato de o ensino médio estar quase acabando. E era uma merda enorme que Cartier tivesse se inscrito na Universidade Estadual de Washington para aprender a fazer cerveja em vez de tentar entrar em alguma da Califórnia. Eles eram amigos desde o primeiro dia de aula do ensino médio, tão inseparáveis que o treinador Duggie tinha apelidado os dois de Oreo (Cartier, apesar de ser negro, insistia que era o recheio, por causa do seu jeitinho doce de ser). Eles dividiram a primeira garrafa de cerveja, o primeiro baseado, as respostas das lições de casa e até mesmo, durante algumas semanas no primeiro ano, Amy Preston, que acabou convencendo os dois de que era perfeitamente normal para uma garota ter dois namorados ao mesmo tempo. Claro que haveria os feriados — Ação de Graças, Natal e as longas férias de verão —, mas não ia ser a mesma coisa. Eles já não andavam juntos como antes. A parte mais dolorosa de tudo isso não era que eles não seriam mais amigos, e sim que nem iriam se importar com isso.

Se nem mesmo ele e Cartier conseguiriam se manter unidos, quem poderia garantir que ele não se separaria de Stacy também? Peter passaria todos os fins de semana jogando em outras cidades, e ela ficaria sozinha. Será que Stacy se manteria fiel? Será que ele se manteria fiel? Será que dali a quatro anos estes últimos quatro anos teriam a mesma importância de agora?

Os pensamentos sombrios não saíram de sua cabeça durante o almoço, mas depois vieram química e pré-cálculo, seguidos de duas horas exaustivas de educação física, correndo em fila indiana sem pensar e fazendo exercícios instintivamente. Foi só no vapor do chuveiro do vestiário que ele teve tempo para refletir de novo. E lá estava a pergunta do sr. McArthur —

"Seria isso uma vitória pírrica?" —, que não saía de sua cabeça, tipo aquelas músicas-chiclete de que a gente só sabe o refrão.

Ele poderia dar uma passada no departamento de história. Se o sr. McArthur já tivesse encerrado o expediente, então seria o fim dessa situação. Caso contrário, bom, pelo menos Peter conseguiria tirar a música idiota da cabeça.

⁂

Era a última semana de janeiro em Seattle, o que significava dias traiçoeiramente mais curtos. A gente entrava no ginásio com a maior claridade e, quando saía, o sol se escondia tão rápido atrás do horizonte que até parecia estar fugindo de alguma coisa. Peter saiu do vestiário depois das seis, e só restava um brilho vermelho no horizonte. Fechou o zíper da jaqueta North Face e enfiou as mãos nos bolsos forrados de lã de carneiro. Sua mãe tinha lhe dado luvas de couro no Natal, mas ele parou de usá-las depois que Stacy disse que elas o deixavam parecido com aqueles sujeitos que convidam criancinhas para ver os pirulitos que eles têm guardados na van. Os únicos alunos que ainda circulavam pelo campus eram aqueles que orbitavam nos extremos do espectro trabalho/diversão: os que gostavam de estudar até tarde na biblioteca e a turma folgada do skate, que não tinha nenhum lugar melhor para ir. Dava para ouvir o barulho das rodinhas de dentro do Bliss Hall, o prédio onde ficava o departamento de história.

Peter bateu na porta do sr. McArthur, na esperança de que ninguém atendesse.

— Pode entrar.

A sala era tão apertada que a porta parou em um banquinho no canto, e Peter teve de se espremer no vão que restou. O sr. McArthur estava sozinho — seus dois companheiros de sala provavelmente já tinham ido embora —, sentado em uma cadeira de plástico marrom diante de uma mesa estreita com uma pilha de trabalhos para corrigir. Peter não confiava muito em sua habilidade para adivinhar a idade de pessoas entre vinte e cinco e sessenta anos, mas calculava que o sr. McArthur tivesse uns quarenta e tantos; a testa exibia algumas rugas permanentes, que o faziam parecer mais preocupado que velho. Ele era popular entre os alunos, simpático sem ser invasivo. Peter sempre gostara dele — até hoje.

— Olá, sr. Roeslin. Fique à vontade.

— Obrigado.

Peter se sentou em um sofazinho. Havia um coelho de pelúcia velho jogado de cabeça para baixo em cima de uma das almofadas. Com o tempo, suas partes cor-de-rosa tinham se tornado cinza. O sr. McArthur escreveu B+ no trabalho que estava corrigindo e circulou duas vezes a nota. Ele não usava a típica caneta hidrográfica, e sim alguma coisa mais fina e elegante, com a ponta de metal em formato de diamante. Fechou a caneta e a colocou de lado.

— Em que posso ajudar?

Na verdade, Peter não tinha pensado no que ia dizer, e agora as possibilidades escapavam de sua mente, caindo umas por cima das outras, feito uma linha de defesa desmoronando com o ataque do time adversário.

— Eu só queria... Sabe aquela conversa que tivemos hoje? O senhor me fez aquela pergunta sobre ser uma estrela do esporte ou algo assim, e nós estávamos falando sobre as coisas que eu faço, lembra? Ou que eu devia fazer. Quer dizer, acho que era isso. O senhor sabe do que eu estou falando?

— Acho que sim — respondeu o sr. McArthur, com um sorriso paciente.

Peter acariciou distraidamente o coelho de pelúcia, tentando lembrar exatamente o que tinha acontecido. Eles estavam estudando a origem da expressão "vitória pírrica", que é da época dos romanos e significa que a gente pode vencer uma coisa, tipo uma batalha, mas, para vencer, perde tanto que no fim das contas acaba não ganhando nada. O sr. McArthur perguntou à classe se alguém poderia dar um exemplo da vida real. Como ninguém respondia, Peter levantou a mão e disse que, se a gente ganha um jogo de basquete ou de futebol ou algo assim, mas o melhor jogador do time acaba se machucando, isso seria um exemplo. O sr. McArthur assentiu, mas em seguida encarou Peter com aquela sua combinação de olhar intenso e testa franzida e falou:

— Digamos que você tenha sido uma estrela do esporte, que ganhou muito dinheiro, comprou casas enormes e dirigiu carrões. Mas, quando o seu tempo de estrelato chegou ao fim, você acabou infeliz porque não sabia qual era o sentido da vida que levou. Isso seria uma vitória pírrica?

Ele deixou a pergunta pairando no ar, como a bola de basquete na cesta de três pontos. Então Andy Rowen se intrometeu:

— Eu teria feito tudo do mesmo jeito. — A classe inteira caiu na risada e o assunto mudou para César.

Só que Peter não conseguia parar de pensar que o sr. McArthur provavelmente estava certo: isso *seria* uma vitória pírrica. Depois que os tempos de glória tivessem ficado para trás, e você estivesse no seu leito de morte, visualizando o filminho da sua vida, não seria deprimente pensar que tinha desperdiçado os seus melhores anos *jogando*?

Era esse o pensamento que vinha atormentando Peter ao longo das últimas seis horas, apesar de ele não saber direito como expressar isso em palavras. Ainda bem que o sr. McArthur finalmente o socorreu.

— Peter, desculpe se pareceu que eu estava te criticando. Eu gosto de você. E já vi uma porção de garotos populares nesta escola. Eu estava me referindo àqueles no topo da pirâmide. A maioria deixa isso subir à cabeça, mas não acho que seja o seu caso.

Sem graça diante do elogio, Peter olhou na direção da parede, onde ainda havia um calendário do Advento pendurado. Os bolsinhos da contagem regressiva até o Natal estavam vazios. Ele esperava ouvir um sermão do sr. McArthur, não uma descrição das suas qualidades.

— Pode ser.

— A maioria dos garotos não teria pensado duas vezes no que eu falei. Por que você acha que isso te marcou tanto?

— Não sei.

— Então vou te fazer uma pergunta: o que torna um livro muito bom?

— Eu não leio muito. Quer dizer, além dos que a escola pede.

— Então eu vou te contar. Os melhores livros não tratam de coisas em que a gente nunca pensou antes. Eles tratam de coisas que você sempre pensou, mas que não imaginava que alguém mais tivesse pensado também. A gente lê e de repente passa a se sentir um pouco menos sozinho no mundo. Você passa a fazer parte de uma comunidade cósmica de pessoas que pensam sobre essa coisa, seja lá o que for. Acho que foi isso que aconteceu com você hoje. O medo de desperdiçar o seu futuro já estava na sua cabeça. Eu só salientei isso para você.

Alguma coisa vibrou dentro de Peter.

— Talvez.

— É bom se preocupar em ter uma vida que faça sentido, Peter. Você é religioso?

— Acho que sim. Quer dizer, eu acredito em Deus e tal.

— Isso faz parte, também. A religião nada mais é do que buscar um sentido para si mesmo. Desculpe se isso é muito pessoal, mas você já perdeu alguém? Quer dizer, alguém muito próximo.

— Sim — disse Peter, surpreso com a intuição aguçada do sr. McArthur. — O meu irmão mais velho, há uns dois anos. Por quê?

— O meu pai morreu quando eu era muito novo. Isso me obrigou a enfrentar algumas coisas que muitos dos meus colegas tiveram o luxo de ignorar. As grandes perguntas. É familiar para você?

— Não tenho certeza.

O sr. McArthur fez uma pausa, esperando para ver se Peter ia dizer algo mais, então contraiu as sobrancelhas grossas.

— O que eu estou querendo dizer, Peter, é que você é uma daquelas pessoas que foram abençoadas não apenas com talento, mas com autoconsciência. Isso significa que você tem o privilégio de escolher o que deseja fazer da vida, em vez de deixar que a vida escolha por você. Mas ter esse poder, o poder da escolha, pode ser uma faca de dois gumes. Você pode escolher errado.

— Como a gente sabe que está escolhendo errado?

— Me responda uma coisa: você acha melhor fracassar em algo importante ou ter sucesso em algo sem importância?

Peter respondeu antes de se dar conta do que estava dizendo:

— Fracassar em algo importante.

As implicações da sua resposta o atingiram como uma cotovelada no peito.

O sr. McArthur riu.

— Você parece apavorado!

— Bom, o senhor está dizendo que eu devia parar de fazer a única coisa que faço bem.

— Não. Não estou dizendo para você parar. Estou dizendo para *avaliar*. Estou pedindo para você *escolher*. Você pode ignorar tudo o que eu falei hoje, se quiser.

— Posso?

— Suponho que dependa do tipo de homem que você quer ser. — O sr. McArthur se levantou e estendeu a mão. — Tenho certeza que você vai descobrir. Venha conversar comigo quando quiser.

Peter também se levantou. Ele era alguns centímetros mais alto que o professor, mas nunca havia se sentido tão pequeno. Eles trocaram um aperto de mãos. Quando Peter estava saindo, o sr. McArthur o chamou.

— Peter.

— Sim?

— O coelho.

Peter baixou os olhos. Ele estava apertando tanto o velho bichinho de pelúcia na mão esquerda que a cara do animal estava achatada.

— Desculpe — disse Peter, e jogou o coelho de volta sobre o sofá.

Do lado de fora, a escuridão já tinha tomado conta. Peter se sentia uma pessoa diferente; todas as suas certezas tinham ido embora com a luz do dia. Tudo estava tão perfeito que de repente o céu parecia estranho: contrastando com o fundo cor de berinjela, brilhava uma única estrela, azul feito uma safira, como se fosse uma partícula de tarde que alguém tinha esquecido de apagar.

Peter ouvir o estalo de uma porta se abrindo. Alguém estava saindo do prédio de artes, um redemoinho de cachecol multicolorido que ele sabia que ela mesma tinha tricotado — Eliza Olivi. Era a primeira vez em quase um ano que eles se viam sozinhos. E isso estava acontecendo justamente hoje, quando poderia ter acontecido em qualquer outro dia. Como as pessoas chamam esse tipo de situação? Serendipidade?

— Eliza — ele chamou. — Está vendo aquela estrela? Que louco, né?

Apesar de muito provavelmente ter ouvido, ela continuou andando.

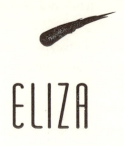

ELIZA

Tudo começou um ano atrás.

Eliza tinha ficado trabalhando até tarde no laboratório fotográfico, como sempre. Ela passava a maior parte do seu tempo livre lá, sozinha com seus pensamentos, suas músicas preferidas e sua Exakta VX vintage (um presente de despedida às avessas que ela ganhou quando a mãe se mudou para o Havaí com o namorado, algumas semanas depois do aniversário de catorze anos de Eliza). Era a mesma câmera que James Stewart usava no filme *Janela indiscreta*, com as laterais revestidas de couro preto e uma faixa central de aço escovado. Os seletores de função eram rudimentares, com mecanismos que faziam um barulhinho legal quando girados. Eliza sempre carregava a câmera em um bolso lateral da mochila, para que estivesse à mão em caso de emergência. Rápida no gatilho, igual a um caubói com um revólver de seis tiros, ela estava sempre pronta para capturar qualquer imagem fugaz.

Para Eliza, a fotografia era a melhor forma de expressão artística, um misto de junk food e cozinha gourmet: você pode tirar um monte de fotos em algumas horas e depois passar um monte de horas melhorando algumas delas. Ela adorava o fato de aquilo começar como um ato espontâneo e depois se transformar em uma série sistemática de operações organizadas, ordenadas e definidas: misturar os ingredientes para os banhos químicos, revelar os negativos, escolher as melhores fotos, observar as imagens surgindo no papel branco, como um tipo de lavanderia ao contrário — uma série de lençóis limpos ondulantes que vão se manchando lentamente, depois ficam pendurados até as manchas se fixarem para sempre. Para completar, havia o cenário crepuscular e sombrio, tudo perfeitamente calibrado para estimular a criatividade: desde o brilho da luz vermelha no quarto escuro até a poça rasa onde as fotos boiavam como folhas mortas na superfície de um lago. Quando não havia ninguém por perto, ela colocava o celular no dock e punha Radiohead ou Mazzy Star bem alto, o suficiente para fazer o quartinho tremer e o mundo lá fora se apagar. Quando ficava imersa naquele casulo de som e luz vermelha, Eliza imaginava que era a última pessoa na Terra. Foi por isso que ela levou o maior susto quando alguém tocou suavemente seu ombro enquanto ela observava a revelação de uma foto dar seu primeiro sinal de beleza.

Eliza se virou com uma mão para cima, como se estivesse espantando um mosquito. Um garoto se abaixou, com a mão no rosto.

— Ai! — ele exclamou.

Ela correu até o dock e baixou o volume da música. O garoto chacoalhou a cabeça, erguendo-se em toda a sua altura. Eliza ficou irritada quando o reconheceu, do mesmo jeito que ficamos quando, mesmo sem querer, lembramos o nome dos atores de Hollywood nas capas de revistas, apesar de desprezarmos tudo o que eles representam. Era Peter Roeslin, um dos jogadores do time de basquete da Hamilton.

— Você me assustou — disse ela, irritada com ele por tê-la feito dar o tapa.

— Desculpa.

Ele ficou parado na penumbra, alto e magro, parecendo a silhueta de uma árvore morta.

— Ei, o que são essas coisas? — ele perguntou, ao ver os papéis secando no varal.

— Fotos. Posso te ajudar em alguma coisa?

Ele captou a indireta.

— Ah, só com a música. Nós estamos fazendo uma reunião lá em cima. Do conselho estudantil. — Ele se aproximou de uma das imagens. — São fotos de quê?

— Nada específico.

— Eu sou péssimo em arte. Morro de inveja de pessoas como você.

— Humm, obrigada.

— Por que são todas em preto e branco?

— Por que você quer saber?

— Sei lá. Só estou interessado. Desculpa.

Ela se sentiu mal por ter sido tão ríspida.

— Tudo bem. É que é difícil explicar. Acho que as fotos em preto e branco são mais honestas. As cores não têm... integridade. — Foi a melhor maneira que ela encontrou de se expressar em palavras. Para responder de verdade, ela teria que mostrar para ele que as partes pretas em uma foto colorida sempre parecem tingidas de vermelho ou salpicadas de amarelo. Que as partes brancas são creme. Que as partes cinza são sempre contaminadas pelo azul. Eliza sempre achou que a ficção descreve a realidade melhor que a não ficção (pelo menos a realidade *dela*); do mesmo modo, fotografias em preto e branco espelhavam o mundo do modo como ela o via, de maneira muito mais fiel que as coloridas. Às vezes ela até sonhava em preto e branco.

— Olha esse menino — disse Peter, apontando para um dos retratos. — Coitado!

— É, ele é incrível.

A fotografia que Peter apontava era por acaso uma de suas preferidas. Tinha sido tirada em uma escola particular de ensino fundamental, que ficava a alguns quarteirões da Hamilton. Eliza estava passando pela rua justamente quando as crianças tentavam se organizar em ordem alfabética para uma simulação de incêndio, até que um garoto chamou sua atenção. Ele era menor que os outros e se vestia como se fosse uns dez anos mais velho: calça de sarja com vinco e camisa abotoada até o pescoço com uma gravatinha-borboleta vermelha — uma roupa que não seria descolada mesmo se ele *fosse* dez anos mais velho. Toda escola tem uma criança igual àquela. Ele estava no meio da fila, exatamente onde deveria estar — um ponto fixo —, enquanto os outros alunos se acotovelavam, barulhentos, nas duas extremidades. Era possível antever os difíceis anos de adolescência que ele teria pela frente, um campo minado cheio de rejeições desconcertantes nos bailinhos e noites de sexta solitárias. Ele estava preso à sua criação. Condenado.

— Às vezes eu me sinto igual a esse garoto — Peter comentou.

— Tá brincando. De que jeito você seria igual a ele?

— Sendo certinho. Sendo bom. Sabe?

— E o que você faria se não tivesse que ser bonzinho o tempo todo?

Ela não quis que soasse como paquera, mas o clima do quarto escuro era pura paquera. Peter baixou os olhos, e Eliza sentiu a pulsação acelerar. Que loucura. Ela não sabia nada sobre ele. Claro que, de um ponto de vista totalmente objetivo, ele era bonito, mas ela sempre preferiu os tipos rebeldes metidos a artista — aqueles que já tinham feito a primeira tatuagem e ainda estariam grafitando muros aos vinte e um anos. Pelo menos na sua cabeça, era isso que ela preferia. Na verdade, Eliza nunca tinha namorado sério, e acabou perdendo a virgindade quase que por acidente em um acampamento de verão para futuros artistas, com um carinha gótico pálido que só pintava flores murchas. Mas ali, na penumbra avermelhada artificial, a centímetros de um desconhecido bonito que por acaso fazia parte da realeza da Hamilton, ela sentiu uma pontada de desejo, ou pelo menos o desejo de ser desejada.

— Não sei — ele respondeu baixinho. — Às vezes eu me canso disso. De treinar todo dia. De fazer a lição de casa pra passar de ano. De tentar me entender com a minha namorada.

Eliza se lembrou da tal namorada. Stacy alguma coisa.

— Eu sei quem é. Uma morena, né? Mais maquiagem que rosto?

Peter riu, e, apesar da escuridão, Eliza percebeu o momento em que ele se deu conta de que não deveria estar rindo. O garoto se distraiu olhando novamente para as fotos.

— Eu queria saber fazer umas coisas assim. Eu queria...

— O quê?

Os olhos deles estavam avermelhados sob a luz do laboratório. Muito próximos. Ele passou um braço por trás dela e a puxou para mais perto, e então seus lábios estavam grudados e ele a estava erguendo do chão. Ela ouviu o líquido fixador transbordar pelas beiradas do tanque e respingar no chão. Ele a colocou sentada sobre a mesa, sem parar de beijá-la, a língua invadindo firme sua boca, as mãos entrando em sua blusa, quando as luzes se acenderam.

Uma loira magrinha estava parada entre as cortinas pretas da entrada, boquiaberta, tipo um personagem de desenho animado com cara de surpresa.

— Você é idiota? — Eliza perguntou. — Isso aqui é um laboratório fotográfico! Apague a luz!

A garota deu meia-volta e saiu correndo, os saltos estalando no piso de cerâmica feito um deboche.

— Merda! — Peter exclamou.

— Qual o problema?

— Ela é amiga da Stacy. — Ele já estava indo atrás dela, mas então parou em frente às cortinas. — Olha, desculpa por isso.

Eliza ajeitou a blusa.

— Tudo bem.

Ele ia dizer mais alguma coisa, então desistiu e foi embora.

Eliza ficou surpresa com seu próprio comportamento, para não mencionar o beijo inesperado, mas não ficou muito preocupada. Supondo que a história chegasse aos ouvidos de Stacy, o que de pior poderia acontecer? Um confronto? As duas saírem no tapa? Será que um beijo significava tanto, no contexto geral das coisas?

A resposta era sim. Significava.

Quando Eliza chegou à escola no dia seguinte, alguém já tinha pichado com tinta preta em seu armário uma imensa palavra com cinco letras maiúsculas: "V-A-D-I-A". A mesma palavra tinha sido escrita em centenas de recortes de folha de caderno com pautas azuis que caíram do armário quando ela o abriu, numa enxurrada de bilhetes de Dia dos Namorados ao contrário. Olhos desconfiados a encaravam de todos os cantos do refeitório, e algumas garotas esbarraram de propósito em seu ombro ao cruzarem com ela nos corredores.

O primeiro dia foi chocante. O segundo, irritante. A cada dia que passava, as coisas só pioravam; era cada vez mais solitário. Com todas as ferramentas das redes sociais na ponta dos dedos, Stacy e suas amigas espalharam a notícia amplamente, até mesmo para o pessoal do nono e do primeiro anos. Para onde Eliza ia, havia sussurros, dedos apontados e risadinhas. A garota que se orgulhava de nunca estar no centro das atenções de repente tinha todos os holofotes voltados para si, escalada para viver o papel principal em uma porcaria de produção do ensino médio da peça *A letra escarlate*.

Isso enchia o saco em todos os sentidos e formas.

Mas depois as coisas pioraram ainda mais.

— Oi, Judy — Eliza disse para a enfermeira na recepção. — O meu pai está acordado?

— Deve estar. Pode entrar.

— Obrigada.

Ela atravessou a recepção e seguiu pelo corredor, mas estava tão distraída que passou direto pelo quarto do pai. Por algum motivo idiota, não conseguia parar de pensar em Peter chamando do outro lado do pátio naquela noite. Ela tinha se esforçado tanto para ignorá-lo que agora nem conseguia lembrar o que ele tinha dito. Foi alguma coisa sobre o céu?

— Oi, pai.

— Veja só se não é a Lady Gaga — ele disse, sentando na cama. Ela tinha se acostumado a vê-lo assim, esquelético e sem cabelo, cheio de tubos, vestido apenas com um camisolão florido.

— Mais uma vez eu gostaria de protestar formalmente contra o uso desse apelido.

— Você sabe que eu estou brincando. A Gaga é uma merda perto de você. — (Desde a infância Eliza se lembrava do pai falando palavrões feito um marinheiro. Tinha até um videozinho seu dando os primeiros passos com gritos ao fundo de "Essa menina é foda!". A mãe de Eliza tinha dado início a uma séria campanha contra o constante fluxo de vulgaridades, mas perdeu o direito de julgar as pessoas por qualquer coisa que fosse quando fugiu de casa.)

— Isso não é verdade. Mesmo assim, obrigada.

Eliza ocupou a cadeira de sempre, perto da janela, e começou a lição de casa. Enquanto isso, seu pai assistia à TV e dava em cima das enfermeiras. Ele ainda carregava um pouco do sotaque sedutor dos tempos de infância no Brooklyn. Apesar de algumas mulheres terem se interessado por ele depois do divórcio, todas acabavam saindo de cena quando se davam conta de que o cara ainda não tinha esquecido a ex.

— Eu só preciso de um pouco mais de tempo — ele sempre dizia.

Mas o tempo se esgotou para ele. Por mais difícil que fosse acreditar, não havia uma fila de mulheres na porta do hospital.

Até seu pai adoecer, Eliza acreditava que o universo fosse um lugar fundamentalmente equilibrado. Ela achava que, tirando os supersortudos e os superazarados, no fim a maioria das pessoas acabava recebendo a mesma quantidade de coisas boas e ruins na vida. O que significava que, se a gente por acaso tivesse sido hostilizado no ensino médio por causa de um beijo idiota, conquistaria o direito de receber ótimas notícias. Era uma questão de justiça.

No entanto, pouco depois do momento proibido de Eliza com Peter no quarto escuro, o pai dela deu entrada no hospital com uma estranha e persistente dor no estômago e febre baixa. Após vários exames, o diagnóstico foi dado por um oncologista tão sentimental quanto um GPS recalculando a rota — câncer no pâncreas, já no terceiro estágio. Podia muito bem ter sido anunciado por um sujeito de túnica preta com uma foice. A princípio Eliza não conseguia acreditar, considerando todos os outros problemas que vinha enfrentando. Mas o diagnóstico foi o primeiro gostinho do que a garota agora reconhecia como a regra fundamental da vida: as coisas nunca estão tão ruins que não possam piorar.

Ele chorou por quase um mês inteiro, nas aulas e nos ônibus, no quarto e nas salas de espera, sozinha e ao lado do pai enquanto ele passava pela quimioterapia que os médicos diziam que fariam pouco além de causar náuseas. A dor era tão profunda que a transformou — a tornou dura e entorpecida, como um membro congelado. Antes, ela andava pela escola feito uma leprosa, sempre com os olhos voltados para o chão. Agora, se uma vadia tentava encará-la na hora do almoço, Eliza encarava de volta, com um olhar fulminante, até a outra garota ficar tão nervosa a ponto de desviar o olhar. A coisa mais estranha é que essa postura fria acabou por lhe garantir certo prestígio (a diferença entre a frieza e a popularidade era, afinal, simplesmente uma questão de temperatura). Ela fez amizade com Madeline Seferis — também conhecida como Madeline Sífilis —, uma vagaba famosa do último ano, que a apresentou a um novo modo de expressar hostilidade: usando saia justa, muita maquiagem e indo a baladas onde os seguranças não pediam o RG e os universitários lhe pagavam bebidas.

— Se for para ficar falada — Madeline dizia —, então é melhor se divertir.

Mas Madeline foi para a faculdade em setembro, e Eliza ficou sozinha novamente. A químio acabou desacelerando o processo de crescimento dos tumores de seu pai, mas boas notícias são estranhas quando se está lidando com uma doença fatal. Em vez de alguns meses, os médicos lhe deram um ano. É assim que a gente pode ter sorte sem ser sortudo. É assim que a gente pode vencer e ainda ser um perdedor.

— Hora do jantar — a enfermeira anunciou, equilibrando uma bandeja em cada uma das mãos, igual a uma garçonete.

Eles devoraram o penne cozido demais e o pudim extremamente doce. Eliza se deu conta de que ultimamente fazia quase todas as refeições em bandejas.

— O médico disse que já dá para tirar o dreno, por isso é bem provável que eu vá para casa amanhã.

— Legal.

— Mas e você? O que aconteceu de interessante na escola hoje?

— Nada de mais. Quer dizer, meio que aconteceu. Lembra do Peter?

— O Peter do ano passado?

— Isso. Ele tentou falar comigo hoje. Pela primeira vez desde... você sabe.

Seu pai chacoalhou a cabeça. Ele sabia de toda a história.

— Aquele babaca. Não soube reconhecer uma coisa legal.

— É.

— Espere aí. — Ele cutucou o queixo dela com o cabo do garfo. — Você não está interessada nele, está?

— Você tá de brincadeira. Ele meio que acabou com a minha vida.

— Eu sei. Mas a sua mãe acabou com a minha também, e você sabe o que eu sinto por ela.

— Sei. — Eliza sabia, apesar de não entender. Como é que a pessoa pode continuar amando alguém que a traiu e depois fugiu? — Mas a resposta é não. Não estou interessada. Ele pisou na bola e está morto pra mim.

— Essa é a minha garotinha.

Depois do jantar, ela deu um beijo em seu pai e pegou dez pratas da carteira dele para pagar o estacionamento do hospital. Como não ia conseguir ficar sozinha em casa, seguiu direto para a Crocodile, pensando em tomar alguma coisa e quem sabe dançar um pouco.

O cara que se aproximou dela no bar tinha uns vinte e dois anos, um belo cabelo afro tingido de loiro e a autoconfiança dos idiotas. Eles dançaram. Deram uns amassos. E, o tempo todo, Eliza só pensou em Peter. O Peter que às vezes se sentia igual a um menininho de gravata-borboleta vermelha. O Peter que tinha permitido que sua namorada acabasse com a reputação de Eliza. O Peter que ainda estava com a mesma namorada.

Que se dane ele.

— E aí, topa ir pra minha casa? — o afro loiro perguntou.

— Não vou pra casa de estranhos — Eliza respondeu. — Mas, se você quiser vir pra minha...

Ele disse que tudo bem. Eles sempre diziam isso.

Do lado de fora da Crocodile, um grupo de punks estava reunido em uma névoa de bafo quente e fumaça de cigarro. Eliza reconheceu um deles da Hamilton — Andy Rowen. Ele tinha o cabelo castanho até o ombro e finalmente estava começando a vencer a erupção vulcânica de acne que o perseguia desde o início da puberdade. Ela tinha comprado erva dele uma vez, e tinha ganhado um desconto.

— Eliza! — ele cumprimentou. — Que demais! — Sua alegria por vê-la fora da escola foi tão sincera que ela quase ficou sem graça por ele.

— Oi, Andy.

— Aonde vocês vão? Fiquem aqui com a gente.

— Desculpa, a gente já estava indo embora.

Andy olhou para ela, depois para seu acompanhante, ligando A e B. Ela devia ter apresentado um ao outro, mas não conseguia lembrar o nome do cara que estava prestes a levar para casa. Era alguma coisa com J?

— Espera aí. Quer ver uma coisa incrível?

— Claro.

Andy apontou para o alto. Ela acompanhou a linha que partia do dedo indicador dele e se estendia escuridão adentro. Um pontinho azul intenso, que parecia um furo na cobertura negra do céu. Peter não tinha falado alguma coisa sobre uma estrela?

— Sinistro, né?

Eliza sabia o que ele queria dizer com essa palavra: era um dos milhões de sinônimos diferentes de "legal": animal, fodástico, maneiro, show, irado. Mas, por algum motivo, ela teve a sensação de que ele tinha usado o termo de maneira incorreta. A estrela parecia sinistra no sentido original da palavra. Sinistra igual à Bruxa Má do Oeste. Sinistra igual a algo que quer ferir você.

Eliza tinha sido chamada de vadia pela escola inteira. Não estava falando com sua mãe. Seu pai estava morrendo. Porém, se tinha aprendido alguma coisa no ano anterior, foi que nenhuma quantidade de sofrimento pode livrar a gente de mais sofrimento. E aquela estrela parecia um sinal de que havia mais a caminho.

Era realmente muito sinistra.

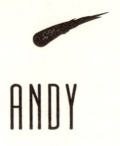

ANDY

Por outro lado, era legal matar aula.

Andy jogou seu skate no chão e caiu fora, se deixando levar sem esforço para o outro extremo do campus. Se tudo na vida pudesse ser assim... sem esforço. Se não tivesse essa coisa de escola, lição de casa e todas essas expectativas. Se a gente pudesse levantar na hora que quisesse, comer uma tigela de cereal, tocar um pouco, fumar um baseado, ir para a escola quando sentisse vontade, assistir a uma aula se estivesse a fim, quando realmente estivesse *interessado* no tema, e depois curtir com os amigos pelo resto do dia. Se...

— Andy Rowen!

Midge Brenner: professora de inglês do nono ano e do primeiro do ensino médio, um dos muitos castigos merecidos de Andy. Claro que ela tinha sentido sua ausência na aula, onde adorava lhe dar broncas diárias por causa de sua postura radical quanto à lição de casa (que era a seguinte: a lição representa uma transgressão flagrante ao direito à vida, à liberdade e à busca pela felicidade). Agora, o único meio que ela tinha de exercer alegremente sua autoridade era estragando a diversão dele *fora* da sala de aula.

— Pois não?

— Como aluno do último ano, eu esperava que você soubesse que não é permitido andar de skate dentro da escola.

— Esqueci totalmente, srta. Brenner. Foi mal.

Andy deu um giro no lugar antes de descer, dar um pisão no skate e apanhá-lo no ar, conquistando com essa atitude mais uma cara feia de Midge. Não que ela pudesse fazer muito sobre isso. Afinal, ninguém podia ser mandado para a sala do diretor quando já tinha sido mandado para a sala do diretor. Isso era considerado *incriminação dupla*.

— Obrigada, Andy.

— De nada.

Na verdade, apesar de ter sido mandado para a sala do diretor, Andy não estava indo para lá. No ano anterior, ele e o sr. Jester tinham entrado num acordo. As infrações de Andy eram frequentes, mas pequenas, e o diretor não tinha tempo nem energia para cuidar de cada uma delas. Por isso, sempre que Andy se metia em encrenca, ia falar com Suzie O, a orientadora.

Em outras palavras, ele tinha sido terceirizado.

A sala de Suzie O ficava no segundo andar da biblioteca, bem longe do pessoal fascista da diretoria. Lá era um lugar sossegado, já que ninguém transitava pela biblioteca por vontade própria. Isto é, ninguém além das bibliotecárias, que saíam de trás do balcão de atendimento e seguiam pela área de circulação para emprestar a contragosto seus preciosos livros. Elas pareciam ver os alunos como seres que deveriam ser calados; era possível ter uma conversa inteira com uma delas formada apenas por sons de *shhh*. Andy passou pelo balcão e cumprimentou a bibliotecária com um gesto espalhafatoso enquanto subia a escada, escapando de sua jurisdição.

Assim que pisou no segundo andar, ele viu Anita Graves saindo da sala de Suzie e enxugando os olhos. Anita era a garota mais certinha e centrada da escola. A família dela era podre de rica, e ela era muito inteligente — corria um boato de que já tinha recebido adiantado a carta de admissão em Princeton. Que merda ela estava fazendo chorando na sala da Suzie O?

A orientadora deu um abraço em Anita.

— Pense no que eu lhe disse, ok?

— Vou pensar. — Anita fungou, depois ergueu a cabeça, altiva. De repente, toda a tristeza desapareceu. Ela parecia a mesma de sempre: afiada, focada, imperturbável.

— Oi, Andy — ela falou, e até sorriu ao passar.

— Oi.

Ele se virou para vê-la indo embora. Bonitinha, uma dessas meninas tensas, igual a um montinho perfeito de folhas secas que dá vontade de pular em cima e esparramar tudo de novo sobre o gramado.

— Seja lá o que for, não vale a pena — ele falou.

Ela nem olhou para trás, mas interrompeu o passo por meio segundo, o que era tudo que se podia esperar de uma garota como aquela.

— Olhe pra cá, Rowen. — Suzie estava recostada no batente da porta. — Não acho que você esteja aqui no meio da quarta aula porque sentiu saudade de mim.

Andy sorriu.

— Isso não quer dizer que eu *não* senti saudade de você.

— Entre.

A sala de Suzie até que era simpática para um escritório. Tinha um sofá marrom macio e largo o suficiente para deitar, um frigobar cheio de refrigerante, uma cesta grande com uma camada de frutas escondendo as guloseimas de verdade — que Suzie chamava de "facilitadores de obesidade infantil". O melhor de tudo era a televisão no canto, disponível para um filme no meio do dia, quando Suzie estava de bom humor.

Dizer que os dois eram amigos seria exagero, mas eles se davam muito bem para um aluno do último ano com "problemas de comportamento" e uma orientadora acima do peso na casa dos quarenta. Andy podia falar com ela sobre qualquer coisa: bebidas, drogas, garotas, os bostas dos seus pais, o que fosse. Com certeza a empatia não rolou logo de cara. Nas primeiras vezes em que foi forçado a ir falar com ela, Andy não disse uma palavra: ficou lá sentado, olhando para a parede até tocar o sinal. Mas Suzie era esperta. Um dia, em vez de ficar tentando fazê-lo falar, ela colocou a primeira temporada de *Game of Thrones*. Como se não bastasse, começou a recitar as falas com os personagens. Aquilo foi demais. Como odiar alguém que tinha decorado episódios inteiros de *GoT*?

— A que devo o prazer hoje, sr. Rowen?

— O de sempre. Fui muito engraçado na aula da sra. Holland. Ela ficou com inveja.

— Eu devia ter imaginado. Quer comer alguma coisa?

— Manda uma Oreo aí.

Suzie jogou um pacotinho azul de biscoito.

— Você só tem cinco meses pela frente. Animado?

— Pra cair fora dessa merda? Você sabe que sim.

— E quais são os planos para depois da formatura?

Andy não gostava de falar de coisas tipo planos. Por que os adultos são sempre tão obcecados com o futuro? É como se o presente nem estivesse acontecendo.

— Não sei. Arrumar um emprego. Ir morar com o Bobo. Andar de skate. Fumar. Curtir a vida.

— Parece legal. Já pensou em ir pra faculdade?

— Sabe, eu esqueci totalmente de me inscrever. Pisei na bola.

— E a Seattle Central? Você podia fazer algumas aulas, ver o que acha. — Andy torceu o nariz, e Suzie ergueu as mãos, como se fosse uma criminosa apanhada em flagrante. — Eu só estou sendo realista. Antigamente um diploma do ensino médio era suficiente neste país. Agora, com sorte você vai conseguir ganhar um salário mínimo com isso.

— Não estou nem aí pra dinheiro.

— A questão não é o dinheiro. Eu fico feliz que você não se importe com dinheiro. Estou falando de tédio. Você pensa que a escola é ruim? Um trabalho que paga um salário mínimo faz a escola parecer um festival de música. A menos que você tenha algum prazer em executar a mesma tarefa oito milhões de vezes por dia.

— Talvez eu tenha.

Suzie riu.

— Eu sei que você deve escutar isso dos seus pais o tempo todo...

— Não — disse Andy. — Eles não estão nem aí.

— Eu tenho certeza de que isso não é verdade.

— Acredite no que quiser.

— Eu acho que você não devia desperdiçar o seu potencial fritando hambúrguer.

Andy separou as duas partes de um biscoito e lambeu o recheio.

— Suzie, não me leve a mal, mas você está enchendo o meu saco hoje.

— Esse é o meu trabalho.

— Pensei que o seu trabalho fosse ajudar as pessoas a lidar com o estresse que elas já têm.

— Pessoas estressadas precisam ser tranquilizadas. Mas pessoas calmas demais precisam de um bom empurrão. — Sentada, ela imitou um golpe de kung fu, como se estivesse dando um chute no traseiro de alguém.

— Pessoas estressadas como a Anita Graves? O que ela estava fazendo aqui, afinal?

— Todo mundo tem problemas.

— Eu troco os meus pelos dela.

— Não tenha tanta certeza.

— Por que você não me faz um favor de verdade? — Andy pediu, enfiando o último pedaço de bolacha na boca, e então continuou falando enquanto mastigava. — Me ensina a pegar alguém. O Bobo já está me chamando de Maria, Virgem Maria. É humilhante.

— Certo. Lição número um: não fale de boca cheia. É nojento. Lição número dois: faça uma faculdade. As meninas adoram caras que fazem planos.

— Ah, é? Você tem um emprego e tudo o mais, e não tem nenhum cara batendo na sua porta, tem?

Era para ter sido apenas uma constatação, mas, assim que ele falou, o clima na sala esfriou. Suzie não estava mais sorrindo.

— Você é um bom garoto — ela disse —, mas tem uma veia cruel.

Andy queria pedir desculpa, mas não sabia colocar isso em palavras. Só a ideia de tentar já cansou.

— Deixa pra lá — ele terminou, se levantando. Depois abriu a porta com um empurrão, como se fosse alguém que estivesse tentando arrumar briga com ele.

Depois das aulas, Andy encontrou Bobo esperando por ele no estacionamento, abrindo e fechando a tampinha do isqueiro. Ele estava usando um jeans preto justo e moletom preto de capuz da banda Operation Ivy — as duas peças estavam cheias de manchas, rasgos e alfinetes.

— Maria! — ele chamou, tirando das orelhas um par de fones que eram do tamanho de meio coco. — Você conseguiu! Quando você foi expulso da aula da Holland, achei que a gente fosse te perder de vez.

— Sou um sobrevivente. Qual é a treta pra hoje?

— O de sempre. Vamos ficar por aqui até cansar, depois caímos fora. Combinei com o pessoal de a gente se encontrar na Crocodile às sete. O Tuesdays vai tocar lá hoje. — Bobo tirou do bolso do moletom um maço de cigarros amassado, acendeu dois e deu um para Andy.

— Tem certeza que não quer ensaiar um pouco? — Andy perguntou.

— Você sabe que eu não acredito nisso. De qualquer jeito, primeiro a gente precisa arranjar um show pra fazer.

— É bom ficar preparado.

Bobo balançou a cabeça.

— Larga a mão de ser veado. Vamos andar de skate.

Juntos, eles saíram deslizando pela Hamilton, subindo nos corrimãos de ferro, pulando bancos e contornando cestos de lixo, até o sol começar a se pôr e os atletas começarem a sair do ginásio, suados e cansados. Depois eles entraram na perua de Andy, pegaram um lanche no McDonald's e seguiram para o centro da cidade.

A Crocodile era uma casa noturna para todas as idades com um sistema de som decente, frequentada por uma clientela infame. Lá pelas sete, o som pesado e distorcido da banda Bloody Tuesdays já estava bombando feito uma arma de destruição em massa. Andy e Bobo pediram duas Cocas (turbinadas com uma dose de rum de uma garrafinha que Bobo trazia no bolso de trás) e pegaram uma mesa. Na metade do show, o resto da turma apareceu: Jess, Kevin e Misery, a namorada de Bobo. Ela tinha pintado o cabelo de verde na semana anterior, e tinha ficado muito legal.

Eles se meteram no meio do povo que se espremia na pista e dançaram, apesar de, para Bobo e Misery, aquilo estar mais para amasso e pegação do que para dança. Apesar do som alto, Andy conseguia escutar os piercings de língua dos dois estalando quando se encostavam. Ele fez de tudo para se concentrar na música.

Andy conheceu Misery no primeiro dia de aula do segundo ano e logo ficou a fim dela. Ela era do nono ano, mas já era segura e descolada e fazia o tipo punk rock. Infelizmente, antes que ele tivesse tempo de avançar, a menina conheceu Bobo. Horas depois, eles estavam juntos. No começo Andy ficou furioso, mas o que ele ia fazer? Bobo sempre foi o macho alfa do bando — o mais engraçado, o mais maluco, o que mais se metia em encrenca. Ele já tinha sido suspenso da escola duas vezes; só por um milagre conseguiria concluir o ensino médio.

A banda fez um intervalo e todos voltaram para a mesa, ensopados de suor próprio e das outras pessoas.

— Quando a Períneo vai tocar outra vez? — Misery perguntou.

— Quando esse cara aqui escrever umas músicas novas — Bobo respondeu, dando um soco no ombro de Andy.

A Períneo era a banda de punk rock/death metal de dois integrantes que pertencia a Andy e Bobo. Eles já tinham aberto shows para a Bloody Tuesdays umas duas vezes no verão anterior, mas desde então não haviam tocado mais. Na verdade, Andy tinha escrito várias músicas ao longo dos últimos meses, mas nenhuma delas servia para um vocalista que achava que música estava para os ouvidos assim como o boxeador estava para o saco de pancadas.

— Vamos lá fora? — Misery convidou. — Quero fumar.

O vocalista da Tuesdays, um ruivo grandalhão que chamava a si mesmo de Bleeder, já estava lá fora com o baixista. Os dois olhavam fixamente para o céu.

— Bizarro — Bleeder comentou.

Andy olhou para o alto. A estrela era azul brilhante, igual ao centro da chama ardente do bico de bunsen da aula de química.

— O que é aquilo? — perguntou. — Um cometa?

— Deve ser um satélite — Bleeder respondeu.

Jess balançou a cabeça.

— Satélites se mexem.

— Nem sempre.

A porta do clube se abriu, libertando uma baforada de cerveja e um burburinho. Andy a viu antes de reconhecê-la — Eliza Olivi, de braço dado com um loiro com um cabelo afro ridículo. Ele era bem mais velho que ela e estava totalmente bêbado.

— Eliza!

— Oi, Andy.

A garota parecia estar louca para cair fora, mas, quando ele apontou para a estrela azul, ela ficou olhando para o alto um tempão. Depois saiu andando sem se despedir.

— Você está totalmente a fim dela — Bobo decretou.

— Cala a boca.

— Fala sério, é inevitável. Você é o maior virjão da Hamilton, e ela é a maior vagaba. Você só está trabalhando a favor das probabilidades.

— Cara!

A observação era idiota, de qualquer forma. Claro que ele tinha uma queda por Eliza. Todo mundo tinha. A única diferença era que ele tinha gostado dela desde o começo, desde quando ela passava despercebida no fundo da sala. Mas tudo mudou depois que ela deu uns amassos no irmão mais velho de Misery, o jogador de basquete. Dizem que eles já estavam transando no laboratório fotográfico fazia uns seis meses, antes de tomarem um flagrante da namorada dele. Andy sempre achou que a maioria das histórias sobre a promiscuidade de Eliza era boato, mas o que ela estava fazendo com um cara aleatório na Crocodile, numa noite de semana?

Às vezes Andy se perguntava se entendia alguma coisa sobre as pessoas. Por exemplo, ele achava que estava tudo bem com seus pais, até o momento em que eles se separaram. E, apesar de ainda considerar Bobo um irmão, as coisas entre eles tinham azedado depois que Andy "quebrou o pacto" no ano anterior. Eles nunca falavam sobre isso, mas a coisa pairava acima deles como as imensas nuvens de Seattle, que ficam pingando na gente por dias e dias. Só que nesse caso não era a chuva que Andy tinha que suportar, mas uma série de insultos constantes, socos na coxa e todo tipo de desprezo.

— Maria — Bobo chamou, estalando os dedos. — Você está muito pensativo. É melhor eu chamar uma ambulância?

Andy soltou uma nuvem de fumaça e tentou soltar junto toda a sua ansiedade. E daí se Bobo ainda estava puto com ele? E daí se Suzie o achava que ele era um babaca? E daí se Eliza estava dando para um idiota com cabelo afro quando Andy provavelmente não conseguiria transar antes dos trinta? Nada disso tinha importância. Hoje era apenas outra porcaria de dia em uma vida que às vezes parecia uma fábrica de dias ruins.

— A vida é uma merda — Andy resmungou. Um clichê, claro, mas isso não o tornava menos verdadeiro.

Bobo concordou.

— A culpa é da estrela azul — ele retrucou, citando propositalmente errado a letra de "Black Star", do Radiohead.

Andy achou que aquele era um bode expiatório tão bom quanto qualquer outro. Ergueu o dedo do meio e apontou para o céu.

— Vai se foder, estrela.

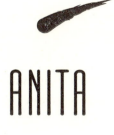

ANITA

Era um plano ousado. Quando passou pelo velho Steve na portaria do Broadmoor, ela ainda não tinha decidido se realmente seguiria adiante com aquilo. Apertou o botão no quebra-sol de seu Cadillac Escalade para abrir o portão de casa. A alameda de entrada era comprida e estreita, fechada dos dois lados por fileiras de carvalhos. As árvores tinham sido podadas recentemente, o que deixou suas copas com uma aparência grotesca — o equivalente arbóreo da Vênus de Milo, com um monte de membros cortados em vez de dois apenas. "É melhor tomar cuidado", as árvores pareciam dizer, "ou você vai acabar como nós."

Anita fechou a porta de entrada às suas costas. A empregada, Luisa, levava uma pilha imensa de lençóis para a lavanderia.

— *Hola*, Anita.

— Oi, Luisa.

— *¡En español!* — Luisa insistiu.

Anita estava estudando espanhol na Hamilton, e Luisa costumava ensinar-lhe as sutilezas do modo subjuntivo, as diferenças entre ser e estar e, quando ninguém estava por perto, umas gírias "diretamente das ruas de Bogotá" que nunca deveriam ser repetidas.

— *Hola, Luisa. ¿Cómo estás?*

— Nada mal. Vou limpar o quarto de hóspedes agora que os seus avós voltaram para Los Angeles. Não que tenha muita coisa para fazer lá. Eles são tão limpos!

— *Yo sé.*

— Os meus avós são um furacão quando aparecem — comentou Luisa. — Já os seus, nem parece que tem visita em casa.

— *Sí. Son locos.*

— *Están locos.*

— Certo. *Lo siento*, Luisa, mas eu estou distraída hoje. Você viu o meu pai?

— *En la oficina.*

— *Gracias.*

O escritório do seu pai tinha o mesmo calor de uma geladeira. Basicamente, ele tinha construído uma sala de reunião de negócios em casa, com uma mesa de vidro imensa e uma cadeira giratória caríssima. Uma dúzia de armários de metal cheios até o alto de pastas de plástico cinza cobria as paredes. O único objeto na sala que tinha alguma vida (no sentido literal e figurado) era uma grande gaiola de inox com a cúpula arredondada. Dentro dela, Bernoulli, a arara-azul mais triste do mundo, pulava de um poleiro ao outro, grasnando, fazendo cocô e olhando nostalgicamente (pelo menos era o que parecia para Anita) pela janela.

Quando ela entrou no escritório, seu pai estava lendo aquele jornal cor-de-rosa esquisito que só as pessoas que lidam com dinheiro se dão o trabalho de ler. Ela achava engraçado que um jornal como aquele, com tantas cores disponíveis, fosse justamente cor-de-rosa. Melhor se fosse cáqui, ou xadrez, ou qualquer outra cor de gravata chique. A visão de seu pai lendo aquelas páginas rosa a fazia se lembrar das bonecas Barbie, das mochilas da Hello Kitty e daquelas lojas de acessórios para cabelo. Claro que ela guardou a observação para si mesma.

— Você chegou mais cedo — ele observou, dobrando o jornal e o colocando sobre a mesa.

— Reunião do conselho estudantil. Não temos muito o que fazer nesta época do ano.

— Tenho certeza de que você poderia ter encontrado algo para fazer, se tivesse se esforçado. A Hamilton não é perfeita.

Engraçado. Era apenas mais uma gota no oceano de críticas no qual ela vinha se afogando desde que nascera, mas foi o que bastou. Suzie O estava certa: alguma coisa precisava mudar.

— Eu tirei um C — ela anunciou, num rompante. No entanto, ao ver a ira tomando conta do semblante de seu pai feito um exército invasor, tratou de explicar. — Foi só um teste de cálculo, então a minha média geral não vai cair, desde que eu continue indo bem nas outras matérias. A sra. Barinoff disse que foi uma escorregadinha. Foi assim que ela se referiu ao fato: "uma escorregadinha".

Quando seu pai finalmente falou, foi com a mesma solenidade de um cogumelo atômico distante.

— Anita, você compreende o que é uma aceitação condicional?

— Sim.

— Você compreende que, se a sua média geral cair, Princeton pode retirar a oferta?

— Foi só um teste.

— Se aconteceu uma vez, pode acontecer outra.

— Bem, o mundo não vai acabar se eu não for para Princeton — Anita disse e se encolheu, esperando.

Seu pai se levantou. Ele não era exatamente um homem alto, mas, quando se impunha dessa maneira, parecia um gigante.

— Mocinha, nós tomamos uma decisão em família, e toda vez que você questiona essa decisão...

— Eu não estou... — ela tentou, mas foi bruscamente interrompida.

— *Toda vez* que você questiona essa decisão, só mostra falta de respeito por tudo o que esta família fez por você. Tudo o que nós sacrificamos para que você pudesse ter condições de entrar em uma boa universidade. Você é mesmo assim tão ingrata? Não tem a menor consideração pelos investimentos que fizemos no seu futuro?

Esse era um traço engraçado do seu pai. Ele vivia de fazer investimentos e, em algum momento ao longo do caminho, começou a confundir a filha com mais um deles. E como funciona um investimento? A gente investe um dinheiro e depois, em determinado momento, espera um retorno. Por isso os professores particulares, as aulas semanais de leitura e interpretação de texto e as aulas de francês aos sábados de manhã. Por isso o horário rígido para ir dormir, os sermões e os "jantares dicionário" (ocasiões em que o pai de Anita pedia para ela falar sem hesitar as definições de palavras obscuras enquanto a comida dela esfriava). Na verdade, o único motivo pelo qual Anita tinha entrado na Escola de Ensino Médio Hamilton foi o fato de os orientadores educacionais que seu pai contratou terem afirmado que as chances de ela ser aceita em Princeton seriam maiores se ela cursasse uma escola pública. Tudo o que Anita fazia tinha um propósito: dar retorno ao investimento do seu pai. Só que o que ele queria não era mais dinheiro. Era sucesso. Prestígio. Uma mocinha negra com um diploma de uma das melhores universidades e uma carreira séria — médica, política, empresária.

"Talvez eu não queira exercer nenhuma dessas profissões", Anita tinha vontade de gritar. "Talvez eu não ache que devo fazer o que você manda só porque vivo debaixo do seu teto!"

A maioria das pessoas da sua idade estava enfrentando a difícil tarefa de transformar o relacionamento entre pais e filhos, de transformar uma ditadura fechada em algo mais parecido com uma democracia. Mas Anita ainda não conseguia deixar de enxergar o pai como um tipo de deus. Um deus extremamente arbitrário, mesmo assim um deus. Em outro dia qualquer, se tivesse de ficar ali, ouvindo pacientemente um deus dizer que ela era uma decepção, uma desgraça e uma delinquente, ela estaria em lágrimas. Mas hoje não. Hoje Anita estava forte. Hoje ela estava serena. Porque hoje Anita estava mentindo. Ela nunca tinha tirado um C na vida.

Tinha sido ideia de Suzie O. Anita a procurara porque estava à beira de um colapso nervoso. Os últimos três anos tinham sido um deserto de esforço árduo, sem um único oásis à vista. Anita achou que toda aquela loucura fosse acabar depois que foi aceita em Princeton, mas não acabou. Pelo contrário: as expectativas de manter o ritmo para suas conquistas recentes só aumentaram. Era como se alguém a tivesse desafiado a prender a respiração embaixo d'água pelo máximo de tempo possível, e, quando ela finalmente quebrou os recordes mundiais e estava subindo para pegar o troféu, descobriu que a superfície tinha congelado.

— Talvez você precise desapontá-lo — Suzie sugeriu.

— Como assim? Indo mal em alguma coisa?

— Você não precisa fazer isso exatamente. Pode simplesmente fingir.

— Por quê?

— Porque aí você vai ver que o mundo não acaba se o seu pai desaprovar alguma coisa. E quem sabe ele também veja isso.

— Ele não vai ver. Eu sei que não. — As lágrimas desceram antes que ela conseguisse contê-las. E depois aquele cara folgado, Andy Rowen, a pegou no flagra. Ele pareceu tão surpreso, como se nunca tivesse imaginado que ela fosse capaz de sentir emoções normais.

— Seja lá o que for, não vale a pena — foi o que ele falou.

Sábias palavras, apesar da fonte. Foram elas que lhe deram coragem, agora, para sair do escritório do seu pai bem no meio da bronca.

— Mocinha? — ele chamou. — Mocinha! Aonde você está indo?

Ela fugiu para o quarto e ficou lá quietinha, esperando que o pai fosse atrás para continuar a repreendê-la. Mas ele não foi; a única explicação era que tinha ficado paralisado, tamanho o choque. Anita trancou a porta, então pegou da estante o vinil de *Back to Black*, de Amy Winehouse. Este era seu ritual secreto antiestresse: ligar o toca-discos, colocar num volume alto, mas não a ponto de descer para o andar de baixo, e finalmente se trancar no closet.

Ela não fazia isso para ficar sozinha, apesar de ser bom ficar sozinha. Não fazia isso porque o closet era escuro e aconchegante, apesar de ser tudo isso. Ela fazia porque o closet era o único lugar — do mundo, às vezes era essa a sensação — onde ela podia cantar sem ser ouvida.

Desde os oito anos de idade, Anita sonhava em ser cantora. E, desde que descobriram esse sonho, seus pais vinham se empenhando em frustrá-lo. Houve aulas de piano, mas somente até o dia em que a professora de Anita cometeu o erro de incluir uma música de Alicia Keys no repertório. Uma semana depois, o piano da sala de estar foi substituído por uma sólida mesa de carvalho, e Anita foi matriculada no balé. No ensino fundamental, era obrigatório participar do coral, mas sempre aparecia uma reunião de família muito importante nas noites de apresentação, por isso o diretor do coral nunca deixava Anita ficar com os solos. No nono ano na Hamilton, ela fez teste para um papel no musical da escola — *Caminhos da floresta* — e foi escalada para fazer a bruxa. Quando seu pai descobriu, depois de duas semanas de ensaios, foi até a escola e teve uma conversinha com o diretor, explicando que eles tinham uma regra rígida em casa: as matérias curriculares vinham antes das extracurriculares. O papel acabou ficando com uma branquela magrinha chamada Natalie.

O pai de Anita sabia que não podia lhe dar uma chance sequer, pois a música corria nas veias da família. O tio de Anita, Bobby, era saxofonista profissional e viajava o país inteiro com sua banda. Ele não tinha raízes nem família — nenhum tipo de investimento. Benjamin Graves seria capaz de incendiar todos os clubes de jazz de Seattle antes de deixar a filha acabar daquele jeito.

Mas ninguém iria impedi-la de cantar no closet. Ali não havia distinção entre sonho e realidade, não havia necessidade de escolher um caminho ou outro. Havia apenas a elevação celestial das cordas, o grito agudo dos instrumentos de sopro, a vibração da guitarra, a voz pura de Amy Winehouse arrebentando num dueto com Anita entre a vida e a morte. E a escola, a faculdade e a cara feia do seu pai desapareciam. Ela cantou o disco inteiro — cada verso, cada coro, cada refrão — até a última nota, chapada feito um viciado em heroína.

Seja lá o que for, não vale a pena.

Anita sentiu algo estranho se apossando de seu ser, uma sensação de determinação que vinha crescendo desde que Andy fizera aquele comentário na porta da sala de Suzie. Era algo parecido com a sensação que surgia naquelas noites de lua cheia, quando do nada ela ficava maluca, deprimida ou furiosa e não havia nenhuma justificativa para isso senão as estrelas. Sem pensar duas vezes, ela desceu a escadaria correndo, passou pelo escritório do pai, por Luisa, pela mãe e pelo cheiro de frango assado na cozinha, saiu pela porta da frente e pegou seu carro. *Tecnicamente*, seu pai não a tinha colocado de castigo, mas essa desculpa não colaria muito quando ela voltasse para casa.

Ela passou devagar pelo hospital sueco e seguiu pelo centro da cidade, com as janelas abertas, apesar das gotas de chuva que respingavam em seu braço. Esperanza Spalding estava cantando esta semana no Jazz Alley, e Anita ia vê-la. Anita conhecera Esperanza no YouTube. Ela surgiu como um prodígio musical, começou a dar aulas na Faculdade de Música Berklee aos vinte anos e agora era uma estrela.

Os frequentadores do Jazz Alley eram mais velhos; a maioria tinha entre quarenta e cinquenta anos. Anita pegou uma mesinha redonda e pediu um shirley temple.

Ela esperava que a apresentação de Esperanza fosse encher seu coração de propósito e inspiração, mas, à medida que o show avançava, Anita foi ficando cada vez mais deprimida. Ali estava aquela artista absurdamente talentosa ganhando a vida como se fosse um alto-falante potente. E ali estava Anita, assistindo do escurinho da plateia, destinada a uma existência insignificante e totalmente silenciosa. No início da temporada de inscrições, Anita sugeriu se inscrever em algumas faculdades de música, além das universidades de prestígio que seu pai tanto ansiava. O acesso de fúria resultante foi tão monstruoso que Luisa jurou que chegou a pegar o telefone e discar os primeiros números da emergência.

Quando saiu do clube, Anita percebeu que fazia horas que não checava o celular. Claro que havia um monte de ligações perdidas e quase a mesma quantidade de mensagens, todas de "CASA". Ela escutou uma, mas parou após as primeiras três palavras enfurecidas e limpou a caixa postal com um clique.

Era dia de semana, por isso as ruas estavam praticamente desertas. Anita saiu andando em direção à água, rumo ao coração da Seattle dos moradores de rua. Caixas de papelão e sacos de dormir. Cabelos despenteados, rostos abatidos e roupas da cor das asas das pombas. Debaixo do banco de um ponto de ônibus, um fragmento branco de olho a acompanhou descendo a First Avenue. Ela caminhou até a grade de ferro, se debruçou sobre os espirais e arabescos, diante dos quais o estuário de Puget brilhava cintilante, e segurou nas barras de metal liso. Ergueu-se do chão, imaginou que estava subindo, subindo, transpondo a ponta mais alta e caminhando por cima da água.

— E aí, companheira?

Ela se virou, por algum motivo esperando deparar com um amigo. Mas o homem que estava às suas costas era um estranho, alto e negro, com uma longa cicatriz serpenteando pela metade inferior do rosto.

— Oi — ela disse.

— Está procurando alguém?

— Não.

— Você não devia andar sozinha por aqui a esta hora da noite. Não é seguro.

Antes que ela tivesse tempo de dizer alguma coisa, veio o barulho de uma porta de carro batendo, e em seguida um policial caminhava na direção deles, a passos longos e decididos.

— Algum problema aqui? — ele perguntou.

— Nenhum problema — o estranho respondeu.

O policial olhou para Anita.

— Não, senhor.

Ele não parecia ter acreditado.

— Por que você não vem comigo, senhorita? Já você — apontou para o estranho — fique aqui. O meu parceiro quer ter uma conversinha com você.

— Tudo bem, cara.

Anita e o policial atravessaram a rua, deixando para trás o brilho festivo de um navio.

— O que você está fazendo aqui sozinha, moça?

— Nada.

— Você precisa de uma carona?

— O meu carro está logo ali.

Ele pousou a mão no ombro dela.

— Vá direto pra lá então, ok? Uma menina bonita como você precisa tomar cuidado.

— Obrigada.

Ela subiu de volta a First Avenue; o aclive era tão intenso que seu corpo ficou inclinado, feito um telescópio apontando para o céu. Uma estrela azul pairava sozinha em meio às brancas, como se fosse uma mutação. Anita travou no lugar, presa entre o olhar apático daquela estrela e a vigilância fria do policial atrás dela. Não queria voltar para o carro, mas também não queria ficar onde estava. Ela ficaria feliz se simplesmente desaparecesse.

Seja lá o que for, não vale a pena.

Ela disse as palavras em voz alta, mas soaram tão vazias; significavam tanto quanto aquela quimera distante pairando no céu. Suzie O estava errada. Anita não estava triste pelo modo como as coisas eram. Estava triste porque ainda tinha esperança de que as coisas pudessem mudar. Se ela conseguisse acabar com a esperança, poderia acabar com a tristeza.

Estava na hora de ir para casa.

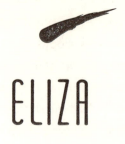

ELIZA

Existe algo pior do que acordar ao lado de uma pessoa e não querer estar ali?

O nome dele era Parker — pelo menos disso ela lembrava. Ele estava dormindo de bruços. Os cachos loiros que cobriam suas orelhas pareciam algodão-doce; um tufinho tampava a base da coluna, no alto da nuca. Eliza se levantou e se vestiu com todo o cuidado para não acordar o cara. Foram quinze minutos na frente do espelho do banheiro para se livrar das marcas delatoras de uma noite em claro movida a álcool. O cabelo sem lavar ela puxou num coque frouxo e prendeu com um par de hashis pretos. O resultado ficou apresentável, embora nenhum enfeite do mundo fosse capaz de atenuar a dor de cabeça latejante. Para isso, somente sua tradicional mistura de água de coco com Red Bull — que sua amiga Madeline costumava chamar de bolado. Café da manhã: ok.

Agora só restava a pergunta: O que fazer com Parker? Depois do preenchimento de todos os relatórios de alta e feitos os exames finais, o pai de Eliza estaria em casa por volta das duas ou três da tarde, mas até lá o garanhão já deveria ter ido embora. E ele teria de ir a pé, pois os dois tinham vindo no carro dela. Ela deixou um bilhete no criado-mudo: "Se estiver lendo isso, cai fora da minha casa". Muito cruel? Talvez. Mas a ressaca estava muito forte para se preocupar com detalhes.

Ela só percebeu quanto estava adiantada quando olhou para o relógio do carro. Mesmo assim, passar uma hora a mais na escola era muito melhor do que ficar em casa na companhia de um erro desacordado. Ligou o rádio no noticiário — uma recitação monótona de catástrofes mundiais —, depois mudou de estação. Músicas dos anos 80 iam fazer bem para a alma.

O estacionamento da Hamilton estava praticamente vazio. Eliza desligou o rádio, pegou um cobertor no porta-malas e estendeu sobre o capô, que estava tinindo de quente. Então se deitou recostada no para-brisa...

Alguém estava balançando seu pé. Ela abriu os olhos para um céu branco-acinzentado, limpinho não fosse por aquele ponto de luz azul sinistro. O que ele ainda estava fazendo lá?

— Bom dia, Mr. Magpie.

Ela se sentou, assustada, ao ouvir o verso da música do Radiohead, e praticamente deu de cara com o sorriso implacável de Andy Rowen. Ele usava um jeans folgado e um moletom de capuz cinza por cima de uma camiseta estampada com os rostos pálidos do pessoal do The Cure.

— Noite difícil? — ele perguntou.

— Um pouco.

— O loiro não deu conta do recado?

Ela ignorou a pergunta.

— Que horas são?

— De acordo com o meu relógio — ele puxou a manga e contraiu os olhos para o pulso vazio —, já passou praticamente meia hora da primeira aula.

— Sério? Merda! — Eliza pulou do capô.

— E daí? Eu sempre chego na escola nesse horário e o mundo não para de girar por causa disso.

A mochila com o material não estava no banco de trás nem no porta-malas. A pressa de se ver livre de Parker foi tanta que ela devia ter esquecido em casa.

— Porra! — Ela deu um soco na lateral do carro.

— Uau — Andy exclamou. — Calma aí. É só uma aula.

Eliza respirou fundo, então falou em tom de deboche:

— Isso pode ser um choque pra você, mas tem gente que liga pra esse tipo de coisa. Tenho certeza que você acha isso careta, gay ou sei lá, mas vamos conversar daqui a dez anos, quando você ainda estiver morando no porão da sua mãe e trabalhando em uma lanchonete enquanto o resto de nós tem uma vida.

Ela saiu pisando duro, já arrependida pela patada; não era com Andy que ela estava brava.

— Caramba — ele resmungou. — A transa deve ter sido uma merda.

— Foi mesmo — Eliza respondeu, sem parar de andar.

Mas ficou contente ao ouvir a risada de Andy atrás dela.

Eliza não conseguia se concentrar na aula de química. A estrela azul não saía de sua cabeça, como a memória de um pesadelo. E, a cada vez que se lembrava, seu coração acelerava.

Só foi pensar em perguntar a alguém sobre aquilo na hora do almoço, e só porque passou por acaso pela mesa do lado oposto ao das janelas do refeitório. Talvez não fosse certo chamar de "mesa dos nerds", mas não havia como fugir do fato de que toda escola tem seus grupos, e um destes por acaso era composto de garotos inteligentes, pouco sociáveis e pouco atraentes e de algumas garotas que ainda não tinham aprendido a se vestir, nem a se maquiar ou a fingir ser mais burras do que eram de fato. Foram as meninas que olharam desconfiadas quando Eliza se sentou à mesa, como se fosse a enviada de uma tribo de amazonas que tinha vindo roubar seus companheiros. Os garotos tentaram fingir que não estavam nem aí, apesar de não conseguirem ocultar o clima borbulhante de tietagem.

— Oi — ela cumprimentou a todos. — Eu sou a Eliza.

Um garoto com uma cabeleira castanha e um mullet infeliz estendeu a mão. Ele tinha um ar de autoridade, parecia confiante em seu meio.

— Oi, Eliza. Eu sou o James.

— Oi, James.

Ele apresentou o restante da turma, mas Eliza não conseguiu guardar o nome de ninguém.

— Você está aqui por causa do Ardor, não é? — Os olhos de James tinham o brilho intenso, quase maníaco, da inteligência extrema. Eliza sabia que era razoavelmente inteligente, mas pessoas brilhantes a assustavam. Ela não gostava da ideia de que alguém pudesse enxergar mais do que ela estava disposta a mostrar.

— O que é Ardor?

Uma das garotas respondeu, sem tirar os olhos de um mangá:

— É o nome que a NASA deu ao asteroide. ARDR-1388.

— O Ardor — James completou — é um objeto próximo da Terra, ou NEO, na sigla em inglês. Uma categoria que inclui asteroides, meteoroides e cometas que orbitam perto do nosso planeta. O Laboratório de Propulsão a Jato da NASA observa todos eles. Faz parte do trabalho deles.

— Ele é grande?

— Grande o suficiente pra acabar com todos nós.

— Por que eu nunca tinha ouvido falar dele, então?

James ergueu as sobrancelhas.

— Você costuma entrar no site da NASA pra se manter informada sobre os NEOs? Costuma ler revistas de astronomia?

— Não.

— Então...

Eliza forçou um sorriso diante do ar de superioridade do garoto.

— Obrigada, James. Isso ajudou muito. — Ela ficou em pé. No outro extremo do refeitório, Peter Roeslin e sua namorada, Stacy, olharam juntos em sua direção. Ela fingiu não ver.

— Ei — James continuou, acenando para chamar sua atenção. — Se você está pensando se deve ou não ficar com medo do Ardor, a resposta é não.

— Eu não estou com medo.

— Claro que não — ele ironizou, como se reconhecesse uma vitória que já era sua. — Mas, caso esteja considerando a *possibilidade* de ficar com medo, eu quero que você saiba que não há motivos para isso. A probabilidade de uma colisão é muito pequena. Na verdade, só devemos temer o que já está aqui no planeta Terra.

— Eu pensei que você tinha dito pra eu não ficar com medo.

— Eu disse que você não precisa ter medo do asteroide. Nós estamos no século XXI. Os oceanos estão subindo. Ditadores malucos têm acesso a armas nucleares. O corporativismo e o emburrecimento da mídia estão destruindo as bases da democracia. Só um idiota não teria medo.

Havia algo de violento no modo como James disse aquela palavra — "idiota" —, como se estivesse cercado deles naquele exato momento, e eles fossem seus inimigos.

— Obrigada mais uma vez, James.

— De nada. Se cuida.

Depois das aulas, uma pequena multidão de alunos se reuniu no gramado na frente do refeitório para observar o céu. Alguém tinha trazido um telescópio do prédio de ciências, apesar de primeiro ele ter sido usado para olhar o fundo da garganta das pessoas e para espiar as salas no último andar do prédio da diretoria. Todos estavam brincando e se divertindo, mas Eliza não conseguia esquecer a sensação de mau pressentimento. Mesmo que James estivesse certo, não era fácil relaxar com uma pedra gigante flamejando no céu a zilhões de quilômetros por hora.

Quando ela chegou em casa, seu pai estava sentado na frente da TV, assistindo ao noticiário. Apesar de saber que ele continuaria doente onde quer que estivesse, Eliza sempre achou que seu pai parecia mil vezes mais saudável em casa do que naquele inferno que chamavam de hospital — com todas aquelas máquinas apitando, camas mecânicas e cheiro de morte.

— Oi, pai.

— Oi, Gaga. Alguém deixou uma carta de amor pra você em cima da mesa da cozinha.

Havia um pedaço de folha de caderno, com uma caligrafia infantil, dobrada como uma cabaninha: "Valeu por ter me abandonado neste fim de mundo, vadia".

— Quer falar sobre isso? — seu pai perguntou.

— De jeito nenhum.

Ela se sentou em uma poltrona vermelha perto do sofá. Na TV, o casal de apresentadores do jornal falava sobre o asteroide, que aparecia em versão computadorizada: uma pedra sem cor, cheia de crateras, como uma pequena lua disforme.

— ... o nosso novo amigo ainda vai ficar conosco por mais algumas semanas. Chamado de ARDR-1388 pelos cientistas que o descobriram, o asteroide foi carinhosamente apelidado de Ardor.

A imagem computadorizada desapareceu, e em seu lugar surgiu um homem de barba branca com óculos de armação de metal e muito entusiasmo. A legenda o identificava como Michael Prupick, professor de astronomia e astrofísica da Universidade de Washington.

— Se o Ardor sair de sua órbita, vamos conseguir ver suas chamas rasgando o céu quando ele abandonar a Via Láctea e for na direção do espaço profundo. Os objetos próximos da Terra costumam ter uma péssima reputação nos filmes de Hollywood, mas são muito úteis para os astrônomos, sem mencionar o fato de que as empresas mineradoras estão pesquisando meios de explorar asteroides iguais a este em busca de elementos raros, num futuro muito próximo. Resumindo, nós não poderíamos estar mais animados com a aparição do Ardor.

Os apresentadores sugiram novamente na tela.

— As vendas de telescópios nas lojas de camping e de brinquedos subiram vinte por cento nesta semana...

O pai de Eliza colocou a televisão no mudo.

— Quem é o pobre coitado que você abandonou neste fim de mundo?

— Eu não disse que não queria falar sobre isso?

— Por acaso eu concordei?

Eles permaneceram calados por alguns segundos, enquanto as cabeças falantes na TV continuavam mexendo a boca, mas Eliza sentia que seu pai só estava recuperando as forças para uma nova investida.

— Eu só preciso ter certeza de que você vai conseguir se cuidar sozinha. Comigo prestes a... você sabe, a cruzar a linha, e a sua mãe e tudo o mais...

— Não começa.

— Só estou dizendo que coisas assim passam pela minha cabeça, tá certo? Pode me processar, porra.

Eliza achou que as regras estivessem subentendidas, apesar de não serem explícitas. Ela e seu pai nunca falariam sobre: 1) o fato de que, em um ano, ele provavelmente já teria morrido, e 2) o fato de que a mãe de Eliza tinha se apaixonado por outro homem e ido morar com ele no Havaí. E agora seu pai estava quebrando as duas regras de uma só vez. Ela se levantou e se sentou ao lado dele no sofá.

— Pai, o que está acontecendo?

— Nada. Sei lá. Acho que é essa merda de pedra que está me deixando agitado.

— Eu perguntei sobre isso pra uns garotos da escola. Eles disseram que a gente não precisa se preocupar.

Ele encolheu os ombros.

— Talvez. Mas, por via das dúvidas, será que dá pra fazer a minha vontade em uma coisinha?

Ela já sabia o que ele ia dizer.

— Não.

— Ah, por favor!

— Nós já falamos sobre isso. Se a minha mãe quiser conversar, ela que me ligue.

— Ela tentou.

— No ano passado.

— Porque, todas as vezes que ela tentou, você jogou na cara dela que ela era uma merda de pessoa e desligou! — Seu pai estava gritando. Eliza não se lembrava da última vez em que ele gritara daquele jeito.

— Ela mereceu.

— Não, não mereceu! Eu falei que ela podia ir embora, Eliza! — Sua voz voltou ao normal, e ele pousou a mão sobre a dela. — Eu falei que ela podia ir. Porque ela estava apaixonada. E não fazia sentido brigar por isso. Seria como — ele apontou para a TV — tentar deter o asteroide com uma pistola de ar comprimido. Mas eu sei que foi difícil pra ela ir embora.

— E mesmo assim ela foi.

Seu pai concordou.

— Sim. Ela foi.

— E eu não perdoo.

— Bom, isso é outra coisa. Eu só estou pedindo pra você conversar com ela.

Eliza revirou os olhos.

— Que saco! Tudo bem. Eu vou pensar.

— Ótimo. — Ele afagou a mão dela. — O que tem pro jantar?

— Eu estava pensando em fazer alguma coisa.

— É mesmo?

— Sim. Fazer uma ligação para o delivery do Pagliacci.

Seu pai sorriu, um daqueles sorrisos tristonhos, como se já estivesse sentindo saudade de algo que ainda não tinha ido embora. Do tipo que a fazia ter vontade de chorar.

— Por mim tudo bem — ele respondeu.

ANITA

Anita tinha se preparado para o interrogatório. Tinha se preparado para o sermão. Tinha se preparado para as ameaças, o castigo, para ser ignorada e todas aquelas chatices paternas que resultariam de sua fuga sem precedentes da Casa Graves na semana anterior. Mas ela não tinha se preparado para o confisco da chave de seu carro. Com a chave se foi a alma da vida adulta — a liberdade para ficar sozinha. Agora ela estava sob vigilância constante. Toda manhã seu pai a levava para a Hamilton antes de ir para o trabalho, e toda tarde sua mãe estava lá, pontualmente as três e quarenta e cinco, para buscá-la. Nem mesmo dentro de casa Anita era deixada sozinha. A cada vinte minutos alguém batia à porta de seu quarto para checar se ela não tinha arranjado um esquema do tipo Rapunzel ou Julieta e fugido pela janela.

O menor dos males era o programa de rádio que seu pai ouvia no carro.

— *Novidades fresquinhas sobre o nosso amigo Ardor, diretamente dos cientistas da NASA* — disse um daqueles locutores cansativos que, quanto mais falam, mais gordos e estranhos parecem ficar. — *Eles deviam estar fazendo alguma coisa melhor que isso, com o tanto de dinheiro que gastam dos impostos que pagamos, e ainda reclamam da falta de verba, mas quem sou eu, não é mesmo? Enfim, inicialmente os cálculos indicavam que o asteroide estaria a cerca de três milhões de quilômetros da Terra quando passasse pelo nosso sis-*

tema solar. Mas agora estão dizendo que são aproximadamente oitocentos mil quilômetros, o que, em termos de espaço sideral, é muito perto. Engraçado, sabe, os caras da NASA têm sufocado a gente, literalmente sufocado com esse papo de mudanças climáticas causadas pelo homem e buracos na camada de ozônio, todos esses problemas que nós sabemos que não são problemas de verdade, e agora tem esse asteroide e nós vamos ter que desviar dele igual a uma daquelas balas de Matrix, e os cientistas ainda têm a coragem de dizer: "Desculpem, a gente não tinha percebido". O que eu acho é que esses caras estão precisando rever um pouco suas prioridades. Estaremos de volta dentro de cinco minutos.

— Os seus professores de ciências têm falado sobre aquecimento global? — o pai de Anita perguntou, enquanto baixava o volume do rádio.

— Um pouco.

Ele balançou a cabeça.

— Claro que sim. Vou dar alguns livros para você ler quando chegarmos em casa. E você vai ler todos.

— Tudo bem.

A única coisa boa era que hoje era quarta-feira, o que significava reunião do conselho estudantil depois da aula. Essas reuniões podiam durar de vinte minutos a duas horas, e a mãe de Anita não aguentava esperar no estacionamento da escola. O que significava que Luisa viria buscá-la, e Luisa sempre estava disposta a ajudar Anita. O objetivo era terminar a reunião o mais rápido possível. Se Anita tivesse sorte, conseguiria terminar a tempo de ir comer um hambúrguer no Dick's de Capitol Hill. Apesar de estar de castigo há uma semana apenas, ela estava tão louca para ver o mundo quanto um condenado à prisão perpétua preso há dez anos.

De acordo com o regimento interno da Hamilton, o conselho estudantil deveria ser composto por um garoto e uma garota de cada classe. Anita representava os alunos do último ano com Peter Roeslin, o jogador de basquete. O pessoal do segundo ano era representado por Damien Durkee e Krista Asahara. Krista era uma menina supersséria e aplicada que não entendia como alguém podia discordar de uma opinião sua. Além disso, estava na cara que ela era apaixonada por Peter. O primeiro ano era representado por Charlie Howard e Julia Whyel, e o nono ano, por Ajay Vasher e Nickie Hill. O pessoal mais novo concordava com praticamente tudo o que Krista dizia.

Anita pediu silêncio para iniciar os trabalhos, resumiu a reunião anterior em alguns minutos (a viabilidade de servirem refeições veganas uma vez por mês e a formação de um time de pebolim na Hamilton) e passou para a pauta do dia. O assunto mais urgente era definir o tema para o baile anual promovido para todos os alunos da escola, em que as meninas convidavam os meninos. Como sempre, Krista foi a primeira a levantar o braço e junto veio a ideia.

— Os jornais só falam do Ardor, o asteroide, sabe? Ele vai passar pertinho da gente na semana do baile. E se a gente escolhesse um tema espacial? Não do tipo ficção científica, mas alguma coisa ligada a astronomia, com planetas, estrelas e coisas relacionadas.

— Eu acho legal — Anita opinou, vendo a luz no fim do túnel.

— A gente pode cobrir todas as colunas e paredes com feltro preto — Nickie sugeriu, pegando carona no tema de Krista. — E dá pra usar luzinhas de Natal para fazer as estrelas. Vai dar um efeito bonito e fica barato.

Ajay sempre entrava na conversa quando a questão era orçamentária.

— A gente pode pedir para o pessoal trazer as luzinhas de casa. Todo mundo tem uma caixa cheia de piscas no porão. Mesmo que não estejam funcionando direito, normalmente é só trocar uma ou outra lâmpada queimada.

Krista se iluminou feito uma lâmpada nova diante dos sinais promissores de que sua ideia tinha sido um sucesso.

— Vamos votar? — Anita sugeriu, dando uma olhada ao redor. — Todos que forem a favor de que o tema do baile seja espacial, digam sim. — Houve um coro de sins. — Perfeito. Vamos pensar um pouco mais, e na próxima reunião nós podemos escolher as melhores ideias.

Krista trocou alguns cumprimentos desanimados com Nickie e Ajay.

— Bom, por hoje é só. Tem mais algum assunto que alguém gostaria de discutir?

Anita estava com receio de que Charlie pudesse abordar seu tema favorito: o impossível, irreverente e ao mesmo tempo polêmico debate sobre a permissão para o uso de maconha dentro da escola, agora que seu consumo tinha sido legalizado em todo o território do estado. Mas ele parecia tão ansioso quanto ela para cair fora dali.

— Então, pelo jeito, nós terminamos — Anita concluiu. — Obrigada por terem vindo...

— O que nós estamos fazendo aqui é uma piada.

Cabeças se viraram. Peter estava largado em sua cadeira e parecia estranhamente mal-humorado para seus padrões. Ele não falava muito nas reuniões do conselho estudantil, a menos que a conversa girasse em torno de alguma coisa envolvendo esportes ou comida.

— Do que você está falando, Peter?

— O que eu quero dizer é: será que a gente não devia se preocupar com coisas mais importantes do que bailes e pebolim? Será que a gente não pode tentar fazer alguma coisa que realmente faça diferença para o mundo lá fora?

— Tipo o quê? — Anita perguntou, sem conseguir disfarçar a irritação. A verdade era que ela concordava com ele. Às vezes parecia que a única coisa que eles faziam ali era incrementar seus currículos enquanto devoravam uma pizza por conta da Hamilton. Mas ele precisava escolher justamente hoje para adquirir consciência sobre isso?

— Não sei — disse Peter. — É que o mundo está de cabeça pra baixo. Até aqui na escola, tem essa galera que provavelmente vai abandonar os estudos em algum momento, ou que nem vai pra faculdade. Será que a gente não pode fazer alguma coisa?

Um longo silêncio. Então, do fundo de sua paixão, Krista disparou um jato de entusiasmo.

— Claro que sim, Peter.

Anita respirou fundo. A reunião não estava mais encerrada. Nem de longe.

— Ideias? — ela perguntou.

Peter era exatamente o tipo de cara que os pais de Anita gostariam que ela namorasse. Talvez "gostariam" fosse um pouco forte — seus pais provavelmente ficariam muito satisfeitos se a filhinha deles não falasse com um garoto sequer antes de terminar a faculdade. Mas, se *fosse* para ingressar no mundo dos namoros, Peter poderia ser a primeira opção deles. Ele era um atleta, o que não era tão bom, mas um atleta que ia estudar em Stanford, o que significava que, de um jeito ou de outro, teria uma carreira. Ele tinha a aparência certa: alto, atraente e branco como a luz do dia (não que seus pais tivessem preconceito com a própria raça ou algo assim, eles só associavam os valores dos brancos com o sucesso material, e desconfiavam de que todos os garotos negros eram, na pior das hipóteses, traficantes e, na melhor, da turma da bagunça). Anita quase podia se imaginar com um cara como aquele. Era até capaz de apostar uma boa grana que Peter era campeão no quesito "impressionar pais" e provavelmente ficava bem lindo sem camisa. O único problema — e não era pequeno — era o fato de ele ser meio burro. Não extremamente burro. Não do tipo que dá com a testa na porta ou acha que dois mais dois são cinco. Só não era muito rápido para entender piadas. Não era afiado. E, sem essa fagulha, apesar do visual Abercrombie & Fitch, ele era um zero à esquerda na opinião dela.

A reunião do conselho durou duas horas e quinze minutos, tempo durante o qual se discutiu desde a possibilidade de servir refeições para moradores de rua no refeitório, a ideia de fazer palestras semanais depois da aula sobre temas como a fome mundial e as mudanças climáticas até a antiquada venda de bolo para arrecadar dinheiro. Peter se empolgou com cada uma das novas ideias, assim como Krista e a turminha mais nova, deixando para Anita o papel de voz da razão.

— Não vamos conseguir a aprovação da diretoria para a entrada de moradores de rua na escola.

— Vocês podem marcar quantas palestras quiserem, mas não podem forçar as pessoas a aparecer.

— Vender bolo não dá lucro.

No fim da reunião, a única coisa em que conseguiram concordar foi a formação de um grupo de tutores voluntários para dar aulas de reforço. Isso não iria exatamente salvar o planeta ou contribuir para a paz mundial, mas já era alguma coisa. Krista ficou tão empolgada com o progresso coletivo que se despediu de todo mundo com um abraço.

Anita deixou o prédio praticamente correndo. Não dava mais tempo para o hambúrguer, mas ainda era possível fazer um lanchinho e ter alguns minutos só para ela.

Luisa, que esperava pacientemente na rotatória, abriu o vidro do Audi.

— Luisa, você se importa se eu for correndo até o Jamba Juice?

— Você não quer que eu te leve?

— Eu preferia fazer um pouco de exercício, se você não se importar.

— Claro. O seu amigo vai junto?

Anita se virou e deu de cara com Peter parado logo atrás.

— Ótima ideia — ele disse. — Tô muito a fim de um suco de frutas vermelhas.

— Ah. Claro. A gente se vê daqui a pouco.

Luisa lançou um sorriso tão largo para Peter que Anita ficou sem graça.

Eles saíram andando. Chovia, mas era uma chuvinha tão fina que as gotas flutuavam como flocos de neve. Anita sabia que Peter não estava com segundas intenções. Ele tinha uma namorada que correspondia aos padrões de beleza insípida e sem curvas que estampavam as capas de revistas de todo o país. E, apesar do boato de que ele tinha dado uma escapadinha, Anita não acreditava muito em fofocas. As pessoas estão sempre tentando derrubar aqueles que se destacam. Mesmo assim, era esquisito ficar sozinha com ele, já que os dois mal se falavam fora das reuniões do conselho.

— Dá uma energia na gente, né? — ele comentou.

— O quê?

— Sabe, tentar fazer a diferença.

Anita não conseguiu segurar a risada.

— Peter, o que deu em você hoje? Você praticamente dormiu em todas as reuniões do conselho deste ano, e agora está fazendo discursos sobre responsabilidade social? Qual é a sua?

Peter sorriu sem jeito.

— É, eu devo parecer meio maluco, né? Só estou... pensando numas coisas.

— Que coisas?

— É difícil explicar. — Ele fez uma pausa. — Anita, você já teve a sensação de que está desperdiçando a sua vida?

Da boca dos pequeninos sai o perfeito louvor, era o dito, apesar de estar mais para criancinhas inocentes do que para adolescentes bonitos. Mas é claro que Anita se preocupava em estar desperdiçando a vida. Ela pensava nisso o tempo todo. Talvez fosse blasfêmia, mas ela sentia que Deus a tinha colocado no mundo para ser cantora. Do contrário, por que ela teria nascido com talento e paixão pela música? Se deixasse seu sonho morrer na praia, não seria o mesmo que desobedecer à vontade de Deus? Será que não era o mesmo que desobedecer a uma ordem do seu pai?

— Acho que todo mundo pensa nisso — Anita respondeu. — Mas a gente só tem dezoito anos. Não dá pra ter desperdiçado a vida com dezoito. Nós nem *vivemos* a nossa vida ainda.

— Mas é preciso tomar uma decisão, sabe? Tipo aquele poema que fala sobre a estrada no bosque. A gente não quer pegar a estrada errada, porque provavelmente nunca mais vai conseguir voltar para aquele lugar. Quer dizer, o lugar onde a estrada bifurca.

— Na verdade, o sentido desse poema é que não importa qual estrada você escolha...

Peter ficou confuso.

— Tem certeza?

— Sim. Mas os poetas não sabem de tudo. Se soubessem, não morreriam de sífilis em um sótão em Paris.

— Certo.

O Jamba Juice estava praticamente vazio, mas a garota atrás do balcão atraiu a atenção de Anita. Ela se movimentava com leveza entre os recipientes de frutas congeladas e os liquidificadores industriais, o tempo todo balançando num ritmo diferente da música ruim que tocava nas caixas de som. Ela era negra, estava um pouco acima do peso e tinha uma arrogância natural que Anita teve certeza de que garotas brancas um pouco acima do peso não eram capazes de ter. O fio do seu fone de ouvido subia do bolso do jeans e desaparecia entre os dreads.

— O que você está ouvindo? — Anita quis saber.

A garota tirou um dos fones.

— O quê?

— O que você está ouvindo?

— Eu mesma — respondeu a garota, com um sorriso largo. — Por quê? Você curte música?

— Quem não curte?

A garota apontou para uma mesinha perto da porta.

— Pegue um folheto na saída. A minha banda vai tocar na Tractor Tavern na semana que vem. Apareça por lá com o seu namorado. Eu sou a melhor coisa que surgiu desde a invenção do pão de fôrma.

— Ele não é meu namorado — Anita retrucou, mas a garota já tinha recolocado o fone. — Você acredita nisso? — ela se dirigiu a Peter, mas ele olhava fixamente para a menina do suco, a testa enrugada e os olhos apertados, como se desconfiasse dela por algum motivo.

Isso foi um segundo antes de Anita se dar conta de que ele estava *pensando*. Ele era o tipo de cara que tem uma expressão facial exclusiva para quando está *pensando*.

— O que foi? — ela indagou.

Ele se aproximou, falando baixinho.

— Eu sempre achei que ter um emprego porcaria como este fosse a pior coisa que poderia me acontecer. Mas eu tenho a sensação de que essa garota sabe o que está fazendo, muito mais do que eu. Quer dizer, você lembra a última vez em que se sentiu *tão bem* assim?

Era verdade. A garota parecia muito alegre e segura de si. Apesar de Anita saber que a pergunta de Peter era retórica, de repente passou pela sua cabeça: a última vez que ela havia se sentido *tão bem* assim. Ironicamente, ela estava parada diante de um caixão aberto na ocasião. Era o velório da sua tia, e lhe pediram para cantar "Abide with Me" durante a cerimônia. Foi a única apresentação que seus pais não conseguiram arrumar uma desculpa para cancelar. Mais tarde, seu tio Bobby falou que ela deveria considerar a possibilidade de fazer faculdade de música.

Anita riu da sugestão.

— Acho que os meus pais não iam gostar muito disso.

— Mas você ia gostar, não ia?

— Acho que sim.

— Então vá em frente. Você pode tomar as suas próprias decisões, Anita.

Era fácil para ele falar. Ele não era o grande investimento de Benjamin Graves. E investimentos não podem tomar suas próprias decisões; eles devem *amadurecer* apenas.

Anita observou a garota do suco — a melhor coisa desde a invenção do pão de fôrma — enquanto ela batia na lateral do liquidificador, enchendo um copo de papel até a borda. O tempo todo, sua cabeça traçava um oito imaginário, acompanhando o ritmo da música. O ritmo da *sua* música.

PETER

— Para onde exatamente nós estamos indo? — Misery perguntou.

Peter falou com sua voz de agente do FBI.

— Isso é informação confidencial, senhorita.

Do banco do passageiro, Stacy parou de teclar por tempo suficiente para dizer:

— Eu não gosto de segredos.

— Podem botar fé — Cartier interveio. — O meu amigo não ia levar a gente para uma roubada.

Peter tinha certeza de que nenhum deles estaria ali se ele tivesse contado aonde iam. Foi por isso que ele falou vagamente sobre a comida: para Cartier, disse que talvez tivesse asinhas de frango apimentadas; para Stacy, a palavra mágica: "macrobiótica". Já Misery não era tão fácil de cair em tentação (ele nem tinha certeza se ela comia alguma coisa, a não ser que fumar um maço por dia de Camel Light contasse como alimentação), por isso ele precisou da ajuda de seus pais para convencer a "mocinha".

O destino deles era Belltown, onde ficavam os restaurantes mais bacanas da cidade. Uma das estranhas ironias de Seattle era que os melhores bairros e os piores coexistiam no mesmo espaço físico, como se fossem universos paralelos. Peter estacionou na frente de um café da moda iluminado como um estádio de futebol e passou com seus três convidados inocentes pela batida eletrônica estridente que saía da Crocodile. Eles pararam em frente a um restaurante que parecia normal, chamado Friendly Forks, ou Garfos Amigos. Dentro, os garçons corriam entre as mesas, ajeitando as cadeiras e acendendo velas.

— Espere aí — disse Misery. — Não é aqui que eles contratam viciados, criminosos e gente desse tipo pra cozinhar?

— Eles também aceitam voluntários que não são criminosos, mas, sim, é aqui.

Sua irmã sorriu.

— Sinistro.

— Tem certeza que é bom? — Stacy perguntou. — E se eles colocarem uma gilete na lasanha ou algo assim?

— A gente não veio aqui pra comer — Peter retrucou.

Uma garota linda com a pele cor de mel e a cabeça raspada estava perto da entrada, do lado de dentro, verificando um livro de reservas do tamanho de um atlas. Ela se dirigiu a eles:

— Voluntários?

Peter assentiu.

— Eu sou Peter Roeslin. Estes são Samantha Roeslin, Cart...

A irmã de Peter interrompeu:

— Todo mundo me chama de Misery.

A recepcionista mediu Misery dos pés à cabeça — desde os tênis customizados até os cachos verdes que escapavam pelas bordas do gorro preto de lã.

— Prazer, Misery. O meu nome é Keira. Venham comigo.

Stacy deu um puxão na manga de Peter.

— O que está acontecendo?

Ele respondeu com um sorriso inocente e encolheu os ombros.

Keira os conduziu pelo salão do restaurante até a cozinha, que estava a uns cem graus de temperatura e lotada de gente que não pareceu nada satisfeita com a chegada de um bando de alunos do ensino médio. Um rádio tocava alguma coisa que parecia ser em espanhol — pontuada com sons metálicos de cordas, trompetes agudos e harmonias curtas. Keira bateu no ombro de uma montanha em forma de gente, que se virou como se estivesse empurrando uma pesada porta giratória. Enquanto a maioria das pessoas tem formas ovais e circulares, ele parecia feito de cubos: uma cabeça quadrada e um corpo quadrado. Tinha um pequeno cavanhaque e costeletas longas, e uma delicada tatuagem verde de hera em espiral que subia do alto do colarinho branco por todo o pescoço. Ele segurava uma faca enorme e reluzente que parecia pequena na sua mão quadrada gigantesca.

— Pessoal, este é o Felipe, o nosso chef — Keira apresentou. — Felipe, estes garotos são seus. Divirta-se.

Cartier ficou olhando enquanto ela ia embora e inconscientemente soltou um assovio baixinho. Então olhou de volta para a cara amarrada do chef.

— Você deu uma secada na minha namorada, mano?

O lugar silenciou. Durante todo o tempo em que Peter conhecia Cartier, ele nunca tinha visto o amigo se sentir intimidado por alguém. Porém, ao olhar para os olhos de um chef imenso, segurando uma faca e com mais tatuagens que um jogador do Denver Nuggets, Cartier pareceu encolher.

— Desculpa, cara. Eu não sabia que ela...

De repente, Felipe soltou uma risada proporcional ao seu tamanho, e o pessoal da cozinha se juntou a ele.

— Eu só estou tirando um barato! Mas você precisava ter visto a sua cara.

Uma das melhores qualidades de Cartier era a habilidade de rir de si mesmo, e sua risada foi sincera enquanto ele pegava a faca que Felipe lhe entregou.

— Isso significa que ela não é sua namorada? — ele quis saber.

— Ela é como uma irmã pra mim, cara, o que quer dizer que ela não é pro seu bico. — Felipe os levou até um balcão baixo, forrado com um plástico branco cheio de marcas de faca, manchado e incrustado de sementes de tomate. — Vamos mudar vocês de lugar toda hora hoje, de uma estação pra outra, dependendo da nossa necessidade. A maior parte do trabalho de vocês não vai ser pro jantar, mas pra um serviço de buffet que nós temos amanhã. Por enquanto vocês vão cuidar dos vegetais. Lavar, enxugar, descascar e picar. Basicamente, tudo que eu ou qualquer outra pessoa desta cozinha mandar vocês fazerem, vocês têm que fazer. — Ele entregou uma rede de cabelo preta para Stacy, que a segurou como se fosse uma aranha morta.

— Eu preciso usar isso?

— Exigência da vigilância sanitária — Felipe respondeu.

— Só eu?

— Os seus amigos já estão com a cabeça coberta. Por falar nisso, se algum de vocês tocar no cabelo, no rosto, na bunda ou em qualquer outra coisa que não seja uma faca ou um alimento, favor lavar a mão. Vocês têm que lavar a mão o tempo todo, começando agora. E usem sabonete, sim?

Felipe saiu andando.

— Gostei dele — Cartier disse.

— Não acredito nisso — Stacy replicou, enquanto prendia os cabelos em um coque e colocava a rede por cima. — Isso aqui *nunca* deve ter sido lavado.

— Ficou bem favela chique — Misery provocou.

— Cala a boca.

— Vem me fazer calar.

Eles lavaram e picaram vegetais por quase uma hora, depois Felipe dividiu o grupo. Peter e Misery receberam meia dúzia de ingredientes e uma receita simples de vinagrete, enquanto Cartier e Stacy aprenderam a fechar contas e a dar baixa no computador. As portas foram abertas às seis e meia, e não demorou muito para os primeiros clientes começarem a fazer seus pedidos — e a cozinha a enlouquecer. Alguém estava sempre gritando para Peter fazer algo — normalmente para sair do caminho apenas. Baixaram um pouquinho o volume do rádio, mas a energia vibrante da música mariachi ainda pairava no ar. Stacy cortou o dedo enquanto descascava uma batata e quase desmaiou. Depois disso, eles a colocaram para lavar louça. Houve uma pequena pausa por volta das oito (tempo suficiente para Stacy levar Peter para um beco atrás do restaurante e informá-lo ameaçadoramente sobre a "longa conversa" que eles teriam mais tarde), e depois tudo recomeçou. Peter triturava sementes de pimenta em um pilão quando a música deu lugar a um breve noticiário em espanhol. Felipe estava perto do rádio, e foi ele quem gritou pedindo silêncio.

Quase não dava para ouvir a voz do locutor com o barulho da fritura e os respingos. Ele falava tão rápido que Peter duvidou que mesmo um nativo fosse capaz de entender. Apenas algumas palavras se destacaram de todo aquele falatório: "presidente", "Ardor", "emergência".

— O que ele está dizendo? — perguntou Stacy, e na hora a mandaram calar a boca.

O noticiário acabou e entrou a vinheta do comercial. Todos pareciam muito preocupados.

Felipe desligou o rádio.

— De volta ao trabalho — ele ordenou. — Nós ainda temos clientes.

Quando o último deles pediu a conta, os quatro voluntários estavam encharcados de suor, fedendo a fumaça e com o corpo inteiro dolorido. Eles trocaram apertos de mãos com Felipe.

— Voltem logo — ele falou, num tom que queria dizer que não esperava vê-los nunca mais.

Cartier ainda teve tempo de levar um fora de Keira:

— Eu tenho um namorado na faculdade, amiguinho.

Eles voltaram para o carro de Peter com os pés latejando.

— Ligue o rádio no noticiário — Stacy pediu. Peter procurou entre as estações até ouvir a cadência calma da emissora pública.

— *... várias vezes o presidente se dirigiu ao povo apenas para aplacar o pânico. Esse tipo de coisa é um clichê dos filmes de ação, por isso a simples ideia de algo como o Ardor vem assustando a população. Mas qualquer astrônomo pode garantir que existem mais chances de você ser atingido por um raio nos próximos trinta segundos do que de um asteroide colidir com a Terra. O simples fato de uma coletiva de imprensa ter sido convocada não é motivo para se preocupar.*

— *Obrigado, sr. Fisher.*

— *Eu que agradeço.*

— *Este foi Mark Fisher, ex-diretor da Agência Federal de Gestão de Emergências, atualmente professor na Universidade de Georgetown. Se existe algum motivo real para pânico, nós não saberemos até o pronunciamento do presidente. Junte-se a nós da NPR para a cobertura ao vivo amanhã à noite.*

— Meu Deus — disse Stacy. — Vocês acham que vai acontecer alguma coisa?

— Nem — Cartier respondeu. — Isso tudo é loucura. O espaço é muito grande. A possibilidade de acontecer uma coisa dessa seria a mesma de jogar uma moeda pro alto e acertar um avião.

— Talvez seja castigo porque estamos tentando destruir o planeta — Misery comentou.

Stacy debochou:

— Você não cansa de ser tão sombria o tempo todo?

— Não. E você não cansa de ser tão burra o tempo todo?

— Mis! — Peter interveio.

— O quê? Ela que começou.

Peter e Stacy namoravam havia mais de três anos, mas a hostilidade entre sua namorada e sua irmã nunca estivera pior. Apesar de o garoto não culpar Misery exatamente, não dava para negar que Stacy não tinha mudado nada desde o começo do namoro, enquanto Misery tinha se transformado em uma pessoa completamente diferente. Desde que começara a se envolver com Bobo, no início do nono ano, ela estava descambando: bebia, fumava, deixava de fazer a lição de casa e sabe-se lá o que mais. Ela e Peter nunca mais tinham conversado como amigos; fatalmente, ele acabava parecendo uma espécie de pai, ou pior, um agente de saúde martelando sobre os malefícios das drogas.

— Foi uma noite estranha — Cartier comentou quando Peter o deixou em casa. — Mas valeu só por ter conhecido a Keira.

— Na próxima você consegue ficar com ela.

— Com certeza, cara. A gente se vê amanhã.

Peter queria ter entrado com Cartier, para assistir a um pouco de TV e talvez pegar escondido uma ou duas cervejas na geladeira, mas ele tinha uma briga agendada. Pelo menos Stacy teve a decência de esperar até eles ficarem sozinhos na frente da casa dela, antes de começar a gritaria.

— O que significou aquilo?

— O quê?

— Me levar praquele... lugar.

— Sei lá. Acho que foi só uma mudança de rumo.

— Nós já estamos inscritos pra faculdade, Peter. Não precisamos fazer merdas desse tipo.

— Pensei que você fosse gostar.

— Bom, eu não gostei! Eu odiei! — A fisionomia de Stacy estava tensa e séria, e havia aquela conhecida chama em seus olhos. Ela ficava ainda mais bonita quando estava brava, e isso era muita coisa, pois ela era bonita o tempo todo. Peter não conseguia acreditar quando eles ficaram juntos da primeira vez; quando ele a viu nua pela primeira vez. O que ele tinha feito para merecer uma coisa tão linda? Mas a gratidão acabou diminuindo com o passar dos anos, e foi substituída por um estado de irritação constante. Foi por isso que ele tinha beijado Eliza no laboratório fotográfico no ano anterior. Porque, por um segundo apenas, ele não quis a menina mais bonita da escola. Ele quis algo diferente. Algo mais pacífico e pensante. Ou talvez apenas algo *mais*.

— Por quê? — ele perguntou, e a pergunta doeu, como se ele tivesse quebrado o vidro do carro com um soco.

— Por que o quê?

— Por que você odiou? Quer dizer, nós fizemos uma boa ação hoje, e você devia estar se sentindo bem por isso.

— Não dá pra falar com você agora, de tão idiota que você está sendo — ela retrucou, depois entrou em casa pisando duro e bateu a porta.

Peter voltou para o carro a passos lentos.

— Ela parecia muito brava — Misery comentou.

— Ela estava.

— É. Acho que ela teria se divertido mais se estivesse torturando filhotinhos ou algo assim.

Peter não tinha energia nem para defender sua namorada.

— Pelo menos você se divertiu?

Misery se largou no banco do carro e puxou o gorro preto sobre os olhos.

— Sim. Mas só porque ex-presidiários são fodões.

Peter sorriu. E um pensamento totalmente proibido, totalmente impróprio, lhe ocorreu: Eliza não teria ficado chateada com uma noite como essa. Ele se imaginou trabalhando ao lado dela na mesa dos vegetais, descascando silenciosamente as beterrabas e, depois de tudo, indo assistir a algum filme estrangeiro ou coisa parecida. Sentados sozinhos na última fileira do cinema, de mãos dadas, depois se aproximando, virando o rosto dela para o seu...

Peter sabia que pensar em ficar com Eliza era quase traição, mas não conseguia evitar. As fantasias caíam feito folhas secas de algum lugar fora da sua consciência, mais e mais a cada dia. Não importava quanto ele as varresse para longe, elas sempre voltavam.

Naquela noite, quando ele acordou assustado, horas antes de o sol nascer, e viu o Ardor perfeitamente enquadrado na janela do seu quarto, brilhando feito o olho de um demônio agitado, suas defesas desabaram e ele se permitiu imaginar Eliza dormindo ao seu lado, beijando-o do mesmo jeito que o beijara daquela primeira vez. A fantasia o conduziu de volta ao mundo dos sonhos.

Essa foi a última boa noite de sono que ele teve por um bom tempo.

ANDY

Eles se reuniram para assistir ao pronunciamento na casa de Andy, conhecida como "casa da sogra", que todos consideravam o lugar mais legal de toda Seattle. Depois do divórcio, a mãe de Andy se casou com um cara chamado Phil, que trabalhava na Microsoft e ganhava muita grana. Phil tinha dois filhos do casamento anterior. Os dois já tinham terminado a faculdade e também tinham ótimos salários, por isso ele chegou à conclusão de que já tinha cumprido seu papel de pai (a mesma conclusão a que o pai *de verdade* de Andy chegara logo após o divórcio). Enquanto isso, a mãe de Andy só queria relaxar e gastar o dinheiro de Phil. A casa deles, uma imensa construção dos anos 60, tinha um apartamento separado no andar de baixo, que a mãe de Andy chamava de "apartamento da sogra" (mas que acabou virando "casa da sogra"). Era uma casinha em desnível, com cozinha, quarto e banheiro na parte mais alta e uma pequena sala de entretenimento na mais baixa, com um sofá, dois pufes e uma TV com PS4.

Todo mundo já estava lá quando Andy chegou (Bobo tinha a chave, e basicamente entrava e saía como se fosse um colega de quarto honorário). Kevin e Jess estavam nos pufes, compartilhando um cachimbo.

— Fala aí, Andy! — Jess cumprimentou. — Está a fim de beber ou fumar? — Ele usava um boné de beisebol com a aba virada para trás e uma camiseta do Nets, segurava o cachimbo em uma mão e na outra uma lata de energético que provavelmente estava batizada. Biologicamente, Jess era uma garota, mas tinha começado a se vestir como homem no ano anterior, quando saíra falando para todo mundo que daquele dia em diante seria "ele". Depois que concluísse o ensino médio, ele planejava arrumar um emprego e guardar dinheiro para fazer a cirurgia de mudança de sexo. Enquanto isso, tomava um tipo de testosterona todo dia; alguns fios grossos de barba já tinham até começado a nascer em seu queixo. Andy não estava nem aí. Cada um na sua.

— Oi, Andy. — Misery estava estirada no sofá feito um gato, expondo uma faixinha de pele branca abaixo da barra da camiseta. Ela tinha pintado o cabelo de laranja alguns dias antes, e agora estava parecendo uma cenoura.

— Oi, Mis. Cadê o Bobo?

— Na cozinha.

Andy subiu o meio lance de escada. Bobo estava parado diante do fogão, lendo as instruções no verso de uma caixa de macarrão instantâneo sabor queijo.

— Oi, cara. Você está fazendo o jantar?

— Cansei disso — Bobo respondeu, erguendo a caixinha. — Vamos pedir alguma coisa.

— Estou sem grana.

— Pede pro Kevin.

— Cara, pede você. Eu me sinto um merda quando peço pra ele.

— Você bebe a cerveja dele tanto quanto eu.

— Eu sei, mas...

De repente, Bobo arremessou a caixa na direção da cabeça de Andy. Ela bateu na parede e explodiu, lançando uma chuva de macarrão cru, que atingiu o pescoço de Andy como se fossem estilhaços.

— Eu falei pra você pedir pro Kevin — Bobo repetiu.

Andy resmungou.

— Tudo bem. Mas eu não vou limpar esta bagunça.

— Somos dois.

Andy saiu pisando no macarrão em direção à escada.

— Ei — ele anunciou, como se estivesse falando com todos. — Não tem nada na despensa. Acho melhor a gente pedir uma pizza ou algo assim. Alguém quer ligar?

Kevin, que estava dando uma bela tragada no cachimbo, ergueu a mão. Seus pais eram cheios da grana e, ao contrário do padrasto de Andy, adoravam distribuir a riqueza. Eles eram donos de uma revendedora de carros ao sul de Seattle, e o sobrenome deles, Hellings, estava na moldura de plástico das placas de metade dos carros da cidade. Em outras palavras, Kevin mordeu a isca. Bobo costumava dizer que, se jogassem direito, eles poderiam viver à custa dele por décadas. Andy às vezes se sentia mal com isso, mas toda amizade envolve algum tipo de troca, certo? Eles deixavam Kevin andar com eles e, em troca, ele bancava o videogame, os hambúrgueres e a erva.

— Deixa comigo — Kevin disse, finalmente soltando uma baforada. Ele era daqueles caras que ficam místicos e confusos quando estão chapados, e seu papo com o atendente da pizzaria foi inacreditável. — Se a gente quer pepperoni? Ah, cara, sei lá. Espera um pouco. Pessoal, a gente quer pepperoni? Não, a gente não quer pepperoni, apesar de eu não fazer a menor ideia do motivo, porque pepperoni é muito bom. Acho que eu vou perguntar de novo. Pessoal, a gente não quer mesmo pepperoni? Não? Cara, que *loucura*.

Andy se sentou na pontinha do sofá, para não encostar em nenhuma parte do corpo de Misery, mas ela chegou mais perto e grudou no braço dele.

— Você tá dando em cima de mim?

— Estou um pouco assustada — ela confessou.

Na tela da TV havia uma tribuna vazia com a bandeira azul do presidente dos Estados Unidos ao fundo. Alguns flashes dispararam antes da hora.

— Bobo — Andy berrou. — Vai começar!

— Tô indo!

Misery se inclinou para o outro lado assim que Bobo se sentou, deixando frio o lado esquerdo de Andy.

— O que você acha que ele vai falar? — ela perguntou.

— O de sempre — Bobo respondeu. — Muda de canal. A gente não precisa ver isso. Nem sei por que vocês querem assistir. Tem um filme na Netflix em que as pessoas ficam presas no teleférico e morrem. É demais.

— Isso é a história acontecendo na nossa cara — disse Kevin. — Você não quer ficar por dentro?

— Claro. Mas vai estar no YouTube daqui a vinte minutos, e lá a gente pode pular as partes chatas.

Um sujeito de óculos com pinta de hipster se posicionou na tribuna:
— *Senhoras e senhores, o presidente dos Estados Unidos.*

Em seguida cedeu o lugar ao bom e velho Obama, que entrou acompanhado da esposa e das filhas. Andy curtia o presidente Obama; tinha umas fotos dele fumando um baseado no ensino médio, e ele sempre estava disposto a ajudar os pobres, os imigrantes e os ferrados. Além disso, o cara sempre parecia calmo, mesmo quando estava bravo; sua raiva era a raiva de alguém que está bravo só porque precisa parecer bravo. "Eu preferiria estar jogando basquete e acendendo um", era o que a sua cara parecia dizer, "mas um bando de conservadores idiotas me força a agir com toda a seriedade e pompa."

— Ele está estranho — Jess observou.

Era verdade. O presidente não mostrava a tranquilidade habitual, aquela postura "está-tudo-sob-controle" que normalmente apresentava. Estava na cara dele: nada de sorrisos. Nenhum sorriso para o povo. Nenhum sorriso para as câmeras. Nenhum sorriso nem mesmo para a sua família.

— *Meus caros compatriotas* — ele começou —, *venho aqui hoje com humildade e esperança. Muitas pessoas vêm dizendo coisas nos últimos dias, e eu estou aqui para separar os boatos da realidade. A maioria de vocês sabe que um asteroide chamado Ardor foi localizado no céu há alguns dias. Foram os astrônomos do nosso Observatório Mount Wilson, na Califórnia, que primeiro o avistaram, e desde então a observação do Ardor se transformou em um esforço internacional. Não há maneira agradável de informá-los de que as estimativas mais recentes feitas por cientistas de várias partes do mundo afirmam que o asteroide está diretamente em rota de colisão com a nossa órbita.*

A sala de imprensa ficou agitada, e Obama esperou pacientemente até que o burburinho cessasse.

— *Eu prometi, quando fiz o juramento como presidente, que seria o mais transparente possível. Mas, quando se está lidando com esse tipo de velocidade e distância, é impossível determinar qualquer coisa com segurança. A verdade é que não saberemos muito por algum tempo, talvez até que o Ardor esteja na nossa porta, o que, segundo me disseram, deve acontecer dentro de sete a oito semanas.*

A primeira-dama, parada feito uma estátua atrás do presidente, parecia estar chorando. Andy olhou ao redor do seu apartamentinho — de repente tudo parecia diferente. Quem eram aquelas pessoas estranhas? Será que realmente eram os melhores amigos que ele já tivera? Misery tremia, de olhos arregalados e marejados.

— Merda — Kevin soltou. — Que merda.

O presidente prosseguiu:

— *Eu não posso atenuar os efeitos de uma colisão. O maior ponto do asteroide tem aproximadamente treze quilômetros de extensão. Em caso de colisão, ele vai liberar uma força equivalente a mais de um bilhão de bombas nucleares. Mas a colisão não é garantida, e dois meses é muito tempo para prendermos o fôlego ou agirmos como se as nossas atitudes não tivessem mais consequências. Enquanto sofrermos com a ameaça desse perigo, pois eu sei que vamos sofrer, não podemos nos dar ao luxo de permitir que o medo governe o nosso país, e a nós mesmos, nem por um dia sequer. A única coisa que podemos fazer, a única atitude americana, é seguir em frente com a nossa vida, ao lado das pessoas que amamos, e acreditar que Deus vai nos proteger. Obrigado a todos, e que Deus abençoe os Estados Unidos da América.*

Flashes pipocaram enquanto Obama se retirava. Andy percebeu que Misery estava segurando sua mão com tanta força que a ponta de seus dedos estava branca. Era real. Poderia acontecer.

— *Quais são as nossas chances?* — algum jornalista gritou, mas não havia mais ninguém para responder. Enquanto isso, Kevin tinha apanhado seu MacBook e estava pesquisando na internet.

— O que estão dizendo? — Misery perguntou.

Kevin não respondeu; apenas clicava, rolava e digitava, abrindo um monte de páginas no navegador. Por que será, Andy se perguntou, que, não importava a cor que aparecesse na tela, os monitores do computador sempre refletiam o mesmo tom azul-claro — a cor do Ardor? As lentes dos óculos de Kevin refletiam duas colunas cheias de letras miúdas.

— O que estão dizendo? — Misery repetiu a pergunta, e havia um tom de desespero em sua voz que disparou um calafrio na espinha de Andy. — Kevin, que merda estão dizendo?

— Eu tinha esperança de encontrar alguma coisa diferente — ele disse, erguendo os olhos do monitor. — Estão falando em dois terços.

— Dois terços? Tipo, sessenta e seis por cento?

— Isso mesmo.

— Dois terços de chance de a gente sobreviver e um terço de morrer?

Kevin hesitou, deu outra olhada no monitor e então balançou a cabeça lentamente.

— Ao contrário.

Misery ficou de pé, girou no lugar feito um animal encurralado em busca de uma saída, depois caiu de joelhos e cobriu o rosto com as mãos. Ninguém foi confortá-la.

—

— Isso não te incomoda? — Bobo perguntou.

— O quê?

— Você sabe. Morrer virgem. — Ele riu.

Todos os outros tinham ido embora fazia uma hora. Logo depois disso, a mãe de Andy fez uma rara visita na casa da sogra para anunciar que ela e Phil partiriam na manhã seguinte para a cabana que Phil mantinha ao leste de Washington, onde iriam esperar até que "toda essa histeria" passasse. Andy disse que preferiria pular do alto do Space Needle a passar seus últimos dias na Terra preso no meio do nada com ela e o marido. Ela o chamou de ingrato e em seguida se foi, batendo a porta.

— Foi legal te conhecer! — Andy gritou para ela.

Ele e Bobo apagaram as luzes, mas estavam muito agitados para dormir. Em vez disso, fizeram um balde de pipoca e jogaram PS4 por horas, sem falar nada.

— Chupa! — Bobo murmurou, acumulando mais uma matança. Ele estava dando uma surra virtual em Andy.

— Como você consegue se concentrar nisso? — perguntou Andy.

— Como assim?

— Eu tô surtando aqui. Como você não está?

— Sei lá. Acho que a ideia da morte não me assusta.

Como se fosse uma sugestão, o avatar de Bobo foi atingido por uma bola de plasma na cara. Ele jogou o controle e se recostou no sofá.

— Você não vai renascer?

— Não. Você jogou muito mal hoje. Não foi divertido.

Andy continuou jogando sozinho por um tempo, até notar que Bobo tinha arregaçado as mangas do moletom. Uma linha fina e rosada subia de cada um dos seus pulsos e desaparecia embaixo do tecido preto enrugado ao redor dos cotovelos. Andy sentiu um aperto por dentro e virou o rosto.

— Você precisa fazer isso?

— Relaxa, cara. Eu tenho orgulho delas. — Ele admirou suas cicatrizes. — A gente podia tentar de novo. Se essa merda se confirmar.

Andy não disse nada.

— Eu não culpo você — Bobo disse. — Você deu pra trás. Eu já saquei. Era um passo muito grande.

— Eu não dei pra trás.

Se ao menos eles estivessem no mesmo quarto, tudo teria sido diferente. Porém tinham decidido cumprir o pacto separadamente e sozinhos, sincronizando o alarme dos telefones, como nos filmes do James Bond. Andy nem lembrava por que tinha topado fazer aquilo. Bobo tinha acabado de terminar com Misery (temporariamente, como se mostrou depois) e seu pai estava internado numa clínica para tratamento de alcoolismo, por isso ele tinha diversos motivos, mas Andy não estava passando por nada pior que o de sempre. Por mais maluco que parecesse, ele simplesmente não achou certo dizer não. Ele ligou para o celular de Bobo assim que percebeu que não ia conseguir seguir adiante, mas ninguém atendeu, por isso chamou a polícia. Mais tarde, um paramédico contou que tinha sido questão de minutos.

— Você é um herói — o cara tinha dito.

Mas Andy sabia que não era verdade. Ele tinha abandonado seu melhor amigo. Ele *tinha* dado pra trás.

Bobo finalmente puxou a manga para baixo, como se estivesse fechando uma cortina do passado.

— Só estou pedindo pra você pensar nisso. Por via das dúvidas.

O relógio bateu quatro e meia da manhã.

— Acho melhor a gente ir dormir — Andy sugeriu. — Vai ser difícil aguentar na escola com três horas de sono.

— Eu já dei um Google. Amanhã não tem aula. Vão dar um fim de semana de três dias pra gente. Como se a gente fosse pra escola, de qualquer forma.

Andy não tinha pensado em faltar, mas Bobo tinha razão. Não havia motivo para aparecer na Hamilton. Na verdade, não havia motivo para fazer mais nada. Andy repassou a rotina de todo dia, participando de alguma assembleia sem sentido, vendo um bando de gente para quem ele não dava a mínima e que definitivamente não dava a mínima para ele. Será que tinha uma única pessoa naquela escola de quem ele realmente sentiria falta?

— Eliza — ele disse, e a palavra saiu como se ele tivesse acabado de descobrir por acaso uma porta na escuridão.

— O quê?

— Eliza Olivi.

— O que tem ela?

O que faz você continuar jogando um videogame por horas a fio, por dias, não importa quanto o enredo seja mal escrito ou quão chata seja a história? Você continua por causa do desafio. Independentemente do que for: salvar uma princesa, conquistar um mundo alienígena ou assassinar um rei. Andy imaginou Eliza do jeito que ela era antes: tímida e espectral, tão calada quanto uma pintura. Esse desafio era tão nobre quanto qualquer outro.

— Eu vou transar com ela — Andy respondeu.

Bobo riu.

— Vai nada.

— Cem paus se eu não consigo antes da chegada do Ardor.

— Fechado. Mas vamos subir pra mil.

— Mil?

— É o fim do mundo, Andy. E você vai ter que transar com ela, ok? A gente tá falando de papo sério, transa prolongada.

— Prolongada?

— Prolongada. Nada de ejaculação precoce.

— Fechado. — Eles trocaram um aperto de mãos. Um acordo de cavalheiros. Claro que era imaturo, idiota e provavelmente impossível. Mas as pessoas precisam de um objetivo para levantar da cama todas as manhãs. De alguma esperança. Para Andy, esse objetivo seria Eliza.

Com uma maioria esmagadora de votos, concorrendo sem oposição, ela tinha acabado de ser eleita a sua razão de viver.

PETER

Depois que acabou, Peter sentou no sofá e permitiu que sua mãe o abraçasse. Seu pai continuou passando os canais na TV, na esperança de encontrar alguém que pudesse contradizer alguma parte do pronunciamento do presidente. Os dois estavam chorando, sua mãe parecendo uma cachoeira, seu pai igual a um cano mal vedado — algumas gotas pingando pelas beiradas. Peter amava seus pais, mas, naquele momento, daria tudo para se livrar deles. A ansiedade dos dois tinha consumido todo o oxigênio da sala; seus próprios sentimentos não conseguiam respirar. Ele só tinha dezoito anos! Tantas coisas que não havia experimentado ainda — viajar pelo mundo, saltar de bungee jump, sushi. E que merda ele estava esperando? Por que ele tinha achado que o tempo era um recurso inesgotável? Agora a ampulheta tinha arrebentado, e o que ele sempre vira como um simples monte de areia tinha se transformado em um milhão de pequenos diamantes.

Peter sentia a umidade das lágrimas de sua mãe lhe ensopando a camiseta. Ele ficou arrepiado. Seus pais sempre foram sovinas com o aquecimento da casa. Uma ideia engraçada: por que não manter o termostato em agradáveis vinte e cinco graus de agora em diante? Eram grandes as chances de eles nunca precisarem pagar a conta. E quantas poupanças e fundos de pensão iriam para o espaço nos próximos dois meses? Quantas mágoas secretas não viriam à tona? Quantos vizinhos finalmente não iriam atirar no chihuahua que não os deixava dormir à noite? Pensando melhor, por que não dar um tiro no vizinho folgado que não colocava para dentro de casa o maldito cachorro? De repente, o mundo pareceu um lugar muito perigoso.

— Eu vou atrás da Mis — ele avisou.

Sua mãe soltou um gemido apenas — num tom longo e fantasmagórico — enquanto Peter se desvencilhava.

— Boa ideia — seu pai respondeu. — Mas volte direto pra casa, ok?

— Claro.

Misery provavelmente estava no cafofo de Andy Rowen — a "casa da sogra" — com a turma. Ele enviou uma mensagem pedindo para ela esperar do lado de fora em vinte minutos; por algum motivo, ele não queria ver o namorado dela naquele momento. A notícia sobre o Ardor parecia confirmar a filosofia "Por que se preocupar com qualquer coisa?", que Bobo e seus amigos seguiam. Peter se sentia um otário por ter se mantido do lado dos esforçados e dos lutadores.

Ela estava esperando quando ele chegou, parada na calçada sob um círculo de luz. Esguia como uma orquídea. Os cabelos tingidos de laranja e as roupas malucas e rasgadas pareciam representar algum tipo de manifesto existencialista fútil, e Peter se sentiu responsável por isso. Ele sempre desconfiara de que a rebeldia da irmã era, de certo modo, uma reação a todas as suas conquistas. Apesar de ter aceitado a atitude sarcástica, a pose de largada e as roupas excêntricas, a única coisa que ele não conseguia entender era por que uma garota bonita e inteligente como ela tinha escolhido gastar o tempo com um traficante escroto como o Bobo.

— Oi, Mis.

— Oi.

Eles se abraçaram naquele espaço desconfortável entre os bancos da frente.

— A mamãe está pirando — ele contou.

— Imagino. — Sua irmã tirou da bolsa um maço de Camel Light e um isqueiro Bic vermelho. Peter pensou em repreendê-la, então se deu conta de que câncer de pulmão estava entre as muitas coisas que não tinham mais importância. — Ei — ela disse, soltando uma nuvem de fumaça —, você se importa se a gente não for direto pra casa? Eu não vou aguentar ficar lá dentro agora.

— Estou *longe* de me importar.

Era uma noite clara e silenciosa. A notícia tinha esvaziado as ruas. Peter não tinha um destino certo em mente quando saiu dirigindo, mas, assim que avistou a placa do Beth's Café — um porco com asas em cima de um cartaz do antigo refrigerante Nesbitt's sabor laranja, preso a uma marquise —, parou e estacionou.

Um sininho tilintou quando a porta foi aberta, soprando um bafo quente de cheiro de panquecas e bacon. O Beth's sempre foi mais a cara de Misery do que de Peter, mas pareceu bom para ele esta noite. O café vinte e quatro horas remetia a uma época em que os desajustados do mundo não apareciam nos seriados do horário nobre e em cada esquina, quando eles realmente *precisavam* de um lugar para se reunir. Banquetas vermelhas altas tinham sido uniformemente dispostas ao longo de toda a extensão do balcão em L. A garçonete atrás da caixa registradora — uma monstrinha gótica carrancuda com a cara cheia de buracos preenchidos com metal — cumprimentou Misery pelo nome. Ninguém ali parecia triste ou histérico. Será possível que nenhum deles tinha ficado sabendo, ou será que ainda estavam muito chocados?

Peter e a irmã se sentaram na passagem entre os dois salões do restaurante, bem ao lado da jukebox e do cantinho onde ficavam os fliperamas. Os pequenos efeitos digitais quase mascararam o toque do telefone de Peter: Stacy.

— Você não vai atender? — Misery perguntou.

Ele nem tinha pensado na namorada desde o pronunciamento.

— Agora não.

— Finalmente vai terminar com ela?

— O quê? — Peter hesitou um pouco demais antes de responder: — Não!

Misery abriu um sorrisão.

— Você vai? Sério?

— Eu disse que não, Mis.

— Sim, mas você teve que pensar. Isso significa que é uma questão de tempo. Contagem regressiva começando.

Sua irmã parecia tão genuinamente feliz com a ideia de que ele desse um fora em Stacy que ele sentiu vontade de fazer isso por ela. Mas seria pior do que fazer na esperança de ficar com uma garota que ele mal conhecia.

Misery pediu um café puro e batata suíça. Peter decidiu que não havia momento melhor que aquele para atacar a famosa omelete de doze ovos do Beth's. A música na jukebox continuava dizendo algo sobre uma bomba, repetidas vezes.

— Já que estamos no tema "terminar"... — Peter falou. — E quanto a você e o Bobo?

— Por que eu iria terminar com o Bobo?

— Porque ele é um arruaceiro. E é muito velho pra você.

— Dois anos não é nada. Além do mais, eu amo o Bobo, mesmo que ele seja um arruaceiro.

A sineta tocou outra vez quando quatro homens entraram no café. Eram os típicos frequentadores do Beth's — com roupas de couro e tachas e fedendo a fumaça de cigarro — e trouxeram consigo aquele tipo de ameaça genérica que a gente sente ao atravessar uma rua escura. Quando passaram pela mesa, um deles olhou duas vezes. Ele não devia ter mais que trinta anos, mas sua pele tinha rugas prematuras — provavelmente por causa das drogas. Era mais baixo que os outros; devia ter um metro e sessenta e cinco, no máximo, apesar de algo em seu jeito de andar indicar que ele era o líder. Peter notou as tatuagens nos dedos quando ele colocou as mãos sobre a mesa: "VIVA" na direita, "1 VEZ" na esquerda.

— Misery — ele disse. — Você está bonita.

— Oi, Golden.

— Quem é esse cara? Você está traindo o Bobo?

— Este é o Peter, meu irmão.

Peter estendeu a mão, mas Golden não retribuiu o cumprimento. Suas pupilas tinham uma cor cinza-azulada, e estavam tão dilatadas que só podia haver algum tipo de anfetamina em seu corpo. Ele tocou na corrente de ouro que dava muitas voltas ao redor do pescoço.

— Fala aí, Peter, meu irmão.

— Fala.

— Cuida direitinho dessa aí, hein?

— É pra isso que servem os irmãos.

O telefone de Peter tocou outra vez. Golden baixou os olhos, deu uma olhada na tela e sorriu, mostrando uma fileira de dentes de ouro.

— É melhor atender a mamãe — ele recomendou e em seguida saiu andando.

Peter levou cinco minutos para convencer sua mãe, que ainda chorava, de que ele e Misery iriam para casa assim que terminassem a refeição. Enquanto isso, a garçonete trouxe a comida, olhando de um jeito desconfiado e cansado para a risada e os golpes que vinham da sala de jogos, onde se encontravam Golden e seus amigos. Peter deu uma garfada na omelete e se deu conta de que não estava com fome. Era hora de falar sobre o elefante na sala.

— Então... — ele começou — é a morte.

— É.

— Como você está se sentindo?

— Nem sei. Não parece real. Quer dizer, o que a gente deve fazer? O que vai acontecer?

— Nada de bom.

Um grito rouco, em seguida um barulho de algo quebrando. O caco em formato de foice de uma caneca de café escorregou pelo chão, vindo da sala de jogos, e bateu no tênis de Peter.

— Então aqueles são os amigos do Bobo, é isso?

— Chamar de amigos é forçar a barra.

— Dá pra entender por que você quer se envolver com esse tipo de gente boa.

— Deixa pra lá, cara.

Mas ele tinha tocado em um tema importante, e não ia deixar para lá sem brigar. Mesmo que não conseguisse fazer mais nada antes do fim do mundo, pelo menos sua irmã ele iria colocar na linha.

— Escuta, Mis. Eu sei que você nunca gostou da Stacy, e sei que eu nunca gostei do Bobo, mas isso não coloca os dois no mesmo nível. — Ela desviou o olhar. — O Bobo é um bandidinho. Foi por culpa dele que você não estava com a sua família hoje. Foi por culpa dele que as suas notas caíram este ano.

Misery se recostou na janela, na outra ponta do sofá.

— Você não percebe o que está dizendo? Quem está preocupado com as notas depois de hoje?

— Não é com as suas notas que estou preocupado.

— É com o quê, então?

— Com a sua... alma — Peter arriscou e se perguntou de onde tinha vindo *aquela* palavra. — Eu sei bem como são caras como o Bobo, Mis. Eles não ligam pra nada.

— Ele liga pra mim. E você não o conhece. Não sabe como a vida dele é ferrada. É por isso que ele age daquele jeito. Cada vez que eu faço o Bobo feliz, eu me sinto bem. Ele me faz sentir bem.

— Misery, você não veio ao mundo pra alegrar a vida de um inútil.

Assim que disse isso, ele percebeu que tinha ultrapassado o limite. Misery revidou pesado.

— É você que está com uma namorada que não ama — ela retrucou.

— Eu nunca traí o Bobo. — Ela escorregou pelo sofá e se levantou. — Não que você esteja preocupado, mas a gente terminou uma vez. E ele tentou se matar. Portanto, quer saber de uma coisa? Chega.

Sua irmã saiu do café pisando duro, enquanto Peter ficou ali sentado, tentando processar a informação. Isso esclarecia uma coisa: agora ele entendia por que Misery acabou se envolvendo. Pela perspectiva de salvar alguém da morte — havia alguma coisa mais atraente que essa?

Outro estrondo na sala de jogos. Um membro da gangue de Golden saiu, rindo e fazendo careta ao mesmo tempo. Sua mão estava coberta de sangue, e uma lasca de vidro se projetava da junta de um dos dedos, parecendo uma barbatana de tubarão.

— A minha bola emperrou naquela merda de máquina — ele disse, se explicando.

Misery se recusou a falar no caminho de volta para casa, por isso Peter manteve os olhos fixos na rua adiante. Ele contou três ambulâncias, dois carros de bombeiro e sete viaturas da polícia. Já tinha começado...

Assim que chegaram em casa, Misery subiu a escada correndo, ignorando seus pais, que esperavam acordados na sala.

— Ela está bem? — a mãe deles perguntou.

Peter riu amargurado do ridículo da pergunta — uma vez que, durantes os dois meses seguintes, perguntas como aquela seriam absurdas, insensíveis e insanas.

— Sim, mãe. Ela está ótima.

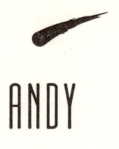

ANDY

Eles corriam de um lado para o outro feito galinhas com o pescoço destroncado. Professores. Assistentes de direção. Funcionários. Era um verdadeiro formigueiro de adultos agitados, sempre tão acostumados a estar no controle de tudo que nem perceberam que os dias de controle tinham acabado. Comparados a eles, os alunos pareciam muito calmos. Andy concluiu que provavelmente era porque a moçada estava acostumada a passar por situações sobre as quais não tinha o menor controle. Já ele não estava tão calmo assim; depois de um logo fim de semana chapado e evitando qualquer coisa que se parecesse de longe com um pensamento, só agora ele estava lidando com a maior catástrofe de todas. Pergunta: Como encarar o fim do mundo e não pirar? Resposta: Não dá. A única coisa sã a fazer era procurar se distrair para atenuar o medo. Andy olhou ao redor da sala à procura de Eliza — sua princesa presa no castelo. Normalmente as assembleias eram lotadas, mas, nesse dia, todas as fileiras tinham buracos aqui e ali. Claro que Andy também não teria se dado o trabalho de aparecer se não fosse pelo desafio.

Um clarão o deixou cego por alguns segundos. Após algumas piscadas para apagar as bolinhas roxas, ele a viu, escondida atrás de sua câmera fotográfica, de frente para o fundo da sala. Outro clarão. Por um segundo, ele achou que ela estivesse tirando fotos dele. Mas então se virou e viu o verdadeiro alvo. A Hamilton tinha convidado algumas pessoas de fora para a reunião de hoje — dois membros do departamento de polícia de Seattle, cada um parado diante de cada uma das portas do auditório.

Então estava rolando ali também — o *Big Brother* em curso.

Durante todo o fim de semana, Andy andou pelas ruas de Seattle com Bobo, sentindo um clima diferente na cidade. Ele imaginou que estaria rolando algum tipo de mentalidade de bunker — as ruas vazias por causa do apocalipse zumbi, feixes de palha seca rolando e Mad Max zanzando em uma Harley. Mas a vibe estava mais para um festival de música do que para filme apocalíptico. Todos tinham saído de casa para se divertir; do drogado psicótico ao playboyzinho, todos tentavam aproveitar, apesar do clima úmido de fevereiro. Aquilo tudo teria sido suficiente para esquecer o que realmente estava acontecendo, se não fosse por todos os policiais. Eles estavam em toda parte. Para onde a gente se virava, um cara de uniforme azul encarava com aquele olhar de "me dê um motivo". O rádio falava sobre a possibilidade de a polícia recrutar civis desempregados. ("Claro que nenhum deles vai receber uma arma", tinha dito o chefe de polícia — então eles seriam mesmo de muita ajuda quando a merda batesse no ventilador.) Kevin, o especialista em história da turma, disse que era assim que sempre começava. Um poder extraordinário era concedido a algumas pessoas — só para garantir a segurança pública, claro —, e depois de algum tempo os tais civis bem-intencionados estariam controlando botijões de gás, disparando jatos d'água com mangueiras de incêndio e conduzindo trens lotados de prisioneiros para campos de trabalhos forçados. Andy achou que Kevin estivesse falando bobagem, mas agora, vendo aqueles guardas parados no fundo do auditório, já não tinha tanta certeza.

O sr. Jester, diretor da Hamilton, subiu ao palco, transpirando feito um assassino confesso após três horas de interrogatório. Como ele tinha sido nomeado diretor era um mistério para Andy. Líderes eram supostamente aquele tipo de pessoa que a gente segue rumo a uma batalha. Porém, se houvesse alguma batalha na Hamilton, o sr. Jester seria o cara que as pessoas mandariam ficar para trás e talvez varrer o quartel ou algo assim.

— Bom dia, Hamilton.

Os alunos responderam:

— Bom dia, sr. Jester.

— Eu vou ser breve aqui. Acredito que é muito importante mantermos a nossa rotina diária o máximo possível. Dito isso, há algumas coisas inevitáveis decorrentes da tragédia que nós teremos de enfrentar. Isto é, a *potencialmente* trágica... hum... natureza das coisas.

O sr. Jester disse um montão de coisas sem sentido, usando um montão de palavras. A cada dois minutos o flash da câmera de Eliza clareava a sala.

Bobo se debruçou sobre o braço da cadeira.

— Cara, se você quiser chamar a atenção dela, vai ter que fazer alguma coisa pra aparecer.

— Tipo o quê?

— Qual o sentido de a gente aprender cálculo? — Bobo gritou, interrompendo o sr. Jester no meio de uma frase e causando uma gargalhada generalizada. Um bom diretor o teria expulsado do auditório na hora, mas o sr. Jester parecia estar a um passo de um colapso da mesma proporção do que ocorreu em Fukushima. Bobo sempre teve sexto sentido para detectar a fraqueza alheia.

O diretor tentou ignorar a interrupção.

— Como eu estava dizendo, a frequência à escola tecnicamente ainda é obrigatória, apesar de essa política estar sendo revista em nível federal neste momento. Por favor, continuem comparecendo às aulas e seguindo os horários.

— Diz alguma coisa — Bobo sussurrou.

— Cara, por que você está me ajudando? Tem dinheiro na parada.

— Porque eu quero que a competição seja pra valer, Maria, e você já está pisando na bola. — Bobo ergueu a voz novamente. — Responda à pergunta! Qual o sentido de a gente aprender cálculo?

O sr. Jester contraiu os olhos na direção dos ouvintes.

— Cálculo é importante porque é um ramo da matemática. E matemática é importante porque os números, como você pode perceber, são a base do ensino, assim como ciências e história e, hum... — Ele engoliu o restante da frase enroladora.

Outro flash disparou, diretamente nos olhos de Andy desta vez; Eliza tinha acabado de tirar uma foto de *Bobo*! Seus gritos idiotas tinham conseguido penetrar a espessa bolha que envolvia a consciência da menina.

— Escute aqui — o sr. Jester pediu. — Eu estou tentando dizer uma coisa importante. Por isso, se você puder dar um tempo, nós talvez...

— O que estes policiais estão fazendo aqui? — Andy perguntou.

— Isso não vem ao caso agora. São normas apenas.

— Que normas são essas que dizem que a gente precisa de guardas armados na escola? Vocês estão com medo do quê?

— De nada. Agora chega, sr. Rowen.

Andy ignorou, eletrizado pela atenção.

— Alunos da Hamilton. Quem estiver preocupado com os seus direitos, apareça na arquibancada do campo de futebol depois da aula. A gente precisa lutar. É assim que começa o fascismo...

Ele sentiu um aperto no ombro; um dos policiais o segurava e estava tentando erguê-lo da cadeira.

— O que é isso?

— Isso não é necessário, policial — o sr. Jester interveio.

— Me solta, gambé! — Andy se esquivou do policial, mas, com a força do impulso, acabou sendo lançado para a frente e batendo no encosto da cadeira desocupada da fileira seguinte. Um clarão de dor, em seguida uma sensação de cócegas quando um filete de sangue brotou entre os fios de sua sobrancelha direita. Um burburinho de revolta se espalhou pela sala. Outro clarão, desta vez do flash da máquina fotográfica de Eliza. Andy olhou diretamente para ela e sorriu. Sangue escorria para o canto da sua boca. — Na arquibancada depois da aula se se interessam pela liberdade de vocês! — ele gritou mais uma vez, enquanto era arrastado escada acima e para fora do auditório.

Na hora do almoço eles planejaram o próximo passo. Kevin insistiu que a hora era agora, politicamente falando — todo mundo só falava do ferimento de Andy —, e eles tinham que lutar enquanto o assunto ainda estava quente. Claro que nenhum deles sabia ao certo contra o que iriam protestar. Bobo se ofereceu para assumir a liderança na reunião da arquibancada, e Andy concordou na hora. Ele nunca gostou muito de aparecer, e a última coisa que queria era arrumar mais confusão. Teve sorte por sair daquela reunião com um ferimento na cabeça apenas. ("Não vamos transformar isso num caso federal", o policial tinha dito, segurando uma bola de papel-toalha umedecido contra a testa de Andy, "e vamos todos esquecer a confusão que você causou. De acordo?")

    Havia umas cem pessoas reunidas na arquibancada depois da aula. Todos tinham os capuzes puxados para se proteger da garoa, parecendo monges que haviam esquecido de usar a cor padrão. Várias tribos compareceram. Lá estava James Hurdlebrink, com seu mullet medonho e seu QI estratosférico, com a molecada do videogame e o pessoal das olimpíadas de matemática, com quem ele andava. Os folgados de quase todas as classes apareceram, torcendo para não ter que fazer nada. Finalmente chegaram os metidos a artistas — garotas que se vestiam como Joan Baez e tocavam violão, garotos que se vestiam como Kurt Cobain e tocavam guitarra, o pessoalzinho gay do teatro, a equipe do jornal da escola e a coleção de monstruosidades que compunha a fanfarra da Hamilton. Para dar a devida gravidade à ocasião, lá estava o guarda que tinha puxado Andy com truculência, observando do outro lado do campo. Ele tocou seu cinto de utilidades do Batman, e, por um segundo, Andy achou que ele fosse sacar a arma e acabar com todo mundo. Mas ele simplesmente pegou o rádio e disse alguma coisa no bocal.

    Andy estava atrás de Bobo e tentava parecer sério e traumatizado. Misery tinha enfaixado a cabeça dele igual a uma múmia egípcia, para fazer o ferimento parecer pior do que era, mas agora as faixas estavam pesadas e frias com a água da chuva e cheirando a hospital mofado.

    — Eu sei que todo mundo viu o que aconteceu hoje — Bobo começou, dirigindo-se à arquibancada, parado no meio da pista de atletismo que contornava o campo. — Talvez tenha sido uma surpresa para vocês, mas pra mim não foi. Os idiotas que estão no comando querem que a gente pense que a ameaça vem de gente como a gente, mas todos nós sabemos que os verdadeiros inimigos já estão entre nós. Estou falando deles. — Apontou para o outro extremo do campo, diretamente para o policial. — Eles estão tão assustados quanto nós, só que estão armados. Vocês acham que vão pensar duas vezes antes de atirar no garoto que criar confusão? É só fazer as contas: as chances de eles não terem que responder por isso são de 66,6%. Mesmo que a gente ainda esteja vivo daqui a dois meses, vocês sabem que cada um dos policias vai ser chamado de herói, não importa o que tenha feito. Eles chamam isso de circunstâncias extraordinárias. Nós estamos nas mãos deles, a menos que a gente se una.

— O que você está sugerindo? — James Hurdlebrink perguntou.

— Nada muito radical, por enquanto — Bobo respondeu. — Vamos esperar pra ver o que rola. Mas a gente precisa estar preparado. Vamos precisar organizar uma cadeia de comando.

— E você estaria no alto dessa cadeia?

— Por que não?

James soltou uma risada áspera, condescendente — uma risada que provavelmente lhe custou vários amigos ao longo dos anos.

— Porque isso é uma idiotice. O que nós vamos fazer contra um bando de policiais armados?

— Tem muita coisa que a gente pode fazer.

— Tipo o quê?

— Eu conheço pessoas — Bobo retrucou. — Pessoas que fazem acontecer. Vocês só precisam confiar em mim.

James espalmou as mãos em sinal de rendição.

— Como quiser, líder destemido.

— Alguém mais tem alguma coisa a dizer? — Bobo olhou ao redor. — Ótimo. Eu vou criar um grupo fechado no Facebook hoje à noite. Então, me adicionem que eu envio o convite. Agora a Misery tem um anúncio pra fazer.

Misery se levantou na última fileira da arquibancada.

— Vocês estão todos convidados pra ir à Crocodile, às dez da noite da sexta-feira, para o show da banda Períneo. Esperem, vocês não estão convidados. Estão *intimados*. Considerem isso a iniciação de vocês. Cinco pratas o couvert.

— Não é Dia dos Namorados? — alguém perguntou.

— E daí? — Misery replicou. — Leve a sua namorada.

A multidão se dispersou, mas antes disso Andy percebeu que Anita Graves estava assistindo atrás das arquibancadas; ela se virou e saiu andando no momento em que seus olhares se cruzaram. Aquela garota estava ficando cada vez mais esquisita.

— Vamos nessa — disse Bobo. — Precisamos ensaiar ou algo assim.

— Por que a Eliza não apareceu? — Andy perguntou. — Nós fizemos tudo isso por causa dela.

— Ela veio. Eu a vi tirando fotos do outro lado do campo.

— Sério?

— Não fique muito animadinho, Maria. Isso é o mais perto que você vai chegar dela.

— Espere e verá, idiota.

Eles cruzaram o campo e passaram pertinho do policial. Bobo cuspiu nos pés dele, mas o cara não percebeu ou ignorou.

— Você podia ter me avisado que tinha marcado um show — Andy reclamou.

— Foda-se o show, cara. O show é só a isca.

— O que você quer dizer com isso?

— Eu quero dizer — Bobo respirou fundo, como se estivesse se preparando para uma discussão — que a gente vai convidar o Golden.

— O Golden? O seu chefe Golden? — Andy ficou sem entender. O que ele tinha desencadeado com aquela cena na assembleia?

— Ele é o meu *fornecedor*, cara. E ele tem uma equipe.

— Uma equipe de traficantes.

— O que você tem contra traficantes? Você anda comigo numa boa.

— Sim, mas você só vende maconha.

Bobo apontou para a testa de Andy como se estivesse com uma arma na mão.

— Você está dizendo que eu não sou da pesada, babaca?

— Estou dizendo que aquele Golden me dá nos nervos.

— É por isso mesmo que a gente precisa dele. Por enquanto é só a Hamilton. Com o Golden na jogada, a gente pode tomar conta da cidade! Na verdade a gente pode criar resistência, se precisar.

— A gente não pode fazer isso sem ele?

Bobo chacoalhou a cabeça.

— Quando o bicho pegar, vamos precisar de mais do que um bando de garotos da bandinha da escola do nosso lado.

— Não sei não, cara...

— Que se foda — Bobo berrou, de repente. — Que se foda esse seu nhem-nhem-nhem! Eu posso contar com você nessa, ou você vai me decepcionar?

Uma expressão não dita ficou pairando no ar depois da pergunta de Bobo: *outra vez*. Ou talvez fosse apenas a consciência pesada de Andy que estivesse falando.

— Tudo bem. O Golden pode aparecer no show...

— Eu sei que ele pode.

— Mas só se você me deixar tocar uma música solo.

Bobo riu.

— Pra Eliza?

— Talvez.

— Bom, supondo que ela vá, beleza.

— Valeu.

— De nada. — Bobo deu um tapinha nas costas de Andy. — Quando ela ouvir a merda da sua voz, vai ser um ponto garantido pra mim.

ELIZA

Ela estava no chuveiro quando a ideia lhe ocorreu. Era só uma pergunta à toa — Quantos banhos ela ainda iria tomar? —, seguida de um cálculo rápido. Mesmo que a água e a eletricidade continuassem sendo fornecidas até o fim, e mesmo que tomasse um banho todo dia de manhã e outro à noite, ela só tomaria mais uns cem banhos. E essa estatística a fez pensar em outras. Vinte lavagens de cabelo. Cem escovadas de dentes. E as outras coisas que não rolavam no banheiro? Cinquenta nasceres do sol. Vinte e cinco sessões de masturbação (ou menos, se o medo extremo afetasse seu desejo sexual). Mais uma lida no livro *Ao farol* ("A própria pedra que se chuta com a bota sobreviverá a Shakespeare"). As pessoas diziam que estavam com os dias contados, mas, na verdade, *tudo* estava contado. Cada filme seria assistido pela última vez, ou pela penúltima vez, ou pela antepenúltima. Cada beijo estava mais próximo de ser o último.

Esse era um jeito assustador de enxergar um mundo cada vez mais assustador.

Ela e seu pai passaram a maior parte do fim de semana prolongado largados no sofá, vendo as más notícias nos telejornais. Os tumultos que se espalhavam por todos os lugares, de Amsterdã a Los Angeles. Um número recorde de assassinatos reportados em um dia apenas. Metade das lojas e dos restaurantes das grandes cidades ficou sem funcionários e não abriu (quantas vezes mais ela poderia comer em um restaurante?). Seu pai apostou com ela em qual continente aconteceria a próxima calamidade; ele ganhou duas vezes, as duas ocorreram na Ásia. No sábado à noite, eles optaram por trocar os noticiários por uma maratona de James Bond. Eliza achou que isso fosse ajudá-la a esquecer as coisas, mas, sem a constante enxurrada de informações do mundo real, sua mente viajou. Mesmo com *007 contra a chantagem atômica* (seria a última vez que ela assistiria a *007 contra a chantagem atômica*?), ela imaginou as prisões americanas estourando feito uma fruta passada, soltando as sementes do caos. Naquele exato momento, algum assassino em série provavelmente estava se escondendo no prédio deles, com uma faca na mão e a vontade de matar no coração.

Não ajudou muito o fato de seu pai estar encarando numa boa o apocalipse; ela poderia ter usado o exemplo dele em um grupo de terapia para medo existencial. Esse era o problema com um prognóstico fatal de câncer — o fim do mundo já estava a caminho. Mas ele não se tocava de que sua filha nunca teria idade suficiente para ter filhos, conhecer a Europa ou beber legalmente? Isso não era motivo suficiente para algumas lágrimas?

— Não vai acontecer nada — ele a confortava. — Eu estou calmo porque sei que não vai. Agora, nós podemos passar para a fase do Roger Moore?

Portanto não foi nenhum senso de responsabilidade social que fez Eliza sair de casa e ir para o centro naquela noite de domingo. Ela simplesmente precisava ficar um pouco longe do otimismo claustrofóbico do seu pai.

Havia muito mais pessoas nas ruas do que o normal, e não eram as pessoas de sempre. Subculturas que floresceram nos subterrâneos, se escondendo da vitalidade do mundo, resolveram que a superfície era um lugar seguro para eles novamente. Colônias inteiras de nematoides saíram para a vida à luz do luar: os punks e os motociclistas, os desajustados e os drogados. Eles estavam por toda parte, com suas tatuagens e piercings, suas jaquetas bordadas com "A" de anarquia, rindo muito alto e bebendo destemidos em garrafas dentro de sacos de papel. Vagavam de um canto ao outro, sem rumo, como se estivessem esperando um líder aparecer para governá-los.

A primeira foto que Eliza tirou foi de uma garota com uma tatuagem maluca no rosto e um bebê dormindo em um sling acomodado entre os seios. A garota mostrou o dedo do meio quando o flash disparou, o que tornou a foto ainda mais perfeita. A outra foi de um veterano sem as pernas com um cartaz escrito "EM BREVE VOCÊ ESTARÁ MORTO, ENTÃO ME DÊ UM MALDITO DINHEIRO". Depois disso, Eliza passou uma hora observando, de boca aberta, as manobras radicais da molecada do skate no parque SeaSk8. Rolou uma briga que durou vinte minutos antes de uns guardas aparecerem para apartar. Ela tirou um monte de fotos da polícia, que ainda parecia cheia de energia e competente. Provavelmente a história ia ser bem diferente dentro de um mês.

Ela tirou fotos de alguns restaurantes caros de Belltown que já tinham fechado as portas, depois passou por acaso pelo Friendly Forks, o restaurante beneficente onde ex-presidiários e ex-usuários de drogas trabalhavam para adquirir experiência. Pelo jeito o Ardor não tinha afetado ninguém lá dentro; o lugar estava a todo vapor, se preparando para o jantar. Um cara estava ajoelhado de frente para as janelas da fachada, espirrando limpa-vidros e apagando os respingos com um trapinho. Atrás dele, garçons corriam de um lado para outro, dobrando guardanapos e ajeitando as cadeiras. Era incrível o modo como aquele pessoal seguia em frente, independentemente de estar morrendo de câncer no pâncreas ou pelo vício em drogas ou pelo apocalipse em si. Só de pensar nisso, ela sentiu vontade de chorar. Justamente quando posicionou a câmera na frente do rosto, o cara que estava limpando as janelas ficou de pé. Ela tirou a foto, mas só depois de enxugar as lágrimas o reconheceu. Ele acenou, ela acenou de volta, e uma sensação de calor percorreu seu corpo, uma satisfação inexplicável, igual àquela que a gente sente quando pisa numa poça gelada depois de uma longa temporada de neve.

Na segunda-feira, Eliza foi para a escola preparada, com sua Exakta VX e uma mochila cheia de filmes Ilford Delta 120. Ela sabia que a volta às aulas ia ser digna de um documentário, mas nunca imaginou *quão* digna ia acabar se tornando. A assembleia em si já foi uma mina de ouro: o pobre e confuso sr. Jester, os policiais truculentos no fundo da sala, todas aquelas cadeiras vazias. E depois Andy, cambaleando, a testa pingando sangue, sendo arrastado para fora. Brutalidade policial em uma escola de ensino médio, lindamente registrada em preto e branco? Próxima parada, Prêmio Pulitzer.

E isso não foi tudo. Depois de Andy ter sido expulso da sala, todos os olhares se voltaram para o sr. Jester. Ele limpou a garganta.

— Dando continuidade, nenhum aluno vai poder sair do campus no horário de aula, inclusive durante os intervalos. — A multidão, no calor do protesto, respondeu com vaias e assovios. Alguém atirou um lápis no palco, que bateu no púlpito e quicou no chão. Um instante depois, as comportas foram abertas, e o sr. Jester sofreu um apedrejamento de todo tipo de parafernália adolescente: moedas e notas amassadas, tubos de brilho labial e balas, absorventes íntimos e lencinhos, e até mesmo uma longa fita de camisinhas que Eliza captou bem no momento em que a tira acertava em cheio a testa do sr. Jester.

O diretor se afastou da tribuna, protegendo-se do bombardeio. O sr. McArthur, um professor de história muito querido, se levantou e correu para o palco. Eliza tinha cursado influência ocidental na sociedade oriental com ele no segundo ano; ela ainda se lembrava do que ele tinha contado sobre como foi viver na China nos anos 90, e como ele acabou ofendendo sua anfitriã ao confundir as palavras "mãe" e "égua". Ele tinha uns quarenta e tantos anos e era bonito de um jeito meio professoral. Diziam que ele tinha acabado de se casar com um cara chamado Neil, apesar de continuar comparecendo sozinho aos eventos da Hamilton. Ele sussurrou algo para o acuado diretor e então se aproximou da tribuna. Minutos depois, os alunos — talvez um pouco assustados com o que tinham acabado de fazer e sair ilesos — se aquietaram.

— Eu imagino como todos vocês devem estar se sentindo — o sr. McArthur disse. — Isso é muita coisa para qualquer um assimilar. Para nós também. E agora, para completar, parece que a escola de vocês está se transformando em um tipo de estado de polícia. — Ele meneou a cabeça e soltou um assovio baixinho. — Com certeza eu não posso culpá-los por terem jogado algumas coisas no sr. Jester. Mas, antes de recarregarem seus canudos de arremessar bolinhas de papel mascado e suas armas de paintball, e de pegarem suas bolas de gude novamente, tem duas coisas que vocês precisam saber. A primeira é que esta decisão não foi nossa. Nós só estamos repassando as regras que foram estabelecidas pelo conselho escolar. A segunda coisa é que nada disso é uma punição. É apenas para a segurança de vocês. Ninguém pode dizer exatamente o que vai acontecer nos próximos dois meses, mas o mundo está cheio de pessoas desesperadas, mesmo nos melhores momentos. Bob Dylan disse uma vez... Vocês conhecem Bob Dylan? — Eliza riu com o resto do auditório. — Graças a Deus que sim. Eu tenho uma teoria de que, quando chegar o dia em que alunos e professores não escutarem mais a mesma música, o sistema educacional vai entrar em colapso. Mas, continuando, Bob Dylan escreveu que, quando você não tem nada, você não tem nada a perder. E Edmund Burke, que era uma versão chata do Dylan que viveu em meados do século XVIII, disse que aqueles que têm muito a esperar e nada a perder são sempre perigosos. Bom, um monte de gente no mundo deve estar achando que não tem nada a perder, e o nosso trabalho é proteger vocês dessas pessoas. Eu não quero assustar ninguém, mas a história mostra que, sempre que se está em uma situação de pânico, há morte. É assim que o mundo funciona.

Depois de dar um tempinho para a mórbida premonição assentar, ele continuou:

— Só que, na minha cabeça, a ameaça física é menos perigosa que a psicológica, e é por isso que a Suzie O e eu resolvemos iniciar um grupo de debates que vai se chamar "O conforto da filosofia". Os encontros vão acontecer todo dia na hora da oitava aula. Eu sei que isso deve soar careta pra vocês, mas, se tiverem vontade de falar sobre o que está acontecendo, por favor apareçam. — Ele se debruçou sobre a tribuna e adicionou: — Respondendo à pergunta do sr. Boorstein, o Ardor provavelmente não alterou a relevância do cálculo na nossa vida, que assintoticamente se aproxima do zero à medida que nos aproximamos da idade adulta. Obrigado, pessoal.

Depois da assembleia, Eliza seguiu para o prédio de artes. Seu celular vibrou dentro da mochila, mas ela nem se deu o trabalho de pegar. Sua mãe tinha telefonado umas cem vezes nos últimos dias, mas Eliza ainda não tinha retornado.

No laboratório vazio, ela colocou seu CD favorito do Sigur Rós (quantas vezes mais ela ainda escutaria Sigur Rós?) e deixou a mente viajar naquele espaço estranho que requeria ao mesmo tempo total concentração e total inconsciência, tão necessários para a produção da arte. Imagens eram dissolvidas para ganhar forma.

A mulher com o bebê, mostrando o dedo do meio mais como um ato de desespero que de ira. O mendigo com o cartaz, o chapéu de cabeça para baixo brilhando com moedas sujas. A molecada do skate brigando por nada e por tudo ao mesmo tempo. Policiais de sentinela nas esquinas. Policiais ajudando moradores de rua bêbados a entrar no banco de trás da viatura. Policiais por toda parte, como uma promessa azul de problemas à vista.

A princípio Eliza achou que estivesse enganando a si mesma, pois as fotos pareceram importantes de um modo que ela nunca sentira em seus trabalhos anteriores. Mas, como dizia o ditado, alguém precisa vigiar os vigias, e por que *não* ela? Lá estava Bobo, gritando uma palavra muda, desafiando o diretor. Lá estava o sr. McArthur, parado em silêncio enquanto seu discurso atingia o alvo. A imagem dos alunos atirando todo tipo de porcarias contra o sr. Jester era ao mesmo tempo festiva e ameaçadora — um cruzamento de carnaval com uma arena de gladiadores. O suor refletindo na testa do diretor em uma das fotos encontrou seu paralelo em outra, com o sangue escuro na testa de Andy, como se ele estivesse pintado para a guerra.

Apesar de Eliza ter prometido a si mesma que nunca, jamais, *em tempo algum* iria fazer um blog, a menos que alguém apontasse uma arma para sua cabeça e dissesse "Vou atirar agora se você não fizer um blog" (e mesmo assim ela não ficaria feliz com isso), ela sabia que precisava quebrar a própria regra. Ela queria compartilhar aquelas fotos com o mundo. Ela precisava.

O sinal bateu bem na hora em que Elisa deixou o laboratório fotográfico; ela tinha passado mais de cinco horas lá dentro, matando todas as aulas (a quantas aulas ela ainda se daria o trabalho de assistir?). Um grupo surpreendentemente grande estava reunido na arquibancada — todos os esquisitões e geeks da Hamilton, empoleirados feito um bando de corvos silenciosos, desanimados em um lugar que era destinado à animação. Ela tirou algumas fotos deles do outro lado do campo de futebol.

Seu telefone estava vibrando outra vez. Até a manhã seguinte, ela teria sete novas mensagens de voz: seis em silêncio, com o código de área de Honolulu, no Havaí, e uma longa ladainha embriagada de um certo Andy Rowen, cheia de palavras como "karass" e "duprass" e "wampeter", que Eliza lembraria vagamente de já ter visto em algum lugar. Mas isso seria só amanhã.

Nesta noite ela postaria suas vinte e cinco fotos preferidas em seu novíssimo Tumblr, o Apocalipse Já. Ali ela relataria todos os acontecimentos da reunião da manhã, depois incluiria as fotos da escola e as do centro da cidade para mostrar que os policiais que estavam circulando pela Hamilton tinham o mesmo ar ameaçador dos bandidos que vagavam pelas ruas. Ela não sabia explicar por que se sentiu compelida a adicionar mais um blog a um mundo que estava 66,6% condenado, além do fato de não saber o que mais poderia fazer, e além do fato de não haver mais nada que ela *pudesse* fazer. Assim como não podia explicar por que aquele blog acabou viralizando quarenta e oito horas depois, transformando-a instantemente em um tipo de celebridade — uma estrelinha —, vagando pela consciência das pessoas com a mesma facilidade que o Ardor viajava pelo cosmos, chegando cada vez mais perto a cada momento, feito o fim de uma história.

ANITA

Oito dias depois do pronunciamento, numa manhã nublada de Dia dos Namorados, Anita fez uma malinha. Dentro dela colocou roupa para uma semana (que daria para mais se ela combinasse as peças entre si), itens de higiene (seria um grande gesto em nome da independência, não um ato contra o asseio pessoal), um saco de dormir e um travesseiro (caso tivesse de passar a noite no banco de trás do carro). Para ela, foi ao mesmo tempo uma fuga *de* e uma fuga *para*. A primeira parte era óbvia; nos últimos dias seus pais tinham pirado. No jantar de quarta-feira, seu pai tinha jogado um prato cheio de comida na parede, depois limpou a boca com o guardanapo e pediu licença educadamente para se retirar da mesa. Sua mãe vinha agindo de um jeito diferente, escondendo a ansiedade por trás de uma fachada craquelada de felicidade, como a camada grossa de base que algumas garotas usam para tentar disfarçar as espinhas. Anita agora via seus pais a uma distância galáctica. Pela primeira vez na vida, ela sentiu pena deles. Os dois estavam tão presos ao seu modo de vida, tão infelizes, sem saber disso. Mas não era sua função consertá-los. A única pessoa que ela podia salvar era ela mesma.

Quanto à parte do *para*, essa era mais difícil de explicar. Ela só sabia que tinha alguma coisa lá fora, chamando, e, se ela não fosse agora, nunca mais teria outra chance. Eles estavam vivendo (de acordo com sua mãe) o fim do mundo. O Arrebatamento. O Segundo Advento. Anita tinha ouvido falar disso tudo detalhadamente em muitos sermões dominicais. O livro da Revelação — tradução da palavra grega *apokalypsis*, de acordo com o que ela tinha aprendido com algum pastor — dizia que o fim do mundo seria anunciado com o retorno de Jesus. Mas agora isso parecia improvável, a menos que ele estivesse planejando aparecer montado em um asteroide, como um cavaleiro espacial vestido de branco. Anita sempre achou que o último livro do Novo Testamento não combinava muito bem com os outros. Tudo começa com um cara legal que anda com prostitutas e prega o perdão, e termina com a maldição eterna e a meretriz da Babilônia. Essa foi a primeira coisa que abalou sua fé, seguida pelas aulas de biologia no nono ano. E, de acordo com um bom número de sermões que tinha ouvido, suas dúvidas significavam que o inferno a aguardava para toda a eternidade. Bons tempos.

Anita sabia que deveria estar apavorada só de pensar na morte. Então, por que se sentiu incrivelmente leve quando fechou o zíper da mochila? Por que não conseguia parar de sorrir e cantarolar quando saiu pela porta da frente? Por que se pegou rindo sozinha quando passou pela portaria do Broadmoor, enquanto dezoito anos de rigidez, fingimento e submissão de repente caíam por terra, correntes douradas que se partiam como espaguete cru? Aquilo tudo a assustou um pouco; ela não sabia se a loucura era o tipo de coisa que a gente consegue perceber que está tomando conta, ou se estar ciente da própria loucura era o suficiente para conseguir detê-la.

O clima na Hamilton estava compreensivelmente morno, por isso Anita se viu obrigada a esconder sua alegria. Pouco mais da metade dos alunos se deu o trabalho de aparecer, o que deixou os corredores estranhamente amplos e silenciosos. Algumas aulas, mais especificamente aquelas em que o tema Ardor não foi abordado, foram exercícios surreais de tentar ignorar o que não podia ser ignorado. A mente de Anita, normalmente uma parceira fiel, começou a trapacear as equações do quadro-negro com pensamentos aleatórios e devaneios. Eles a roubaram do momento presente e a levaram para o futuro, imaginando como seria o show que ia acontecer naquela noite na Crocodile. Apesar de desconfiar que não iria apreciar muito a música de Andy (com base apenas no modo como ele se vestia), ela resolveu que deveria ir.

Na última aula, Anita seguiu para o grupo de discussão que o sr. McArthur e Suzie O tinham montado. A aula já tinha se transformado na sua preferida. Nessa semana eles estavam falando sobre os filósofos antigos; Anita tinha passado as duas noites anteriores lendo sobre os estoicos e os cínicos, os epicuristas e os hedonistas. Sócrates acreditava em um mundo perfeito, onde todos poderiam exercer aquilo para o qual tinham nascido. O que significava que, se você realmente acredita que a sua verdadeira vocação é ser cantora, fazer qualquer outra coisa é o mesmo que quebrar a regra mais fundamental do universo.

O tema de hoje era a felicidade — muito apropriado para o atual estado mental de Anita. Mesmo depois de ter lido todos os textos relevantes, ela ainda não sabia ao certo de onde vinha sua súbita alegria.

— Algumas pessoas acham que a alegria é impossível diante da morte — o sr. McArthur disse —, mas Epicuro dizia que não há motivo para temer a morte, pois nós não vamos vivenciá-la. Enquanto nós existirmos, não existe morte. E, quando a morte vem, não existimos mais.

— Isso é idiotice — comentou um garoto do segundo ano. — Esperar por alguma coisa é a pior parte. É como quando você vai tomar uma injeção ou algo assim.

— Epicuro diria que sofrer por antecipação é que é idiotice. Por que passar a vida preocupado com uma coisa que ainda não aconteceu?

— Não entendi qual é a dos hedonistas — disse Krista Asahara, a nêmese de Anita no conselho estudantil. — Que tipo de vida seria se a gente vivesse só em busca do prazer o tempo todo?

— Uma vida muito boa — alguém brincou.

— Na verdade — Suzie O interveio —, os hedonistas não eram tão egoístas quanto a maioria das pessoas imagina. Claro que eles valorizavam o prazer acima de tudo, mas também achavam que a maioria das pessoas não entendia o que era o verdadeiro prazer. Os hedonistas acreditavam que a justiça e a virtude são os verdadeiros prazeres da vida, enquanto o sexo e a comida são prazeres momentâneos.

— Mesmo isso é muito otimista — o sr. McArthur comentou.

— Depende de quem está com você — Suzie respondeu, e todos riram.

O sr. McArthur estava certo: havia conforto na leitura das teorias de todas essas pessoas mortas que lutaram para descobrir o sentido da vida. No primeiro dia do grupo de discussão, Suzie O tinha dito que o objetivo secreto da filosofia é descobrir a melhor maneira de morrer. Estranho como as coisas mais deprimentes podem acabar se mostrando as mais reconfortantes.

Anita não falava muito durante os encontros; normalmente uns vinte alunos apareciam, e, em um grupo desse tamanho, sempre há uns dois que querem falar mais que os outros. Mas, naquela sexta-feira, depois que a discussão terminou, ela seguiu Suzie até sua sala, na biblioteca.

A orientadora já estava falando pelo Skype com uma garota bonita quando Anita apareceu.

— Oi, Suzie. Você está muito ocupada? Eu posso voltar amanhã ou...

— Não, tudo bem. — Ela se voltou para a garota no Skype. — Eu ligo daqui a pouco.

— Ok — respondeu a garota e se desconectou.

— Quem era? — Anita perguntou.

— Era a minha filha. Ela está cursando o último ano na Universidade Rutgers.

— Eu não sabia que você tinha uma filha.

— Bom, agora você sabe. O que aconteceu?

— Eu tenho uma pergunta um pouco esquisita.

— Eu adoro perguntas esquisitas.

Suzie esperou enquanto Anita tentava encontrar a melhor maneira de se expressar em palavras.

— Eu estava pensando se devo ficar preocupada. Comigo.

— Por quê?

— Porque eu estou... feliz.

Suzie franziu o cenho.

— Você está preocupada porque está feliz?

— Sim.

— É uma alegria histérica?

— Não. Na verdade, eu me sinto em paz.

— E por que você acha que está se sentindo assim?

— Acho que porque eu descobri que nada tem muita importância. — Algumas notas de "Bohemian Rhapsody", do Freddie Mercury, passaram pela sua cabeça.

— Você tem certeza disso? Ainda há uma chance de nós sobrevivermos.

— Eu sei. Mas eu não quis dizer que *nada mais* importa. Eu quis dizer que nada *nunca* importou. Se tudo é tão frágil assim, então nada nunca foi realmente verdadeiro, certo? Mesmo que não tivesse um asteroide, eu poderia morrer amanhã. Então por que me preocupar? É como o Andy disse: "Seja lá o que for, não vale a pena".

— O Andy é um bom garoto, Anita, mas eu não tenho certeza se o classificaria como um modelo filosófico. Todos nós precisamos acreditar em *alguma coisa*.

Anita encolheu os ombros.

— Pode ser... — Ela não tinha certeza do que esperava extrair daquela conversa. Suzie não diria a ela para não ser feliz. — O que a sua filha estuda na Rutgers?

— Economia.

— Deve ser difícil pra você ficar tão longe dela, não?

Suzie sorriu. Em seguida, do nada, seu rosto se enrugou feito um saco de papel.

— Merda, desculpe — ela disse e escondeu o rosto entre as mãos.

— Tudo bem.

Anita pousou o braço ao redor dos ombros largos de Suzie e ficou ali esperando até que o tremor parasse, como se a emoção estivesse passando por uma pequena turbulência apenas. Ela tentou se lembrar de quando tinha sido a última vez que vira sua mãe chorar. Nunca?

— É que as coisas estão meio difíceis agora — Suzie explicou, pegando um lenço de papel de uma caixinha escondida dentro de uma tartaruga de porcelana. — Eu achei que ela viria direto pra casa, mas ela está namorando um cara de Nova York e não quer abandoná-lo. E a gente nem sempre se dá tão bem... — Ela assoou o nariz. — Desculpe, Anita.

— Não tem por quê.

— Que belo fardo eu estou sendo, hein? Os alunos precisam ver alguém com a cabeça no lugar.

— Está brincando? — disse Anita. — Eu acho que você devia chorar na frente de todo mundo que vier aqui. Assim eles vão saber que tudo bem não estar bem.

— Obrigada. — Suzie chacoalhou as mãos e piscou para afastar as últimas lágrimas. — Muito bem, acho que eu recuperei o equilíbrio. Mesmo que eu tenha perdido a credibilidade como orientadora, pelo menos provei o meu ponto.

— E que ponto era esse?

— Que ainda há tempo para você fazer coisas que importam. Mesmo que seja simplesmente apoiar alguém que está surtando. — Suzie segurou a mão de Anita e apertou. — Não se esqueça disso.

Anita não pisava no centro da cidade desde a noite do show de Esperanza Spalding, e as coisas definitivamente tinham mudado. Havia muitas pessoas nas ruas, como se um grande show tivesse acabado de terminar e ninguém quisesse voltar para casa. A Crocodile estava lotada dos desajustados de Seattle — tipos roqueiros mais velhos usando calças de couro cheias de tachas, duplas de garotas com cabelos espetados de mãos dadas, metaleiros barbudos com tantas tatuagens nos braços quanto as pichações nas cabines dos banheiros da balada. Anita se sentou ao bar, sozinha com sua mochila e um copo de suco de laranja, sentindo-se ao mesmo tempo assustada, solitária e empolgada. Ela realmente estava fazendo aquilo. Estava fugindo de casa.

Agora só faltava encontrar um lugar para ficar.

A primeira banda era composta por quatro caras que poderiam participar de um concurso de sósias do Drácula. Um deles tocava um órgão de igreja sintetizado. Em seguida entrou um grupo de skinheads; o vocalista quase enfiava o microfone inteiro na boca enquanto berrava. A pista de dança parecia a fuga em massa de um hospital psiquiátrico, de tão insana.

Por volta das dez, Andy e Bobo subiram ao palco. Estava na cara que os dois tinham bebido. A música deles era ao mesmo tempo confusa, sem graça e dolorosamente alta. Com o retorno e o estalo dos pratos batendo, era impossível distinguir uma palavra do que Bobo gritava feito doido. Ele até que tinha presença de palco — superconfiante e sem medo de parecer maluco —, mas as músicas mesmo eram incompreensíveis.

Anita ficou desapontada. Apesar de tudo o que estava acontecendo em sua vida, ela esperava que aquele momento fosse mágico. Mas tudo o que sentiu enquanto ouvia a "banda" do Andy foi aquele tipo de desespero que sempre sentia depois de ter escutado uma música muito ruim. Bom, isso e um zumbindo nos ouvidos.

Após um tempo que pode ter abrangido duas músicas ou dez, Andy saiu meio que aos tropeços de trás da bateria. Estava tão chapado que era possível notar os efeitos em todas as partes do seu corpo; os membros pareciam bexigas cheias de água, e ele quase deixou cair a guitarra quando Bobo a entregou. Ele abriu um sorriso pateta para a plateia — na verdade, até que foi bonitinho.

— Esta música é de minha autoria, e fala sobre não querer lidar com as merdas alheias. Talvez vocês se identifiquem. Ou não. Sei lá. Ela se chama "Save It".

Ele tocou algumas notas erradas antes de engatar num arpejo lento, limpo e calmo, que reverberava feito uma fita elástica. E o que saiu das caixas de som depois foi, sem sombra de dúvida, a coisa mais louca que Anita já tinha escutado desde o pronunciamento sobre um asteroide que em breve poderia mandar todos para o reino dos céus. O punkzinho skatista, de jeans apertado e uma franja que não parava de cair nos olhos, estava tocando soul music. Sua voz era frágil e insegura, a plateia parecia desconcertada pela mudança súbita de ritmo, e nem mesmo Andy parecia entender muito bem o que estava fazendo, mas Anita captou a mensagem claramente, como se fossem luzes de neon apontando na direção de seu futuro. Como se estivessem dizendo: vire na segunda estrela à direita e siga em frente até o amanhecer. Como se fosse o destino.

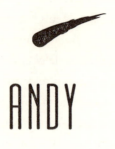

ANDY

Diga o que quiser de Bobo, mas o cara sabia agitar a galera. A Crocodile estava lotada quando a Períneo subiu ao palco. Fazia alguns meses que eles não se apresentavam, e, quando Andy sentou no trono atrás da bateria, sentiu um friozinho na barriga agitando as quatro cervejas (servidas por um solidário barman) que ele já tinha mandado ver. As luzes eram ofuscantes, e ele não parecia conseguir acertar a distância entre si mesmo e o bumbo.

— Boa noite, Crocodile! — Bobo cumprimentou. — Nós somos a Períneo, e esta é a nossa primeira música!

Andy começou a contar. Sabe-se lá como, sem nenhum comando consciente para o seu corpo tocar, ele entrou na hora certa, e em seguida tudo fluiu, a viagem maluca em alta velocidade que era o punk rock o lançando diretamente do refrão para o verso e vice-versa. Uma música emendava na outra. Ele ficou encharcado de suor, uma máquina bem lubrificada funcionando em ritmo constante, parecido com o dos limpadores de para-brisa. Através do espectro de cores refletido pela luz, ele conseguia ver a plateia enlouquecida, num emaranho de membros dançando e muito couro. Será que Eliza estava lá? Ela tinha de estar. Senão, seria uma falha do universo. Eles tinham tocado umas dez das suas músicas, que duravam dois minutos, quando Andy se deu conta de que todos estavam em silêncio. Bobo estava oferecendo sua guitarra.

— Olá! — Andy disse no microfone. — Eu vou fazer uma coisa um pouco diferente agora. Espero que vocês não se importem.

— Eu me importo! — alguém gritou. Andy colocou a mão em cima das sobrancelhas e viu Golden parado na beira do palco. A luz refletiu nos aros da corrente dele.

— Esta música é de minha autoria, e fala sobre não querer lidar com as merdas alheias. Talvez vocês se identifiquem. Ou não. Sei lá. Ela se chama "Save It".

Ele começou a tocar. Não era uma música dançante. Não era punk. Nem rock. Ele tinha escrito fazia pouco mais de um ano, e era sobre uma garota do nono ano que ele começou a namorar até descobrir que ela era louca de pedra (ela dizia que escovava os dentes por uma hora e meia todas as noites porque "gostava da sensação"). Ninguém vaiou, portanto não devem ter detestado tanto assim, apesar dos poucos aplausos e dos gritos empolgados quando Bobo pegou o microfone de volta. Ele fez um gesto para Andy tocar a última música deles.

— Valeu por terem vindo nesta linda noite de Dia dos Namorados — Bobo falou. — Como vocês devem saber, o show de hoje não tem a ver só com música. Este é o começo de um movimento. Se nós não estivermos prontos pra quando chegar o momento, vamos ficar atolados na lama. — A plateia foi ao delírio. — Quem estiver preocupado com as suas liberdades civis, passe o e-mail pra minha namorada, que está logo ali. — Apontou para Misery, que, na beirada do palco, foi momentaneamente iluminada pelos holofotes. Ela tinha se vestido para a ocasião como uma verdadeira "maria punk rock": minissaia xadrez rosa e preta, meia arrastão, regatinha justa rosa e laço preto no cabelo. Talvez tenha sido apenas porque todos queriam falar com uma garota bonita, ou talvez porque havia um míssil de pedra gigantesco em rota de colisão com a Terra, mas Andy viu um monte de gente se aglomerando ao redor dela.

Eles encerraram a apresentação. Andy sentiu a vibração se esvair de sua corrente sanguínea, e rapidamente tratou de substituí-la por algumas das doses de tequila que Golden estava comprando aos baldes. Ele abriu caminho em meio à multidão, à procura de Eliza, quando topou com Anita Graves.

— Eeiiii! — ele berrou. — É a Anita Bonita! — E a abraçou, cobrindo-a com uma camada de suor.

— Oi, Andy. Gostei da apresentação.

— Sério? Legal!

— Quer dizer, não dela inteira. Só da música que você cantou. O resto foi meio sacal.

— Ah. Valeu. — Ele se sentiu lisonjeado e ofendido ao mesmo tempo. — Você viu mais alguém aqui?

— Mais alguém?

— Da Hamilton.

Anita olhou ao redor.

— Metade do povo aqui é da Hamilton.

— Sim, mas eu quis dizer se você viu alguém em específico. Uma garota em específico. — Andy não sabia ao certo como perguntar sobre Eliza sem perguntar diretamente sobre Eliza.

— Você está bêbado, Andy. Acho que está na hora de ir embora.

— De jeito nenhum! Os caras vão para o Cage. O Golden disse que consegue dar um jeito de pôr a gente pra dentro.

— Isso foi um convite?

— Você quer ir? Que demais! A Anita Bonita no Cage! — Ele a abraçou outra vez.

— Mas eu dirijo — ela impôs.

O ar fresco do lado de fora ajudou Andy a curar um pouco da bebedeira, o suficiente para estranhar a presença de Anita no show. Ele teria perguntado o motivo, mas ela não lhe deu chance.

— Você tem outras músicas iguais àquela que você cantou? — ela quis saber.

— Algumas. Mas...

— Você já pensou em ter outra pessoa cantando as suas composições?

— Acho que sim, desde que...

— E o que você acha de colaborar com alguém em algumas músicas novas?

— Bom, o Bobo e eu tenta...

— Quem são os seus ídolos na música?

Parecia que ele estava sendo entrevistado por uma jornalista hiperativa da *Rolling Stone* com transtorno de déficit de atenção. Demorou uma eternidade até que Anita conseguisse encontrar uma vaga para estacionar e Andy pudesse escapar do interrogatório.

— Esta conversa ainda não terminou — ela avisou.

— Tenho certeza que não.

O Cage era o bar de motociclistas mais famoso de Seattle. Um cara negro enorme, usando boné laranja de caminhoneiro, estava sentado ao lado de uma cerca alta de madeira. Quando Andy e Anita se aproximaram, ele ergueu os olhos do livro que estava lendo — *Em busca de sentido* — e deu uma risadinha.

— Quantos anos vocês têm? Dezesseis?

— Nós estamos com o Golden — Andy respondeu.

— Você já está chapado, não está?

Andy olhou culpado para Anita.

— Pode deixar que eu mantenho rédea curta com ele — a menina garantiu.

O segurança suspirou e retomou a leitura.

— Tanto faz, cara. Eu vou pedir demissão amanhã mesmo.

O lado de dentro da cerca era um amplo pátio descoberto. Golden e sua turma estavam sentados à mesa central, diante de meia dúzia de canecas de cerveja. Bobo estava à direita de Golden e parecia ter conquistado a atenção do rei das drogas. Andy sempre se impressionou com a familiaridade que seu melhor amigo tinha com o submundo; desde o ensino fundamental, Bobo era capaz de interagir com drogados e traficantes, e até mesmo moradores de rua, como se fosse da turma.

— Qual deles é o Golden? — Anita perguntou.

— O que está na ponta da mesa. O cara é um dos maiores traficantes da cidade. Irado, né?

— Traficante? Você quer dizer traficante de *drogas*? E você acha isso legal?

— Sei lá. Traficantes ganham uma bolada. Até o Bobo consegue levantar uns duzentos paus em uma semana boa.

— Músicos são muito mais legais que traficantes, Andy. Eles não acabam presos. Na maioria das vezes.

Mas Andy não estava prestando atenção. Ele queria saber sobre o que Golden e Bobo estavam conversando.

— Espere aqui um segundo, ok?

— Tô pensando em fazermos a mesma coisa, só que em uma escala maior — Bobo estava dizendo. — Assim, vamos ter gente quando chegar o momento. Mas a gente precisa se mexer. Tipo, fim de semana que vem ou algo assim.

Golden assentiu com prudência, como se fosse um general consultando seu tenente. O colar que ele usava era da mesma cor da caneca de cerveja a sua frente. Ele notou Andy se aproximando.

— Andy, bela apresentação hoje.

— Hum, valeu.

— O Bobo está querendo promover uma festinha na semana que vem. Você acha uma boa ideia?

— O Bobo é cheio de boas ideias — Andy respondeu, mas estava tão bêbado que já tinha esquecido metade da pergunta. — O que ele disser, eu topo. Só quero me divertir antes do fim, sabe?

— Eu sei, Andy. Sei muito bem. — Golden fez um gesto para ele se aproximar. — Quer ouvir um segredo?

— Claro.

— Já ouviu falar que para alguns a grandeza é imposta? — Andy negou com a cabeça. — Foi a porra do Shakespeare que escreveu isso.

— Uau.

— Exatamente. Assim que fiquei sabendo daquele asteroide, Andy, eu tomei uma decisão. Essa é a minha chance de ser grande. O Ardor está impondo a grandeza a mim. Talvez a você também.

— Tá.

Golden ergueu a caneca.

— À grandeza.

Um copinho de dose apareceu do nada na mão de Andy. Ele bebeu de um só gole — vodca, talvez? — e então, para todos os efeitos, deixou de existir. Não se lembrava de ter sentado à outra ponta da mesa e conversado com Anita. Não se lembrava de ter ido embora minutos depois, ou de ter vomitado para fora da janela do carro dela. Definitivamente, não se lembrava de ter usado o celular dela para entrar no perfil do Facebook de Eliza (ela sempre teve 4.254 amigos?), pegar o número de telefone dela e em seguida deixar uma mensagem de voz de cinco minutos na caixa postal. Na verdade, a *maioria* das coisas que aconteceram depois que ele desceu do palco da Crocodile tinha sumido na manhã seguinte, como se alguém tivesse apagado tudo com uma imensa borracha.

Ele acordou com uma bela e merecida ressaca. Resmungou alguma coisa incompreensível — o som do sofrimento profundo.

— Finalmente você acordou — uma voz disse.

— Eliza? — Andy se sentou num pulo. Mas quem estava sentado em seu futon, com um livro aberto no colo, era Anita Graves.

— Não — disse ela, explicando o óbvio. — Eu não sou a Eliza.

PETER

Ele ficou paralisado por uns bons trinta segundos, o braço erguido igual ao de um boneco de papelão acenando, enquanto ela se afastava. Era o domingo depois do pronunciamento, e pela primeira vez Eliza tinha reconhecido a existência de Peter desde que eles deram uns amassos no laboratório fotográfico, no ano anterior. Ela usava grandes fones de ouvido e carregava uma máquina fotográfica antiga, o imenso olho preto da câmera substituindo seus olhos castanhos quando ela a ergueu para tirar uma foto dele. Um pequeno caleidoscópio girou enquanto a íris se abria, uma onda breve, e em seguida ela desapareceu.

Felipe viu a coisa toda acontecer.

— É sua amiga?

Peter finalmente abaixou o braço.

— Mais ou menos. Você se importa se eu for lá falar um oi?

— Vá atrás dela, campeão.

Porém, quando ele finalmente conseguiu desamarrar o laço do avental e sair, Eliza já tinha ido embora. Ele ficou um pouco preocupado por ela, mas em seguida se sentiu ridículo com isso. O que ela significava para ele, ou ele para ela? Nada.

Peter se ofereceu para trabalhar no Friendly Forks todas as noites daquela semana. Não apenas porque esperava que Eliza voltasse e o encontrasse ali, mas também porque gostava do clima de camaradagem na cozinha, da satisfação de fazer alguma coisa útil. Vários restaurantes de Seattle já tinham fechado as portas, e por conta disso o Friendly Forks andava mais cheio do que nunca. A presença de Peter era simplesmente tolerada no início, mas agora o pessoal da cozinha estava se acostumando com ele, e até o tratava como se ele fosse um irmão caçula chato mas querido. Eles até o ensinaram algumas palavras em espanhol, o suficiente para conseguir entender a baixaria quando eles tiravam uma da sua cara por ele ser, como Felipe descrevia, "*El lavaplatos más gringo en todo el continente americano*", ou "O lavador de pratos mais branco do continente americano".

Peter não estava fazendo isso por bondade, mas porque precisava desesperadamente se distrair com alguma coisa. Todo aquele lance de "dois terços de chance de tudo que ele conhecia e amava desaparecer dentro de algumas semanas" estava mexendo com sua cabeça. Ele não conseguia dormir mais do que algumas horas por noite. Toda vez que fechava os olhos, via o asteroide vindo em direção a sua casa, via sua irmã olhando pela janela do quarto, com os olhos arregalados, e então a luminosidade ia ficando cada vez mais intensa, até que tudo se tornava branco. Ele despertava desses sonhos e corria para a janela, onde não encontrava nada além das estrelas de sempre, distantes e sem graça como sempre (o Ardor tinha perdido a cor azul reveladora e agora estava escondido em alguma constelação inócua, como se fosse um agente infiltrado). Peter então voltava à programação regular de reviradas na cama. O único sedativo que fazia efeito era o nascer do sol; de alguma maneira, ver o mundo girando de volta para o dia interrompia temporariamente os pensamentos sombrios. À medida que o céu ganhava cores, Peter finalmente conseguia adormecer, para acordar algumas horas depois com o barulho estridente do despertador. Faltar às aulas, nem pensar, por mais que sua mãe tivesse dito que preferia que ele ficasse em casa. O que ele iria fazer o dia todo? Ficar sentado enquanto a consolava? Esperar seu pai voltar do trabalho cada vez mais tarde, todas as noites, à medida que cada vez menos pessoas apareciam no escritório para dividir as tarefas?

Não. O segredo era fazer de tudo para não sobrar tempo para pensar. Na primeira semana depois do pronunciamento, Peter passou a sexta-feira e o sábado com a família, e no domingo levou Stacy para um belo brunch, quando se desculpou por ter forçado a barra no Friendly Forks. Suas desculpas foram aceitas. Com tudo o que estava acontecendo no mundo, a última coisa de que ele precisava era um monte de briguinhas ou um término de namoro conturbado (por mais feliz que sua irmã pudesse ficar com isso). Ele até conseguiu a aprovação de Stacy para continuar com seu trabalho voluntário ("Não entendo isso de jeito nenhum, mas acho incrível que *você* esteja disposto a fazer"), que acabou se tornando a melhor parte do seu dia. No restaurante não havia tempo de divagar sobre a natureza efêmera da vida ou imaginar entes queridos derretendo. A partir do momento em que o primeiro cliente se sentava até a hora em que Felipe considerava a cozinha "um brinco", só existia trabalho.

No Dia dos Namorados eles fecharam depois da meia-noite, quando acompanharam gentilmente o último casal levemente embriagado até a porta. Havia tantas pessoas nas ruas que parecia que estava acontecendo algum tipo de festa popular. Peter estava sozinho em frente ao restaurante, vendo o movimento, quando alguém deu um soquinho em seu ombro.

— E aí, Brancão?

Era Felipe e, atrás dele, Gabriel, o sous chef. Peter ainda não tinha conversado com Gabriel, que era aquele tipo de cara "sempre na correria". Diziam que ele tinha recebido um convite para ser chef do Starfish, um restaurante chique de frutos do mar no estuário de Puget, pouco antes de o Ardor aparecer e fechar o lugar. Era uma conquista e tanto, considerando que ele era um ex-presidiário negro com uma cicatriz do tipo vilão do Bond que descia do alto da bochecha até o queixo.

— Está indo pra casa? — Felipe perguntou.

— Eu vou encontrar a minha namorada. Hoje é Dia dos Namorados, sabia? Eu prometi sair com ela pra uma sobremesa, pelo menos.

— Vamos tomar uma primeiro.

A verdade era que ele se divertia mais com Stacy quando estava um pouquinho alto.

— Tem certeza que não tem problema? — Por algum motivo ele olhou para Gabriel, que assentiu. — Tudo bem. Só uma.

Ao contrário de Gabriel, Felipe era o tipo de cara que fala sem parar e nem se importa se alguém está prestando atenção — perfeito para manter a cabeça da gente ocupada. Ele contou uma história maluca sobre uma garota rica que tinha namorado no ensino médio, e o papo durou o caminho todo até o destino deles. Numa ruela estreita, uma luz vermelha instalada acima de uma cerca de madeira iluminava uma plaquinha de ferro, em que estava escrito "THE CAGE".

O pátio aberto tinha mais fumaça que o palco de um show de heavy metal, produzida por uma turma de motociclistas grisalhos, com roupas de couro cheias de tachas, e uns hispânicos fortões tatuados que tinham acabado de encerrar o turno da noite em algum lugar. Havia no máximo umas dez mulheres lá, e a maioria passaria por homem numa boa.

— Encontrem um lugar pra sentar — Felipe pediu. — A primeira rodada é minha.

Peter ficou sozinho com Gabriel.

— E aí, vocês vêm sempre aqui?

— Sim.

— Parece um lugar legal.

— É ok.

Uma risada estridente, vinda de um grupo de punks ao lado, chamou sua atenção. Peter reconheceu dois deles: Golden, o sujeito que ele tinha encontrado no Beth's Café, e Bobo, o namorado vagabundo da sua irmã. Ainda bem que Misery não estava junto.

— Você conhece aqueles caras? — Gabriel perguntou.

— Mais ou menos.

— Eles não são gente boa. — Gabriel tirou um baseado do bolso e acendeu. — Quer dar um tapa?

— Não, valeu.

— Seis dólares por três Budweisers — Felipe comentou, voltando do bar. — O melhor negócio da cidade.

A bebida geladinha e borbulhante fez cócegas na garganta e no estômago de Peter, relaxando tudo pelo caminho. Provavelmente a melhor cerveja que ele tomou desde a primeira, na beira de um píer no lago Washington. Naquela ocasião, ele e Cartier entornaram cinco ou seis cervejas quentes (compradas pelo irmão mais velho de Cartier) e falaram bobagem até o sol nascer.

A possibilidade de relaxar de fato estava começando a virar realidade quando uma mão bateu pesada na mesa, sacudindo os copos.

— O grandão resolveu dar um rolê pela favela — disse Bobo, com a voz pastosa. Golden estava alguns passos atrás.

— Só estou tomando uma com os meus amigos — disse Peter.

— Por que você não apareceu na porra do meu show hoje?

Peter lembrou vagamente de ter visto alguns folhetos circulando pela escola, mas punk rock não era muito a sua praia.

— Nem fiquei sabendo.

— É, mas rolou. E eu arrebentei. A Misery estava lá. A sua irmã. A minha namorada. Mas ela já foi pra casa. Disse que você estava pegando no pé dela pra não ficar na rua até tarde. E agora você está aqui. Qual é?

— Ela é mais nova do que a gente. Mas, enfim, estou feliz que ela tenha me escutado.

— É, talvez você esteja certo. — Bobo deu uma olhada para o Ardor, lá em cima. — Dá pra sentir aquele negócio lá no alto, né? Vindo pra cima da gente, querendo sangue.

— Você está tentando estragar a nossa diversão, é isso? — Felipe perguntou de um jeito divertido, para quebrar a tensão. — A gente está tentando esquecer aquela porcaria.

Bobo sorriu.

— Foi mal. É a minha cabeça ferrada. Legal te ver, grandão.

Golden se aproximou enquanto os outros se afastavam e pousou a mão no ombro de Gabriel.

— Você fez falta no Independent, G. Quando quiser voltar, me avise.

A resposta de Gabriel foi uma longa baforada de fumaça.

— Traficantes — Felipe comentou, depois que eles se foram. — São sempre uns babacas. É porque eles não têm amigos. Todo mundo quer alguma coisa deles. Por isso eles são do mal.

— Você e o Golden se conhecem há muito tempo? — Peter se dirigiu a Gabriel, que balançou a cabeça.

— Ele não me conhece. Ele conheceu um cara que se parecia comigo. Eu pago a próxima rodada.

Com isso, se levantou e foi para o bar.

— O cara tem um monte de histórias — Felipe explicou. — Levou um bom tempo pra conseguir entrar na linha.

Peter teria adorado ouvir algumas delas, mas naquele momento estourou uma explosão de gritos do outro lado da cerca. Alguns dos caras que estavam no pátio ergueram os olhos de suas bebidas, mas ninguém se mexeu. Mesmo Felipe só parou por um momento, com a garrafa de cerveja a meio caminho entre a boca e a mesa, antes de colocá-la de volta com um baque.

Uma garota gritou.

Peter ficou de pé, mas Felipe o segurou pelo pulso.

— Não, cara. Não é da nossa conta.

Peter se desvencilhou. Na ruela, do lado de fora do Cage, a turma de Golden estava reunida em volta de alguma coisa. Peter abriu caminho entre eles e se deparou com Golden com a mão no pescoço de uma garota de rua. O cabelo dela estava uma maçaroca, os olhos fundos como minas terrestres.

— Que merda você está fazendo? — Peter quis saber.

Golden se distraiu por um segundo, e a garota aproveitou a oportunidade para arranhar o braço dele com suas garras cintilantes. Ele a soltou e ela saiu correndo, disparando cotoveladas com seus braços ossudos para todas as direções. Bobo caiu sentado e se levantou com o nariz jorrando sangue. *Eu devia estar correndo também*, Peter pensou, mas era tarde demais. A roda tinha se fechado novamente, e desta vez ele estava no centro.

Golden veio para cima.

— Você é idiota? — Suas pupilas estavam enormes e pretas, com apenas um contorno cinza ao redor, parecendo dois sóis em eclipse. — Não precisa responder — disse ele. — Só de olhar, eu consigo dizer que você nunca trabalhou na vida, por isso talvez não entenda o conceito de ganhar o próprio sustento. Aquela garota está me devendo.

— Isso não é motivo pra ser violento com ela.

Golden sorriu.

— Você acha que aquilo foi violento? — Ele ergueu a mão e abriu o colar, que desenrolou, sinuoso e brilhante, comprido feito um lenço de mágico. — Aposto que você nunca viu violência fora dos filmes. É por isso que não sabe reconhecer. O que você acabou de ver não foi violência. Foi intimidação. — Golden começou a enrolar a corrente ao redor dos dedos da mão direita, cobrindo as tatuagens das juntas. — Intimidação é uma *ameaça* de violência. Uma boa intimidação é igual à tortura: pode durar anos. Mas violência é diferente. Violência é como um relâmpago. Termina assim que começa.

Peter não estava acostumado a sentir medo — um atleta de um metro e oitenta e três raramente tem medo. Mas Golden cerrou o punho, agora todo coberto pela corrente, os músculos de seu antebraço fino enrijeceram e as veias saltaram, como se fosse um labirinto secreto escondido sob sua pele. Peter sabia que um soco daquele punho ia machucar. Ia esmagar seu nariz, quebrar seu maxilar e destruir seus dentes. O propósito daquele soco seria aniquilá-lo.

E o pensamento maluco que passou pela sua cabeça foi que Eliza nunca mais iria beijá-lo se ele perdesse todos os dentes.

— Onde você prefere que eu bata? — Golden perguntou.

Antes que Peter tivesse tempo de responder, veio um único estalo de algum lugar próximo. Todos se viraram e lá estavam Gabriel e Felipe parados perto da porta do Cage. Felipe estava vermelho de raiva, mas era o tranquilo Gabriel quem segurava a arma. *Que estranho*, Peter pensou, *uma arma de verdade*. Aquilo não passava de um brinquedo da sua infância. Quando deixou de ser um brinquedo, passou a ser um adereço, que aparecia nos seriados e nos filmes com ladrões e heróis salvando o dia. Era fácil esquecer que armas existiam no mundo real, também.

Golden olhou diretamente para o cano do revólver.

— Só um covarde entra armado numa briga — ele disse. E, sem tirar os olhos da arma, atingiu o rosto de Peter com as costas da mão. A corrente acertou em cheio, mas Peter sabia que tinha sido apenas um gesto. Golden não queria sair de campo abrindo mão da sua dignidade. O maior receio de Peter naquele momento era que Gabriel atirasse mesmo assim. Depois disso, o bicho iria pegar.

Mas nenhum tiro foi disparado. Golden desenrolou a corrente dos dedos e a prendeu ao redor do pescoço novamente, com toda a calma. Sem dizer uma palavra, saiu andando, rente à parede do beco.

— Pode esperar que agora tem muito mais do que aquele asteroide vindo pra cima de você — Bobo alertou. O sangue já tinha secado ao redor de seu nariz e formado uma crosta, que rachou quando ele sorriu e caiu como flocos de neve vermelhos.

Como é que o sr. McArthur tinha chamado isso?

Vitória pírrica.

Três dias depois, Peter estava parado em frente ao refeitório da Hamilton, tremendo de medo. Mas não era Golden que ele temia, muito menos Bobo. Ele estava com medo de uma morena delicada que usava uma regata verde-clara. Ela acenou para ele do outro extremo do pátio, jogou o cabelo para o lado e sorriu — totalmente inocente.

Será mesmo que o amor podia acabar assim tão rápido? Ou seria um indício de que nunca tinha existido?

O mundo não era mais um lugar seguro. Se Peter tinha alguma dúvida antes da briga com Golden, agora tinha certeza. Depois de mais um fim de semana de noites em claro, imaginando seus últimos momentos na Terra, ele se deu conta de que, quando olhasse para o Ardor lá no alto, atravessando a atmosfera, ficando cada vez mais vermelho devido ao calor da entrada, não era a mão de Stacy que ele queria estar segurando. Quer o asteroide incandescente passasse a quilômetros de distância, quer caísse feito um punho cerrado envolto em correntes de fogo, o Ardor já tinha dado o seu recado: a vida é muito curta.

— Oi, amor — Stacy disse, e então notou os cortes no rosto dele. Ela se aproximou para tocar. Era no mesmo lugar onde logo em seguida ela iria acertar uma bofetada ardida, que reabriria quase todos os pequenos ferimentos e deixaria uma marca de sangue na mão dela parecida com um tabuleiro de xadrez. — Foi por isso que você não atendeu o telefone? O que aconteceu?

Ele segurou a mão dela pelo que viria a ser a última vez. Poucos dias depois, ela e os pais resolveriam sair de Seattle e ir para a cabana da família no lago Chelan. Ela nem se daria o trabalho de telefonar para se despedir.

— Muita coisa — ele respondeu. — A gente precisa conversar.

ANITA

— Eliza?

Anita ergueu os olhos do livro que estava lendo — *Crítica da razão pura*, de Immanuel Kant.

— Não, eu não sou a Eliza.

Andy piscou como um filhote de urso acordando após um longo período de hibernação. Ele ainda estava com a mesma roupa do show, e o cabelo era uma escultura avant-garde, cheia de curvas e floreios.

— Você é a Anita — ele disse.

— Muito bem. Agora levante e vá tomar um banho antes que você mate alguém.

Andy cheirou sua axila e torceu o nariz.

— Boa ideia.

Anita foi para a sala, onde tinha passado a noite em um sofá que afundava tanto que parecia uma rede. Algumas vezes no meio da noite, sua mão entrou em uns buracos que, sabe-se lá como, estavam cheios de areia e umidade. Agora, à luz do dia, ela tirou as almofadas, afofou-as e removeu a poeira, as moedas e as balas esmagadas que tinham se acumulado ali embaixo.

Uns dez minutos depois (ah, como é fácil ser homem!), Andy saiu do quarto vestindo um jeans todo rabiscado de canetinha e uma camiseta com a cara do George W. Bush acima das palavras "QUEM DECIDE".

— A minha cabeça está parecendo uma música do My Bloody Valentine — ele reclamou. — Hora do café.

Eles pegaram o carro e foram para o Denny's mais próximo, onde se sentaram a uma mesa com vista para o estacionamento.

— Ontem à noite foi demais — Anita comentou.

Andy passou os dedos entre os cabelos, remodelando a escultura (que tinha sobrevivido praticamente intacta a seu banho de dois minutos).

— Eu deixei mesmo uma mensagem pra Eliza?

— Quem dera tivesse sido só uma mensagem. Foi um monólogo. Um poema épico.

— Puta merda.

— Ei, se eu recebesse alguma coisa parecida, ficaria lisonjeada. Ou preocupada. Definitivamente, uma das duas opções. Qual é o seu lance com ela?

A garçonete, uma senhora de sessenta e poucos anos e cabelo descolorido com a raiz pedindo retoque, trouxe o café de Andy.

— Obrigado, Claire — ele agradeceu. Anita não conseguiu decidir se achava legal ou triste o fato de ele conhecer a garçonete pelo nome. Ele soprou o café e tomou um golinho. — Não sei. A Eliza é legal.

— Só isso? Ela é legal?

— Para de me interrogar! Eu é que devia estar fazendo perguntas aqui.

— Por quê?

— Porque é *você* que está dando uma de esquisita.

— Não estou não — Anita rebateu, escondendo a satisfação. Era bom ser vista como esquisita uma vez na vida, em vez de ser sempre a supercertinha.

— Está, sim. O que você está fazendo aqui comigo, por exemplo? Desde quando você vai a shows de punk rock em bares de motociclistas e passa a noite na casa de um cara? Essa não é a Anita Graves que eu conheço.

— Então talvez você não conheça a Anita Graves.

— Eu conheço a Anita Graves com quem trabalhei naquele projeto de física.

— Se bem me lembro, você não fez quase nada naquele projeto.

— Esse é o meu ponto. Você era muito... — Ele cerrou os punhos, em seguida deu uma sacudida.

— Convulsiva?

— Estressada. Você não fumou nenhunzinho comigo naquela semana inteira.

— Eu não uso drogas.

— Sim, mas mesmo quando eu queria dar um tempo pra comer alguma coisa, você reagia como se eu fosse abandonar a escola pra ir comprar heroína ou algo assim. E você não vai pra Harvard no ano que vem?

— Princeton. Por enquanto.

Andy espalmou as mãos sobre a mesa, como se tivesse acabado de provar que tinha razão.

— Não falei? Então, por que assim, do nada, você resolveu andar com um ferrado como eu? É só um lance "o-asteroide-vai-matar-todos-nós"?

Anita encolheu os ombros.

— Talvez. Quer dizer, deve ser. Mas não é má ideia. Sabe, acho que eu sou a única pessoa que ficou mais feliz depois que soube do Ardor. Foi tipo um sinal de alerta, sabe? Eu passei a vida inteira fazendo o que me mandavam fazer, e tudo porque eu achava que gente como você, gente que só faz o que bem entende, é que era otária. Mas agora eu me pergunto: quem é o otário? O cara que faz tudo o que dá na telha, ou a garota que faz tudo o que os outros querem?

— E o que você quer?

— Eu quero ser cantora — ela respondeu, sem hesitar. — Foi por isso que eu fui ao seu show.

— Você quer entrar pra Períneo?

Anita riu.

— Não! Pelo amor de Deus, não!

— Também não precisa falar assim.

— Desculpa. Eu só não curto muito punk. Mas aquela música que *você* cantou... Aquela foi incrível! Eu não acreditei no que estava ouvindo.

Andy sorriu com os lábios encostados à xícara de café. Deu para notar que ele não estava acostumado a receber elogios. Anita achou que talvez fosse por isso que os moleques acabavam virando vagabundos. Ninguém incentivava quando eles faziam algo bom, e assim eles acabavam pensando: *Por que tentar?*

— Que música era? — ele perguntou.

— Como assim?

— Que música eu toquei?

— Sério? Você não lembra?

Andy balançou a cabeça sem jeito, e então os dois riram. A comida chegou: batata suíça, bacon em tiras, panquecas acompanhadas de manteiga em um potinho descartável. Anita não lembrava quando tinha sido a última vez que havia comido no Denny's. Estava delicioso.

— Posso perguntar mais uma coisa? — indagou Andy, de boca cheia.

— Claro.

— Por que você estava chorando aquele dia na biblioteca?

Anita nunca tinha contado a verdade sobre sua família para ninguém além de Suzie O, mas talvez tivesse sido porque ninguém nunca perguntara.

— Resumindo? O meu pai é um idiota e a minha mãe concorda com tudo que ele diz. Eles traçam grandes metas pra mim, e mesmo quando eu atinjo todas eles não ficam satisfeitos. Achei que, depois que eu entrasse em Princeton, as coisas mudariam, mas só pioraram.

— Os meus pais não esperam nada de mim — disse Andy.

— Isso deve ser bom.

— Você ficaria surpresa.

A garçonete veio reabastecer a caneca de café dele.

— Não sei como você consegue beber tanto café — Anita observou. — Eu fico ligada com uma xícara só.

— Eu desenvolvi imunidade.

— Às vezes eu acho que não tenho vícios suficientes pra entrar no mundo da música. O meu tio toca sax, e eu já o vi bebendo dez xícaras, uma atrás da outra. E meia garrafa de uísque também. Talvez eu devesse começar a usar algum tipo de droga ou coisa parecida. Ou a ir pra cama com todo mundo, tipo a... — Ela parou, mas já era tarde.

— Tipo a Eliza?

— Desculpa.

— Tudo bem. Ela meio que tem uma fama.

— Você não está interessado nela só por *isso*, está?

— Não! Eu gosto dela. De verdade. E eu só precisava de *alguma coisa*, sabe? Eu precisava precisar de alguma coisa.

— Entendo perfeitamente — disse Anita. — Eu preciso de algumas coisas também. De você.

— O quê, por exemplo?

— Em primeiro lugar, eu quero fazer um som. Eu sei cantar. Você sabe tocar. Fechado?

— Fechado. O que mais?

— Eu preciso que você me ajude a organizar uma festa. O que significa que você vai ter que ir à reunião do conselho estudantil.

Andy fez um gesto, como se tivesse uma corda ao redor do pescoço, e respondeu balançando de um lado para o outro:

— Acho que eu posso fazer isso. Se for por causa de uma festa.

— Obrigada. — Ela respirou fundo. — Tem mais uma coisa.

— Manda.

— Eu meio que vou ter que mudar pra sua casa.

Naquela quarta-feira, Anita arrastou Andy para o grupo de discussão da última aula, só para não perdê-lo de vista antes da reunião do conselho. Ela temia que ele pudesse criar problemas, como tinha feito na assembleia (ou cair no sono), mas até que ele se comportou bem. Claro que ele não tinha lido nada, mas isso não comprometeu sua paixão pelo debate. Eles passaram uma hora discutindo uma coisa chamada "imperativo categórico", que afirma que você não deve fazer nada que não acredite que seja uma lei da natureza humana, e também o "utilitarismo", que defende que a melhor escolha em qualquer situação é aquela que traz satisfação para a maioria das pessoas.

Andy ergueu a mão.

— E se eu, tipo, der um chute no saco de alguém e isso fizer um monte de gente rir, então tudo bem?

O sr. McArthur ponderou.

— Supondo que a gente pudesse quantificar o divertimento versus... a dor no saco? Então sim.

— E se o Ardor aniquilasse noventa e nove por cento da população do planeta, isso poderia ser algo bom, se os sobreviventes e seus filhos e tal saíssem dessa mais felizes?

— Sim.

Andy se recostou no assento, balançando a cabeça.

— Essa merda é de foder.

Nesse admirável mundo novo pós-asteroide, era possível falar desse jeito com um professor sem ser repreendido.

Ao final da aula, Suzie o deu um tapinha nas costas de Andy.

— Anita, você é a responsável por ter trazido esse rebelde aqui?

— Confesso que eu sou a culpada. Ele é o meu projeto de fim do mundo.

— Ei, Suzie — disse Andy, com os olhos voltados para o chão —, desculpa pela última vez que eu fui na sua sala. Eu fui um babaca.

— Não foi nada. Todo mundo está com o emocional alterado. Enfim, espero que você continue aparecendo nos nossos encontros aqui. Você contribuiu bastante.

— Obrigado. Na verdade foi bem menos chato do que eu imaginei que seria.

— Andy! — Anita o repreendeu.

Mas Suzie riu.

— Se tivesse vindo de qualquer outra pessoa, teria sido quase uma ofensa. Mas, vindo de Andy Rowen, para quem quase tudo é chato, acho que foi um grande elogio.

— Exatamente — Andy concordou, sorrindo. — Suzie, você me entende.

Depois de um lanchinho rápido no refeitório (durante o qual Andy apresentou a Anita o sanduíche de Ruffles sabor churrasco com pasta de amendoim), eles seguiram para a reunião do conselho estudantil. Era a primeira reunião desde o anúncio do Ardor, e o conselho já tinha diminuído de oito membros para cinco. Infelizmente, Krista Asahara não era um dos ausentes.

— O que *ele* está fazendo aqui? — ela perguntou, apontando para Andy.

— Eu convidei — Anita respondeu. — De qualquer maneira, nós estamos em menor número hoje.

— De acordo com o estatuto, nós precisamos de dois alunos do nono ano e de mais um do primeiro.

— Acho que o estatuto é questionável a esta altura dos acontecimentos. E o Andy está aqui porque nós temos algumas ideias para o baile e queremos compartilhar com vocês.

— O baile? — Damien Durkee repetiu. — Ainda vamos fazer isso?

— Claro que vamos — Krista respondeu. — Os alunos precisam disso para levantar o moral.

— Na verdade, o plano é outro — disse Anita. — O baile está marcado para daqui a três semanas, mas estamos pensando em fazer na noite anterior à chegada do Ardor.

Krista a encarou, horrorizada.

— Nem sabemos quando vai ser isso!

— Vamos descobrir.

— Mas como a gente vai planejar? É totalmente impraticável!

Andy inclinou a cadeira sobre as duas pernas traseiras.

— Ei, Krista, não se ofenda, mas você está sendo, tipo, *super*irritante.

— Acho que esse comentário não contribui para nada — Anita observou, tentando segurar uma risada.

— Desculpa. É que ela não para de reclamar, alto e bem na minha orelha. A gente só precisa fazer a festa em um lugar que possa ser usado quando a gente quiser.

— O baile é sempre no ginásio — Krista explicou. — Ou é muito irritante da minha parte mencionar isso?

— Não estamos mais falando dessa merda de baile! Estamos falando da Festa do Fim do Mundo! E não vai ser mais no ginásio, porque vai ser uma festa muito *grande* praquele lugar, sacou? E todo mundo vai poder convidar quem quiser. Convide a sua família inteira. Convide estranhos na rua. Convide o seu traficante. Vai ser a porra da Festa do Fim do Mundo.

— Isso é loucura — disse Krista, olhando para os outros integrantes em busca de apoio. — Peter, você não vai aprovar isso, vai?

Mas Peter não respondeu. Ele olhava pela janela, totalmente alheio ao que estava acontecendo na sala. Havia umas marcas vermelhas esquisitas em seu rosto, como se ele tivesse caído de cara em uma raquete de tênis com linhas cortantes. Corria um boato de que ele havia terminado com a namorada naquela semana. Talvez ela tivesse arranhado a cara dele com suas unhas perfeitamente pintadas.

— Peter! — Krista insistiu.

Ele piscou, retornando para o corpo.

— Desculpa. O que aconteceu?

— Eles querem cancelar o baile anual e substituir por uma festa qualquer!

— Ah, é? Ótimo. O baile é um saco.

Krista ficou muda, e, pela primeira vez, Anita sentiu pena dela. O que mais restava para uma puxa-saco fazer quando toda a hierarquia do mundo estava desmoronando?

— Vamos votar — Anita sugeriu. — Estão todos a favor? — Todo mundo ergueu a mão, até mesmo Krista, que sabia reconhecer uma causa perdida. — A Festa do Fim do Mundo foi aprovada por unanimidade.

— Certo — disse Krista, já se adaptando ao novo *status quo*. — Quem vai ser o DJ dessa superfesta?

Andy deu um tapa na mesa.

— Nada de "as quarenta músicas mais pedidas nas rádios", isso eu sei. Essa festa tem que ser mais do que a mesma merda de sempre.

— O que você sugere?

— Boa pergunta... — Andy foi interrompido pelo som metálico de uma marimba digital. Ele sacou um Nokia surrado do bolso.

— Nós desligamos o celular na hora da reunião do conselho — Krista o repreendeu.

Mas ele já estava olhando para a tela, com os olhos arregalados.

— Você não escutou? Nós desligamos o celular...

Andy olhou para Anita.

— É ela — disse. — Ela está me ligando.

O telefone tocou mais duas vezes antes de Anita entender de quem Andy estava falando. Era Eliza, retornando o legendário recado que ele tinha deixado na sexta-feira à noite.

— Me ajuda! O que eu faço? — Andy olhava para o celular como se fosse uma lâmpada mágica que tivesse acabado de lhe conceder três desejos, só que ele precisava escolher todos em três segundos.

— Atenda, gênio! E não entre em pânico.

— Certo. — Ele se levantou tão rápido que derrubou a cadeira.

— Então? — disse Krista, assim que Andy se retirou da sala. — Se pudermos retomar a pauta, como vai ser a música, se não vai ter DJ? Você tem algum contato na Sinfônica de Seattle ou algo assim?

— Não — Anita respondeu, e teve a sensação de que tinha esperado a vida inteira para dizer isto: — *Eu* vou fazer a música.

ELIZA

Eliza ajustou o ângulo na tela do laptop, centralizando seu rosto. Ver a si mesma do jeito que as outras pessoas viam era como repetir uma palavra várias vezes até ela perder o sentido e se transformar em uma simples sequência de sons. Se Eliza olhasse no espelho por muito tempo, não veria mais um ser humano, mas um alienígena esquisito, com sobrancelhas grossas, um narigão mutante e orelhinhas pontudas.

— Você ainda está aí, Eliza?

Das caixas de som do computador veio a voz superanimada de Sandrine Close, editora do Visto de Perto, um site muito popular voltado para jovens fotógrafos e seus trabalhos. Sandrine, uma bela hipster de vinte e poucos anos com cabelo cor de fogo, tinha convidado Eliza para "aparecer" no site em uma entrevista ao vivo sobre o blog Apocalipse Já. Ela usava óculos estilosos com armação verde-esmeralda meio gatinho, da mesma cor da blusa com decote V que revelava um triângulo de pele pálida, cujo vértice não aparecia no enquadramento.

— Sim.

— Pronta pra começar?

— Estou me sentindo um pouco malvestida.

— Você está ótima. Ok, são seis horas. Vamos entrar no ar em três, dois, um... — Sandrine abriu um sorrisão. — Olá, pessoal! Estou aqui com uma convidada especial, a fotógrafa e blogueira Eliza Olivi. Nós exibimos o trabalho dela na última semana, mas, caso você ainda não tenha visitado o blog dela, o Apocalipse Já, basta clicar no link no rodapé da página. A Eliza vem postando fotos que mostram os efeitos do Ardor em Seattle, usando o colégio onde ela estuda como metáfora da sociedade como um todo. E eu posso dizer que é brilhante.

— Ah, obrigada.

— Então, Eliza, você ficou conhecida bem rápido. Conte pra gente qual é a sensação.

— É surreal. Quer dizer, tudo tem sido surreal nos últimos dias, por isso eu diria que, de acordo com esse padrão, o sucesso do blog é meio que normal. — Ela riu, mas deixou de achar graça quando se deu conta de que não sabia se mais alguém estava rindo. — Eu nunca esperei que alguém fosse prestar atenção no meu trabalho. Talvez ninguém tivesse prestado, se não fosse por aquelas fotos do Andy.

— Andy é o garoto que foi agredido pelo policial?

— Isso mesmo.

Sandrine baixou os olhos para uma folha de papel que a câmera não mostrava.

— Você enxerga o seu trabalho como algo essencialmente estético ou como uma atividade política?

— Eu não entendi bem o que você quis dizer.

— Aquela foto que você chamou de "Garfos amigos", por exemplo. Algumas pessoas comentaram que veem aquilo como uma indicação da nobreza vazia do voluntariado em um mundo à beira da destruição. Outras acham que foi encenada, com um modelo jovem e bonito em um cenário, num exercício essencialmente formal.

As pessoas realmente achavam que Peter era modelo? Eliza imaginou que ele teria considerado a ideia engraçada, apesar de não conhecer o seu senso de humor. Eles ainda não tinham se falado, mas, desde o dia em que tirou aquela fotografia, ela sentia algo fermentando entre eles — uma colisão predestinada, ou amaldiçoada. Independentemente de qual fosse a alternativa correta, o simbolismo não havia lhe escapado; a única questão era saber quem dos dois era o asteroide destruidor e quem era o planeta azul seguindo pacificamente seu curso.

— Em primeiro lugar, nenhuma das minhas fotos é encenada. Quanto ao significado delas, eu tento não pensar muito nisso. Quer dizer, é claro que eu quero ajudar a divulgar as coisas que a polícia, o governo ou a escola querem manter em segredo, mas isso é só uma parte do todo. Dizem que a fotografia é uma tentativa de capturar algo fugaz. E de repente tudo se tornou fugaz. É como se o Ardor fosse uma nuance de luz especial que nunca tivemos antes, e que está incidindo sobre cada objeto e cada ser do planeta. Eu só queria registrar essa luz, antes que ela desapareça.

— É uma bela forma de pensar — Sandrine comentou. — Mas continuando. Nós ficamos sabendo que a Guarda Nacional foi convocada pra ajudar em Los Angeles e em Nova York, sem falar nos atentados em Londres e por todo o Oriente Médio, mas não ouvimos falar quase nada sobre Seattle. Só que as suas fotos mostram que a Cidade Esmeralda não saiu ilesa. Várias delas mostram flagrantes de saqueadores e traficantes em plena ação. A minha pergunta é: Você não tem medo? Imagino que aquela gente não deve gostar muito de ser fotografada.

— Medo de quê? O mundo provavelmente vai acabar daqui a umas seis semanas.

— E seus pais? Eles não se preocupam?

Eliza hesitou. Ela ainda estava evitando os telefonemas de sua mãe, e, quanto a seu pai, ele tinha dado uma olhada nas fotos do blog e comentado que ela deveria seguir em frente com o projeto, independentemente de qualquer coisa. E o mais estranho era que uma pequena parte sua desejava que ele tivesse pedido para ela parar. Não que ela fosse obedecer. Mas ela só queria que alguém tivesse pedido.

— Eu moro só com o meu pai, ele é designer gráfico e fotógrafo também. Pra ele o importante é que eu esteja fazendo alguma coisa bem feita.

— Sorte sua. Uma última pergunta, Eliza. Sendo você uma menina muito bonita, tenho certeza de que todo mundo deve estar curioso: Existe alguém especial na sua vida?

O que significava o fato de Peter ter passado pela sua cabeça naquele momento, como se fosse um tipo de mecanismo de resposta pavloviano?

— Não. Não existe ninguém.

— Que pena. Bom, da minha parte isso é tudo. Vamos passar para os nossos espectadores.

Eliza respondeu uma pergunta sobre o blog ("Sou muito fã do Francis Ford Coppola"), três sobre sua vida pessoal ("Hétero, mas não vejo a hora de entrar na fase experimental", "'Ruim pra mim' conta como tipo?" e "Acho que papai e mamãe, mas todas são boas"), três sobre seu processo de trabalho e duas sobre seus fotógrafos preferidos. Em seguida, Sandrine agradeceu à plateia invisível e encerrou a transmissão ao vivo.

— Mandou bem, Eliza.

— Mandei?

— Claro! Você tem futuro nisso. Quer dizer, se é que vai ter um futuro. E, se por acaso um dia você vier pra Nova York, eu adoraria te iniciar naquela fase experimental.

— Ah. Obrigada.

Sandrine deu uma piscadinha e desapareceu da tela. Eliza fechou o computador. Do outro lado da mesa, Andy ergueu os olhos do livro que estava lendo — escrito por, veja você, Immanuel Kant.

— Alguém arrumou uma admiradora secreta — ele cantarolou.

— Cala a boca.

Ele tinha dado sorte, só isso. Quando Eliza ouviu pela primeira vez a voz pastosa de Andy em sua caixa postal, nem se deu o trabalho de escutar a mensagem inteira. Somente dias depois, quando estava falando com Madeline via Skype, ela se lembrou da mensagem. Eliza tinha esperanças de que sua melhor amiga voltasse para Seattle depois do pronunciamento, mas pelo jeito Madeline tinha se apaixonado por um cara mais velho no Instituto Pratt, e, como quase toda a sua família morava na costa Leste, seus pais resolveram se mudar para lá.

Eliza não sabia ao certo o que era mais estranho: o fato de que talvez nunca mais visse Madeline, ou o fato de a amiga estar namorando.

— Você vai ter que se divertir por nós duas, ok? — disse Madeline. — Me conta tudo que está rolando. Já teve alguma transa maluca de fim do mundo?

— Ainda não. Mas recebi o recado mais louco do mundo de um cara bêbado.

— Você ainda tem aí?

— Sim. Mas só porque pra deletar eu ia ter que ouvir todos os recados que a minha mãe deixou. Isso está ficando ridículo.

— A gente pode falar disso depois. Primeiro eu quero ouvir o recado épico do cara bêbado.

— Sério? Você não prefere falar sobre as questões emocionais que eu tenho com a minha mãe?

— Não.

— Tudo bem. — Eliza fez uma busca rápida: mãe, mãe, mãe, mãe, mãe, mãe, até encontrar a mensagem de cinco minutos e quarenta e dois segundos deixada por um número não identificado.

— Até que é fofa — Madeline comentou, ao final.

— Mas ele está totalmente chapado.

— E daí? Ele parece... romanticamente insano.

— Concordo com a segunda metade.

Depois que saiu do Skype, Eliza ouviu a mensagem de Andy novamente. Dessa vez notou algo que não tinha percebido antes: uma palavra em particular que ele tinha usado, estranha mas familiar. Ela jogou no Google "caras" e depois "karas", e finalmente a busca mostrou resultados relacionados a "karass". O sempre útil Urban Dictionary definiu o termo como "um grupo de pessoas ligadas de maneira cosmicamente significativa, mesmo quando as ligações superficiais não são evidentes". Como ela foi esquecer? A palavra era do livro *Cama de gato*, de Kurt Vonnegut, um de seus preferidos quando ela estava no segundo ano, com sua promessa de uma religião mundial que escancarava a própria imbecilidade e um final apocalíptico que tinha tudo a ver com a situação atual.

Talvez tivesse sido apenas um chute certo de Andy, mas chamou sua atenção. Dias depois, ela revolveu retornar a ligação.

— Eu não estou interessada em nada romântico — ela disse, com toda a honestidade. — Se estiver tudo bem pra você, a gente se encontra no Bauhaus às seis e meia. E não ouse levar flores.

Ele já estava esperando quando Eliza chegou, por isso ela resolveu tomar alguma coisa primeiro e fazer um reconhecimento do local antes de ir para a mesa. Seu maior receio era de que ele pudesse entender aquilo como um encontro. Afinal o fim do mundo estava próximo, e um monte de gente estava fazendo coisas malucas. Nos últimos dias, os cientistas tinham previsto a chegada do Ardor para as primeiras horas de terça-feira, 1º de abril — Dia da Mentira. Faltavam quarenta dias para o Dia D, o que significava que a humanidade estava vivendo o equivalente existencial à última rodada em um boteco, quando os padrões de comportamento das pessoas começam a cair na mesma velocidade das calcinhas em um show do Justin Timberlake. Andy tinha se arrumado — cortou e penteou o cabelo, vestiu um jeans do seu número e um suéter, em vez de um moletom com capuz. Era muita mudança para ter feito sozinho. Ali tinha mão de mulher, ou de um amigo gay. Esse era o visual de um garoto que tinha sacado o que ela queria?

— Bom, aqui estou — ela disse, pousando seu pires delicadamente sobre a mesa.

Andy tinha uma xícara de café puro a sua frente, praticamente vazia.

— Pelo visto, todo mundo acaba caindo no conto da ligação embriagada.

— Em primeiro lugar, só pra garantir que nós estamos cem por cento na mesma página, a gente não vai transar nem agora, nem nunca. Entendido?

— Entendido. Nem pegar na mão?

— Não.

— Cartão no Dia dos Namorados?

— Eu mato você. Além do mais, provavelmente não vamos ter mais Dia dos Namorados.

— Certo. Última pergunta. Nada de sexo também significa nada de fantasias eróticas, em que você faz o papel da professora mais velha e eu do aluno levado que está precisando levar umas boas palmadas?

— Significa.

— Entendi. De qualquer forma, eu esqueci de trazer a minha fantasia de colegial.

Eliza riu, e Andy ficou satisfeito por ter conseguido arrancar uma risada dela. O clima entre eles melhorou um pouco depois disso.

— Então você acha que nós estamos juntos em um karass, é isso? — ela perguntou.

— Claro. Faz sentido, não faz? Nós estamos basicamente vivendo em um livro do Vonnegut.

— Geralmente eles não terminam bem.

— Isso é verdade.

Eliza tomou um gole do café — uma das quarenta xícaras que ainda iria tomar, considerando sua dieta habitual de uma xícara por dia. Ela não tinha contado para ninguém sobre sua nova mania mórbida, mas achou que Andy iria se divertir com isso.

— Eu comecei a fazer uma coisa estranha na minha cabeça — ela disse. — Quando visto as meias, penso comigo mesma: *Bom, só vou vestir meias mais quarenta vezes*. Quando olho pra lua, penso quantas vezes mais ainda vou olhar pra lua. Quando pedi esse café, não consegui deixar de calcular quantos cafés eu ainda vou beber.

Andy ergueu sua caneca.

— Eu acho que ainda consigo tomar uns duzentos, se me concentrar. Uma coisa que o próprio café vai me ajudar a fazer. Se pelo menos eu tivesse outra coisa pra me concentrar além do meu desaparecimento iminente.

— Na verdade, isso me lembra que eu queria um conselho seu sobre uma coisa.

— Sério? — Ele pareceu realmente surpreso.

— Por que não? Nós somos companheiros de karass, não somos?

— Pode crer.

— Então, eu comecei um blog uns dias atrás, e ele está dando o que falar. Mas eu acho que só escrevi bobagem, e nesse caso eu devia deletar a coisa toda.

— Você está falando do Apocalipse Já?

— Você conhece?

— O meu amigo Jess ficou sabendo dele no Reddit. Está bombando.

— Sério?

— Totalmente. Você precisa continuar. O Bobo falou que é importante todo mundo saber da treta que está rolando na Hamilton.

— Bom, até onde eu sei, o Bobo é meio nada a ver.

Andy se endireitou, como se alguém tivesse acabado de falar mal da mãe dele. Eliza lembrou como se sentia quando seu pai pegava no pé dela por andar com Madeline, cujo gosto para se vestir, ele disse uma vez, parecia com o de "uma stripper fantasiada de prostituta para o Halloween".

— O Bobo é mais esperto do que as pessoas pensam.

— Tenho certeza que é — Eliza disse, recuando. — Mas ele parece um pouco... sei lá, inconsequente.

— Acho que sim. — O silêncio se instalou enquanto Andy terminava de beber seu café. Ele bateu a caneca na mesa. — Ei! Eu acho que você podia ajudar a *gente* também!

— Em quê?

— Com a festa que a Anita e eu estamos organizando.

— Anita Graves? Espera aí. Vocês têm alguma coisa?

— O quê? — Andy se mostrou praticamente ofendido. — Cara, não! Nós só estamos trabalhando juntos pra essa festa. E acho que vamos montar uma banda também.

— Ela canta?

Tudo o que Eliza sabia sobre Anita era uma coleção de adjetivos: rica, ambiciosa, inteligente, reservada. "Musical" não estava na lista.

— É como se a Janelle Monáe e a Billie Holiday tivessem um bebê. É muito louco.

— Você ouve Billie Holiday? — Eliza perguntou.

— O quê? Porque eu me visto como um punk, só posso escutar The Cramps ou coisas do tipo? Não seja preconceituosa. Mas, enfim, isso não vem ao caso. O que eu quero dizer é que a gente está planejando essa festa para a véspera da chegada do Ardor. Vai ser um *megaevento*. Não só pro pessoal da Hamilton, mas pra cidade inteira. De outros lugares, talvez. Mas a gente não sabe como espalhar a notícia. E de repente você conquistou essa big audiência, certo? É, tipo, coisa do destino ou algo assim. — Andy baixou os olhos para a caneca de café. — Guenta aí. Eu preciso reabastecer se quiser chegar nas duzentas xícaras.

Uma coisa era certa sobre o Ardor: ele definitivamente estava despertando o lado estranho de todo mundo. O cara mais folgado da escola estava trabalhando com uma garota que provavelmente não conseguiria relaxar nem em uma rede em uma praia de Cancún, tomando uma margarita com Valium. E, para completar, ela era algum tipo de cantora secreta, e o folgado devia ser o próximo Paul McCartney. O esquisito e a esquisitona.

Lá no balcão, Andy brincou com a barista — uma garota gótica cheia de piercings que parecia conhecê-lo.

Eu gosto dele, Eliza pensou. Talvez não do modo como ele esperava, mas ela gostava dele como amigo. Desde que Madeline fora embora, Eliza não tinha se aproximado de verdade de ninguém. Quando queria ver gente, ia a uma festa ou saía sozinha. Nunca foi difícil para meninas bonitas encontrar alguém para conversar, contanto que não precisassem falar nada importante. Mas ela precisava falar de coisas importantes. Na verdade, precisava já fazia um tempo.

Quando Andy voltou com o café, tirou uma garrafinha prateada da mochila e abriu a tampa.

— Tá a fim de um irish coffee?

— Por que não?

Ele batizou o café deles — uma, duas vezes —, e em determinado momento na hora seguinte ela simplesmente começou a se abrir: sobre o pesadelo em que sua vida tinha se transformado depois do que rolara com Peter, sobre a doença do seu pai, até mesmo sobre sua mãe, cujas mensagens continuavam se acumulando em sua caixa de mensagens feito tártaro em um molar de difícil acesso.

— Você devia ligar pra ela — disse Andy.

— Por quê?

Ele encolheu os ombros.

— Porque pelo menos ela se importa.

— Ela não se importou nos últimos dois anos.

— Talvez. Mas agora se importa. Confie em mim: isso tem algum valor. Além do mais, é o apocalipse, certo? É a sua última chance. Embarque logo no trem dos reencontros emocionados.

Calibrada pelo efeito do álcool, e depois de horas surpreendentemente agradáveis, Eliza pensou que apenas um mês antes jamais teria *falado* com Andy, a menos que um professor a obrigasse. E agora estava até considerando seguir os conselhos dele.

Naquela sexta-feira, Eliza ganhou o empurrãozinho que faltava desde que o Apocalipse Já tinha decolado. A sra. Cahill, secretária do diretor, parou diante da carteira dela, lançando sua sombra austera sobre a classe de química.

— Srta. Olivi — ela sussurrou, apesar de a sala estar em silêncio. — O diretor quer falar com você.

Enquanto subia com a sra. Cahill, Eliza se sentiu como um condenado percorrendo um longo corredor a caminho da cadeira elétrica. Cada sala de aula pela qual ela passava era uma cela; de dentro escapavam os gritos desesperados do giz arranhando a lousa e os suspiros de jovens torturados, no que poderiam ser suas últimas horas na Terra, aprendendo sobre as causas da Guerra do Peloponeso e a melhor maneira de pedir informações em alemão.

— Estou encrencada ou algo assim?

— Você vai ter que perguntar para o sr. Jester.

Quando elas chegaram à sala do diretor, a sra. Cahill apontou para a porta e em seguida desapareceu em seu cubículo, como se fosse um eletrodoméstico, um aspirador de pó que poderia aguardar pacientemente em um canto até que precisassem dele novamente.

O sr. Jester nem notou quando Eliza entrou. Ele olhava fixamente pela janela, para além das tiras empoeiradas da persiana, na direção do estacionamento da Hamilton. Seu visual definitivamente não era o de um diretor: calça cargo amarrotada e camiseta velha com a imagem do Jim Morrison.

— Oi — ela cumprimentou.

Ele deu um pulo.

— Meu Deus, você me assustou. — Seus olhos estavam fundos e cansados, e até a mecha de cabelo no alto de sua careca estava despenteada e oleosa. Ela ficou observando enquanto ele tentava executar a difícil tarefa de erguer os cantos pesados da boca. — Como você está, Eliza?

— Acho que estou bem, considerando tudo.

— Para onde você está pensando em ir no outono? Para Nova York, certo?

— Se ainda existir uma Nova York pra ir. Como o senhor sabe?

— Eu li no blog, claro! Nova York é uma loucura. Eu não aguentaria toda aquela agitação e aquele trânsito, mas, pra alguém jovem como você, tudo bem.

Um longo silêncio se seguiu.

— O senhor quer que eu tire o blog do ar, é isso? — ela quis saber.

As bochechas injetadas de botox do sr. Jester caíram.

— Não é uma questão do que *eu* quero, Eliza. Eu acredito na arte. Na liberdade de expressão e tudo o mais. — Ele apontou para o Jim Morrison da camiseta, e Eliza se perguntou se ele a tinha vestido por causa dela. — Mas aquelas fotos que você tirou já causaram um monte de confusão para a escola. Se você continuar agindo assim, vai ter problemas.

— Isso é uma ameaça?

O diretor pousou as mãos espalmadas na mesa. Seu tom de voz era desesperado, quase de pânico.

— Não! É um apelo! Veja... — Ele buscou entre a bagunça da sua mesa até encontrar um exemplar da semana anterior do *Seattle Times*, cujas prensas tinham parado de rodar alguns dias antes devido a atritos entre os funcionários. A manchete era: "VIOLÊNCIA ATINGE CADA VEZ MAIS CRIANÇAS E ADOLESCENTES". — O mundo lá fora não é um lugar seguro, Eliza.

— E aqui é seguro? Na Hamilton?

O sr. Jester gesticulou para que ela esquecesse a pergunta.

— Escute. O meu superintendente disse que recebeu uma ligação ontem do DE. Do Departamento de Educação, Eliza. O negócio está em nível federal! Eles viram aquela foto que você tirou daquele moleque folgado coberto de sangue e estão achando que os alunos daqui estão sofrendo maus-tratos.

— O nome dele é Andy — disse Eliza.

— Eu sei a merda do nome dele! — O palavrão reverberou por toda a sala, feito um tiro. Quando o sr. Jester falou novamente, foi com fúria controlada. — Eu posso ter sérios problemas, Eliza. Por favor. É a minha vida que está em jogo.

Durante anos, Eliza se sentira presa aos caprichos dos adultos, estivessem eles agindo voluntariamente (sua mãe indo embora) ou involuntariamente (seu pai morrendo), ou apenas dando ordens (todos eles, o tempo todo). Isso sempre a fez se sentir impotente. Até o dia em que conheceu Madeline, que lhe ensinou um jeito de controlar minimamente o mundo: transformando seu corpo numa arma. Eliza levou um ano para perceber que, embora aquele tipo de poder fosse bem real, seu exercício minara um recurso interno, o qual levou muito tempo para ser recuperado, se é que foi. Hoje, pela primeira vez, ela teve a sensação de que seu poder estava baseado em algo que não era sexo. O medo nos olhos do sr. Jester era o medo de um homem pequeno diante de algo muito maior que ele. Talvez fosse cruel, mas Eliza disse a verdade a ele — que não iria tirar o blog do ar apenas pelo que poderia acontecer se não o fizesse, pois ela achava que o que estava fazendo era bom, portanto só acabaria gerando coisas boas, mesmo que agora não estivesse muito claro. Quando o diretor começou a esbravejar, fazer ameaças e gritar, ela calmamente pegou sua bolsa e tirou de dentro a Exakta. O que realmente a surpreendeu em tudo aquilo foi que, enquanto ela ajustava o foco, o sr. Jester paralisou. Ela clicou, guardou a câmera de volta dentro da bolsa e se retirou da sala. Enquanto isso, o diretor continuou imóvel — conformado com sua pose final.

Ele foi demitido na semana seguinte.

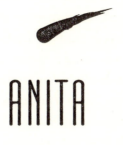

ANITA

Para as poucas centenas de alunos que continuavam frequentando a escola todos os dias, a manhã agora começava com uma assembleia geral obrigatória de vinte minutos, presidida pelo comandante Foede, o diretor interino nomeado pelo governo. Ele passava as mais novas informações sobre o Ardor (como se elas não fossem compulsivamente verificadas na internet umas cem vezes por dia), em seguida cedia a palavra aos membros do conselho estudantil, que tinham sido incumbidos de realizar uma "palestra de incentivo" diária, com duração de cinco a dez minutos. Os membros remanescentes do grupo de teatro da Hamilton, o Síndrome da Morte Súbita do Macaquinho, ficaram com as quartas-feiras, enquanto o grupo de garotos que cantava versões a capela de músicas de cantoras pop — o Miley Cyborg — se apresentava às sextas. Os outros três dias contavam com um elenco rotativo de talentosos e sem talento, provando que dez minutos podiam dar a impressão de durar dois ou duzentos. Hoje, no entanto, Anita tinha reivindicado o horário rotativo; ela e Andy pretendiam convidar todos oficialmente para a Festa do Fim do Mundo.

— Bom dia, Hamilton — saudou o comandante Foede, ocupando o palco. Ele era o típico policial: robusto, cara avermelhada e arrogante.

— Bom dia, sr. Foede.

— Hoje eu tenho um assunto muito importante para tratar. Fui informado de que haverá uma manifestação política no próximo sábado, no Parque Cal Anderson. Estou aqui para dizer que é expressamente proibido que qualquer aluno compareça a esse evento.

Anita escutou um clique, vindo de algum lugar próximo. Duas cadeiras à direita, Eliza Olivi fotografava a reunião. Seus cabelos castanho-escuros desciam em mechas levemente cacheadas até a altura de uma cruz egípcia prateada que chamava atenção para seus seios prodigiosos. Então era para ela que Andy tinha se arrumado todo. Não que Anita não entendesse; as cabeças de vento bonitinhas como Stacy Prince a gente podia desprezar e dizer que eram quase plásticas, mas Eliza era diferente. Dava para ver que ela seria uma mulher linda, não apenas uma menina bonita. Mesmo assim, Anita se perguntou se Andy percebia a insegurança perfeitamente equilibrada entre as duas facetas que Eliza usava para se proteger: a atitude de megera e as roupas reveladoras. Talvez somente as garotas enxergassem isso, feito aquelas frequências que somente os cães conseguem ouvir.

Eliza notou que Anita observava seus movimentos. Ela se levantou e trocou de lugar com o garoto do segundo ano que estava entre elas dizendo simplesmente: "Mexa-se".

— Pode parecer loucura — começou, depois de se sentar ao lado de Anita —, mas acho que eu sou o motivo para esse babaca ter virado o nosso diretor. O sr. Jester me pediu para tirar o blog do ar, caso contrário ele ia acabar perdendo o emprego, e eu disse não.

— Que blog?

Na verdade, Anita sabia tudo sobre o Apocalipse Já, mas por algum motivo não quis que Eliza soubesse que ela sabia.

— É um blog que eu comecei. E ele chamou muita atenção, eu acho, assim como a Hamilton. Só que não foi no bom sentido.

— Hum.

Foede ainda estava falando sobre os perigos da manifestação política, olhando feio para todo mundo, como se quisesse interrogar todos eles de uma só vez. Eliza tirou outra foto.

Anita olhou por cima do ombro. Andy e Bobo, que ocupavam uma fileira no fundão, praticamente vazia, estavam rindo baixinho da proibição fervorosa de Foede. A única coisa que o policial idiota tinha conseguido com aquilo foi incentivar ainda mais o comparecimento dos alunos ao Cal Anderson no sábado. Anita não sabia muita coisa sobre o evento — algum tipo de protesto que envolvia aquele cara assustador, o Golden (o que significava esse nome de cantor de hip-hop de segunda categoria?) —, mas esperava que isso não diluísse o impacto de seu convite para a Festa do Fim do Mundo.

— Eu quero deixar isso bem claro — Foede continuou. — O Departamento de Polícia de Seattle e outros órgãos de manutenção da ordem pública têm motivos para crer que esse protesto representa um incitamento à violência contra o estado. Para a segurança de todos vocês, e pelo bem da comunidade, não compareçam. Isso é tudo. Agora podem ir para as salas de aula, por favor. — Ele soltou a tribuna como se tivesse acabado de torturá-la.

Anita se levantou.

— Ei! Eu tenho um anúncio para fazer!

— Você pode fazer amanhã! — Foede gritou, por cima do burburinho e da agitação dos adolescentes dispensados.

— O que é? — Eliza perguntou.

— A Festa do Fim do Mundo. Eu tinha preparado um discurso.

— Ah, não se preocupe. O Andy me pediu pra escrever sobre isso no meu blog. Vocês vão alcançar muito mais gente desse jeito do que anunciando aqui.

Uma resposta malcriada passou pela cabeça de Anita — *Eu não pedi a sua ajuda* —, mas ela engoliu e sorriu.

— Obrigada, Eliza.

— De nada. Ei, a gente podia sair um dia desses. Com o Andy, talvez?

— Claro.

— Legal.

Eliza saiu, deixando um rastro da essência floral do seu xampu, atraindo olhares e mais alguns pensamentos malcriados.

A sala de música ficava no segundo andar do prédio de artes, separada do corredor principal por duas portas vaivém. Os alunos entravam pelo andar mais alto, e, à medida que avançava em direção ao centro, o piso ia descendo em degraus, como se fosse um zigurate invertido — cada patamar era largo o suficiente para acomodar os músicos de uma seção de orquestra. No imenso coração preto da sala havia um antigo Steinway de cauda, com a tampa aberta para exibir o emaranhado de cordas e martelos do interior. Andy tinha trocado o banco de madeira por uma banqueta de bateria forrada com estampa de oncinha. Ele já estava sentado quando Anita entrou, escolhendo o tom para uma das músicas em que eles estavam trabalhando e experimentando outros acordes com a mão esquerda. Os dois se encontravam ali todos os dias agora, depois de um lanchinho rápido de quinze minutos, após o "Conforto da filosofia".

— Boa tarde, sr. Ray Charles.

— E aí, Aretha?

Anita se debruçou na curva do piano — seu lugar preferido.

— Falei com a sua namorada hoje.

Andy parou de tocar.

— A Eliza? Quando?

— Ela sentou do meu lado na assembleia.

— Você falou bem de mim?

— Não tive tempo. — Anita escolheu com cuidado as palavras. — Você não acha que ela é um pouco... convencida ou algo assim?

— Talvez, mas ela pode.

Anita riu por cima da irritação. E daí que os caras sempre vão atrás daquelas que têm peitões e fama de fáceis? Não importava para ela.

— Em que nós vamos trabalhar hoje, srta. Winehouse? — Andy perguntou.

— Vamos de "Seduce Me". Acho que chegamos bem perto ontem.

— Vamos nessa.

Anita meio que comandava os ensaios, mas Andy não tinha medo de falar quando discordava de algo. Eles já tinham algumas canções prontas — "Bloodless Love", uma nova versão de "Save It" — e mais algumas que ainda estavam sendo trabalhadas. "Seduce Me" era a preferida de Anita, pois tinha sido composta em parceria. Andy havia criado a melodia meses antes, mas não tinha conseguido compor a letra.

— Você devia tentar — ele sugeriu.

Anita nunca se vira como letrista, mas, assim que pousou a caneta sobre o papel, percebeu que estava desesperada para pôr para fora tudo o que estava sentindo. Ela era capaz de passar horas trabalhando em uma única linha, procurando em dicionários de rimas e de sinônimos, até mesmo ouvindo algumas de suas músicas preferidas para ver o que tornava seus refrãos pegajosos. E chegou a desenvolver duas regras fundamentais de composição: 1) toda palavra que rima com "amor" é clichê (e qualquer um, exceto o Prince, que use a palavra "pomba" em uma música merece levar um tiro) e 2) às vezes clichês são permitidos. Do contrário, o que seria de músicas como "Stand by Me" e "I Can't Stop Loving You" ou até mesmo "Love Is a Losing Game"?

Andy compunha ao piano, mas, assim que os dois obtinham algo mais sólido, ele passava para o violão. Anita achava que o jeito dele de tocar lembrava o de Amy Winehouse — nada muito exibicionista, mas sempre limpo e de bom gosto. E o senso de ritmo de Andy era definitivamente, na falta de uma definição melhor, "não branco".

— Não tente soar sexy — Andy recomendou, após a primeira passada. — A música já faz isso.

— Não estou tentando. Eu sou naturalmente sexy.

— Então desligue o seu lado sexy, estrela pornô.

Eles trabalharam em "Seduce Me" por uma hora ou mais, depois finalizaram a melodia base de uma música nova, "Countdown". Naquela noite, no apartamento de Andy, ele completou os acordes enquanto Anita arrematava a letra que ele tinha escrito, sentada no sofá. Eles ficavam juntos praticamente vinte e quatro horas por dia, sete dias por semana, como se de repente fossem irmãos. Ela conhecia todas as roupas dele, seu cereal matinal preferido, até mesmo seu cheiro — uma mistura de suor, desodorante, cigarro e algodão velho.

Era difícil acreditar que ela já estava ficando na casa dele havia quase três semanas, desde o show da Períneo no Dia dos Namorados. Óbvio que seus pais não estavam felizes com isso, mas não havia nada que pudessem fazer a respeito. Seu pai apareceu na Hamilton uma vez apenas, dias depois de ela ter fugido de casa, e eles discutiram feio no corredor, na frente da classe de história. Anita não tinha sido raptada. Ela ainda estava indo à escola. E a polícia estava muito atarefada para se envolver com isso. Foi divertido ver seu pai de mãos atadas, indo embora num acesso de birra infantil.

Rapidamente ela trocou sua família pela de Andy. Bem, não a família dele *de verdade*, que tinha abandonado o navio um tempão antes, mas os amigos dele. Apesar de Bobo ainda não ir muito com a sua cara (e vice-versa), ela se dava bem com o restante da turma: Kevin, o riquinho explorado, Jess, que antes era uma garota, e Misery, que era muito louca para ser irmã de Peter, mas não parecia tão louca a ponto de namorar um sociopata feito Bobo.

Anita não tinha nenhum amigo para Andy se enturmar; ela sempre esteve muito ocupada para fazer amizades. E, apesar de não querer muito que ele conhecesse seus pais, ela precisava pegar algumas coisas em casa e, como não estava querendo ir sozinha, jogou a isca depois do ensaio e obteve a resposta esperada.

— Andy, o que você acha de conhecer pais bem piores que os seus?
— Eu prefiro levar um chute no saco.

Anita deu um tapa nas costas dele.

— Então é melhor se preparar, garoto, porque é o que vai acontecer.

Foi estranho. Poucas semanas depois, a casa não parecia mais ser sua. Anita nunca tinha notado quão inutilmente grande era o lugar. Por que três pessoas precisavam de tanto espaço, não fosse para fugir umas das outras, para ficar mais sozinhas? Andy cantarolava "Hotel California" enquanto eles percorriam a longa alameda da entrada.

Do outro lado da porta da frente, a mãe de Anita passava o esfregão no piso de mármore. Ela ergueu os olhos quando os dois entraram, tensa e desconfiada, feito um animal selvagem tentando descobrir se o leão que se aproxima está faminto.

— Você voltou — foi tudo o que ela disse.

— Só por alguns minutos. — Anita se deu conta de que nunca tinha visto a mãe fazendo faxina. — O que você está fazendo? Cadê a Luisa?

— Pediu demissão. Oferecemos o dobro do salário, mas ela disse que ia passar um tempo com a família.

— Vai entender. — Anita soltou uma risada teatral.

Sua mãe afundou o esfregão no balde vermelho e encostou o cabo no corrimão da escada. Havia certa hesitação em seus olhos, um desejo de abrandar o clima pesado. Então, uma decisão foi tomada e tudo ficou difícil novamente.

— Você faz ideia do que nós passamos por sua causa, Anita? Onde você está morando?

Julgamento. Reprovação. O que mais ela poderia esperar?

— Na casa do Andy. Ele é meu amigo.

Andy ergueu a mão.

— Belê?

A mãe de Anita deu uma olhada para ele, como uma operadora de caixa de supermercado olha para um saco de batatinhas, verificando seu valor e em seguida o jogando para o lado.

— Você devia conversar com o seu pai. Ele vai te falar poucas e boas.

— Não, obrigada. Só vim pegar umas coisas.

Ela passou pela mãe e subiu a escada. Seu quarto estava limpo e arrumado. "Não tem nada errado aqui!", ele dizia. "Nenhuma filha fugiu ou algo assim!" Anita pegou uma mochila debaixo da cama e colocou dentro roupas, bijuterias e um gato de pelúcia acinzentado cheio de fios puxados de todas as vezes em que ela o apertara tentando arrancar dele um pouco de calor humano. E então ela chorou — lágrimas iradas e quentes —, e Andy estava lá, dando todo o seu apoio, enquanto ela se amparava nele, deixando a fraqueza transbordar de seu corpo. A sensação de abraçá-lo foi boa; mesmo quando já estava se sentindo forte o bastante para se firmar sozinha outra vez, ela não o fez de imediato.

— Eu gostava de cantar dentro desse closet — ela disse.

— A acústica é boa?

— As paredes são grossas. — Ela entrou no closet, se fechou lá dentro e gritou: — Vai se foder, mãe!

Andy disse alguma coisa, mas Anita não entendeu direito. Ela olhou ao redor e tocou a barra de um vestido de veludo vermelho que não usava havia anos.

— Adeus, closet — disse, num sussurro.

De volta ao quarto, Andy estava dando uma olhada na sua coleção de discos. Ela jogou um último par de sapatos dentro da mochila e a fechou.

— Vamos cair fora daqui.

Sua mãe ainda estava limpando o chão quando eles desceram.

— Te encontro lá fora — Anita disse para Andy, entregando a ele a mochila.

— Tudo bem. Foi um prazer te conhecer, sra. Graves.

A mãe de Anita não disse nada até Andy fechar a porta depois de sair.

— Você e esse moleque nojento estão juntos? — ela perguntou, num tom estridente.

Anita sentiu vontade de responder gritando, mas se conteve. Quem sabe quando ela e sua mãe iriam se encontrar novamente? Talvez nunca mais. Ela não queria ir embora brigada.

— Nós somos amigos.

Sua mãe ironizou.

— Amigos?

— Sim. Mas, de qualquer forma, isso não é da sua conta.

Sua mãe jogou o esfregão no chão.

— A Bíblia manda respeitar os mais velhos, Anita! Talvez isso não signifique nada para você, mas para mim e o seu pai significava quando nós éramos crianças. Nós respeitávamos os mais velhos. Não era como hoje. Fugir de casa. Ir morar com um garoto que parece um drogado.

— A Bíblia não fala nada sobre apoiar os filhos? Amá-los incondicionalmente?

— O mandamento é honrar pai e mãe. Não o contrário.

— Então a Bíblia é uma merda! — Anita retrucou.

Parecia que um véu negro tinha acabado de descer sobre o rosto de sua mãe — como uma nuvem encobrindo o sol. Sua voz se tornou fria como uma lápide.

— Acho que você não está entendendo o que está acontecendo lá fora, mocinha. Nós estamos no Juízo Final. Eles podem não ter colocado nesses termos naquela sua escola, mas nós, que estamos na paz de Deus, sabemos o que está acontecendo. É a separação entre aqueles que vão ser salvos e os condenados. Portanto pode ir, se é isso que deseja fazer. Vá e condene a sua alma.

Anita sentiu as lágrimas voltando, e assim marchou casa adentro, segurando-as, em direção ao escritório de seu pai. Ele se levantou de trás da mesa, silencioso como um monumento, enquanto Anita ia direto para a gaiola de metal onde ele mantinha Bernoulli, a arara-azul mais triste do mundo, e abria a portinhola. Ela esperava por um farfalhar escandaloso de asas azuis dentro da sala, mas o pássaro nem se mexeu. Bernoulli não sabia o que fazer com sua liberdade; era como se o desejo de voar tivesse morrido dentro dele.

— Vá embora daqui! — ela gritou. — Você é burro?

Bernoulli inclinou a cabeça e grasnou uma vez.

— Para onde ele iria? — o pai de Anita perguntou.

Era verdade, Anita se deu conta, e o peso daquela verdade a deixou atordoada. Mesmo que o pássaro escapasse da gaiola, ainda ficaria preso dentro do escritório. E, se conseguisse sair do escritório, acabaria preso dentro da casa. Se conseguisse sair da casa, então onde ele estaria seguro? Acabaria preso fora da gaiola do mesmo modo que sempre estivera dentro dela. E Anita ficou com medo de que o mesmo pudesse acontecer com ela. O mundo era uma imensa gaiola.

— Tudo bem — ela disse e deixou o escritório correndo.

Em algum ponto do caminho, a barragem se rompeu novamente; lágrimas desceram feito uma cachoeira pelo seu rosto. Uma gota caiu sobre o mármore encerado do saguão, uma mancha salgada que Anita sabia que sua mãe limparia antes mesmo que tivesse tempo de secar.

ELIZA

— Espere, qual é o nome do cara? — Anita perguntou.

Eliza verificou na folha impressa novamente.

— Ele assina Chad Eye.

— Eye? Tipo olho em inglês?

— Isso mesmo.

— Parece alguma besteira hippie.

— Eu acho bem foda — Andy comentou. — Tipo Sid Vicious ou algo assim.

— Bom, ele pode até ser a reencarnação do Tupac, desde que tenha algo que nos interesse — disse Anita.

Eles tinham divulgado em todos os lugares — desde folhetos nos quadros de avisos da Hamilton ao fórum comunitário do Craigslist —, mas a resposta veio através do Apocalipse Já. Eliza postou que eles estavam procurando um local para fazer a Festa do Fim do Mundo, e horas depois recebeu um e-mail do tal Chad Eye. Ele disse que tinha uma proposta, mas preferia discutir pessoalmente. Eles foram convidados para comparecer à casa dele na quinta-feira, às cinco e meia da manhã, e deviam "fazer jejum de comida pesada e de relações sexuais de doze a vinte e quatro horas antes". Em outras palavras, o cara era um maluco de carteirinha. Mas, depois de uma busca na internet, eles descobriram que o endereço ficava do outro lado da Ponte 520 e que a casa valia uns quatro milhões de dólares. Então, lá foram eles.

O trajeto foi estranhamente desconfortável. Eliza sentia uma vibração passivo-agressiva vinda de Anita, e não fazia a menor ideia do motivo. As duas não estavam competindo ou algo assim. Nenhuma das duas estava interessada em Andy, e Eliza cantava tão mal quanto Anita provavelmente tirava fotos. Talvez fosse inevitável — uma dessas rivalidades que brotam entre mulheres, feito cogumelos que nascem nas fissuras de uma floresta e se esticam na direção de qualquer raio de luz que consiga penetrar a copa das árvores.

— As fotos que você postou ontem são iradas — Andy comentou. — Quanto tempo demorou para o fogo acabar com aquele lugar?

— Bom, os bombeiros chegaram uma hora depois, por isso não chegou a queimar por inteiro. Mas duvido que alguém volte a morar lá tão cedo.

— Você não podia ter ajudado de algum jeito? — Anita perguntou. — Em vez de ficar parada tirando fotos?

— O que eu devia ter feito? Entrar correndo e carregar pessoas pra fora?

— *Você está ouvindo a Kube 93* — disse o locutor, no rádio. — *Vamos começar a contagem regressiva das melhores dos anos 80 com "Lucky Star", da Madonna!*

Anita abaixou o volume.

— Credo. Pelo menos o fim do mundo significa que não vamos precisar mais ouvir música dos anos 80.

— Você não gosta da Madonna? — Eliza indagou, mas se arrependeu na hora. Claro que Anita não gostava da Madonna; era muito popular e previsível.

— Cara, a Madonna é um sapato velho.

— Como assim?

— Ela não tem *alma* — disse Andy, e ele e Anita caíram na gargalhada. Eliza bufou.

— Isso é ridículo.

— A *Madonna* que é ridícula — Anita retrucou.

Eliza estava se preparando para uma réplica menos civilizada quando foi interrompida pela voz imperturbável da moça do GPS.

— *Você chegou ao seu destino.*

Eles estacionaram ao lado do meio-fio de uma rua larga, cercada de minimansões que lembravam vagamente a arquitetura alemã, com caixas de correio no formato de minimansões que lembravam vagamente a arquitetura alemã. Tudo era uma grande mesmice, exceto pela casa do outro lado da rua, que era, por acaso, o lugar para onde estavam indo.

A casa de Chad tinha sido construída no estilo de um templo japonês, com terraços cobertos por telhados pontudos e madeira avermelhada incrustada de bronze. O jardim não era nem de terra nem gramado, mas coberto de cascalho rastelado e pedras arredondadas, pontuado por árvores que pareciam bonsais gigantes. No fundo do jardim havia um casal sentado de pernas cruzadas em um pequeno pagode, um de frente para o outro. O caminho que começava na calçada conduzia diretamente para uma pontezinha que se curvava acentuada sobre um lago em que a luz do luar refletia em nadadeiras ou escamas cintilantes. Não havia campainha nem batedor, só um pequeno gongo com um bastão preso à base por um cordão de couro comprido.

— Isso é alguma brincadeira? — Andy perguntou.

Eliza pegou o bastão.

— Só tem um jeito de descobrir.

O som do gongo cresceu e depois desapareceu, como uma carpa acobreada saltando de águas profundas e mergulhando novamente. Segundos depois, a porta se abriu.

Parado na soleira havia um monge segurando um beagle.

Talvez não seja exatamente um monge, pensou Eliza, que nunca tinha visto um de carne e osso. Ele vestia uma túnica amarelo-açafrão, tinha a cabeça totalmente raspada e usava uns colares feitos com enormes bolas de madeira. Lembrava mais aqueles caras que andam pelos aeroportos distribuindo folhetos que dizem coisas como "Vivencie o amor!" ou "A felicidade pode ser sua!". O beagle encarou os visitantes com uma calma imperturbável, canina e budista ao mesmo tempo.

— Vocês vieram — Chad constatou, estabelecendo contato visual com cada um deles. — Entrem, por favor.

Eles o seguiram casa adentro, passando por um hall com uma pequena fonte em formato de pirâmide cuja água escorria sobre uma pilha de pedras. A sala de estar era igualmente despojada: uma mesa baixinha sobre um tatame, e em cada canto um vaso pesado de cerâmica com um arranjo de brotos de bambu retorcidos. No alto, uma claraboia exibia um quadrado preto de céu, salpicado de estrelas. Uma garota entrou, trazendo um bule cinza de ferro fundido e quatro copinhos de porcelana empilhados. Ela devia ter uns vinte e poucos anos e estava toda vestida com roupas de cânhamo off-white, tinha dreadlocks loiros e meio quilo de prata de lei em cada orelha.

— A infusão está pronta — ela disse.

Chad aceitou o bule e os copinhos.

— Obrigado, Sol. Você pode levar o Sid?

— Claro! — Sol se abaixou e pegou o beagle, que na mesma hora abocanhou um dos dreadlocks. — A garotada vai se divertir — ela cantarolou enquanto se retirava.

Eles se sentaram ao redor da mesa enquanto o chá era servido. Chad colocou um copinho diante de cada um, inclinando-se levemente em reverência em todas as vezes. Quando Eliza retribuiu o gesto, seus cabelos desceram sobre o rosto, e nisso ela sentiu uma mão ajeitando uma mecha atrás da sua orelha.

— Ia afundar no chá — Andy explicou.

Luzes de alarme acenderam em sua cabeça. Ela até teria dito alguma coisa — um lembrete do status platônico definitivo deles —, só que, naquele momento, sentiu uma baforada quente do chá e quase engasgou.

— Que merda é essa?

Chad sorriu.

— Um chá bem fraquinho de cogumelos alucinógenos.

Andy não precisou ouvir mais nada. Virou seu copinho de uma só vez, se esforçou para engolir e então fez uma careta.

— Hummm.

— Isso é seguro? — Anita quis saber.

— Totalmente — Chad respondeu. — Neste nível de diluição, talvez nem faça efeito. Mas eu espero que ajude vocês a verem as coisas sob uma luz um pouco diferente. Claro, vocês não são obrigados a tomar.

Eliza olhou para o fundo do copinho. O líquido era marrom-avermelhado, da mesma cor de chá preto. Que loucura. Eles tinham acabado de entrar na casa de um estranho, e agora iam ficar chapados com ele? Por acaso ela não tinha assistido a milhares de vídeos na escola cujo único propósito era convencê-la a não fazer exatamente isso?

Eliza percebeu que Anita hesitava com a boca na borda do copinho, feito um mergulhador que de repente notou quão alto é o trampolim.

— Anita — Andy chamou. — Seja lá o que for, não vale a pena.

Anita sorriu.

— Dane-se — disse e então bebeu. — Uau! Isso é nojento.

Eliza não tinha opção agora; não ia deixar Anita Graves lhe passar a perna. O preparado tinha gosto de vegetais podres misturados com lama.

Finalmente, Chad bebeu sua dose.

— Leva um tempinho para fazer efeito — ele explicou —, mas eu vou direto ao ponto. Vocês estão procurando um lugar para fazer essa festa. Não têm dinheiro e não sabem direito o que fazer. Estou certo até aqui?

Ninguém discordou.

— Agora, permitam que eu fale um pouco de mim. Há muitos anos, em outra vida, eu trabalhei em uma pequena empresa chamada Boeing. Ganhei um montão de dinheiro lá, antes de me dar conta de que não acreditava no que estava fazendo.

— Você trabalhava construindo aviões? — Andy indagou.

— Defesa — Chad respondeu, fazendo aspas invisíveis no ar. — Que não passa de um modo educado de dizer "ofensa". Por isso eu pedi demissão e saí pelo mundo. Construí um barco e naveguei entre a Austrália e a Nova Zelândia. Morei em um *yurt* na Costa Rica. Estudei em um monastério no Tibete. E, no final de tudo isso, eu me vi em uma situação estranha: um monte de dinheiro, sem ter o que fazer com ele. Pensei em doar tudo e me mudar para uma cabana na floresta, mas decidi que eu podia fazer algo melhor. Eu queria dar um exemplo de como viver em comunidade de modo responsável. E foi o que eu fiz. — Ele descruzou as pernas e se levantou. — Vamos dar uma voltinha.

Eles o seguiram pelos corredores espaçosos da casa gigantesca. A maioria dos cômodos estava ocupada, e seus ocupantes, que Chad apresentou pelo nome, variavam de jovens universitários a idosos. Todos pareciam felizes, alguns até empolgados, diante da perspectiva de abraçar estranhos.

— Quantas pessoas vivem aqui? — Eliza perguntou.

— Em torno de vinte, normalmente.

— E é assim que você gasta o seu dinheiro?

— Na verdade, viver assim é relativamente barato. Nós cultivamos a maior parte da nossa comida em uma horta que fica a alguns quilômetros daqui, e a casa está no meu nome.

Eles terminaram o tour e retornaram para o salão de chá. Chad olhou para a claraboia.

— Está quase na hora — disse. Uma porta de correr se abriu para uma varanda de madeira com vista para a água. Eles se sentaram em cadeiras de piscina acolchoadas, voltadas para o lago. — Eu já estou acordado a esta hora todas as manhãs — Chad revelou. — Acho muito bonita a justaposição do sol nascendo com o asteroide. Alfa e ômega. O começo e o fim.

Eliza olhou para o alto. Obviamente, ela sabia que o céu era o mesmo de sempre, mas sua percepção estava mudando. O leve degradê de azul, visível na borda das montanhas, de repente trazia consigo todo o espectro de cores — rosas, verdes, amarelos, prateados e uma infinidade de nuances desconhecidas entre elas, todas misturadas, feito o arco-íris aquoso das opalas. E então, muito lentamente, o sol começou a se erguer sobre o contorno branco da cordilheira das Cascatas. Parecia um tipo de exercício, uma flexão rapidinha, que a pesada esfera fazia todos os dias, como se fosse um favor prestado aos habitantes da Terra. Este era o seu propósito, se erguer e brilhar, assim como cada pessoa sobre o qual ele incidia seu brilho tinha um propósito. Eliza teve a sensação de que seu coração era um prisma, refratando aquela luz mágica no coração de Andy, Anita e Chad, no coração de cada um que observava aquele céu arlequim, e ia além, para

cada ser humano, cada animal e cada objeto existente. Até mesmo o Ardor
— uma pintinha branca na face rosada do céu — era merecedor do seu
amor, pois o asteroide só estava cumprindo seu destino. O tempo passou.
Somente quando o sol estava seguro na borda do horizonte, Chad voltou
a falar.

— A melhor coisa que nós podemos oferecer às pessoas é um momento de verdadeira conexão antes do fim. E eu gostaria de ajudar vocês a oferecer isso. Eu tenho amigos que são especialistas em reunir pessoas em comunidades temporárias. Eles estão dispostos a organizar uma celebração para a chegada do asteroide. Falei também com o meu antigo chefe, e ele ofereceu o aeroporto da Boeing. É um espaço com mais de trinta e sete hectares, aproximadamente um sexto da área de Woodstock.

— O Andy e eu queremos tocar — Anita disse. Sua voz tinha algo de sonho e determinação.

— Primeiro eu preciso ouvir vocês — Chad explicou. — Tenho um piano lá dentro.

— Não sei se vou conseguir encontrar as notas — Andy disse, rindo.

— Você ficaria surpreso com o que pode fazer sob efeito dos cogumelos.

Chad os conduziu de volta para dentro da casa, para uma sala grande, de teto baixo, que tinha apenas um piano de cauda no canto, orgulhoso como uma pele de zibelina exposta. Andy sentou na banqueta e começou a tocar.

— Eu não estou aquecida — Anita se justificou.

— Você está sempre aquecida, Lady Day.

As notas do piano soaram mais altas, mais intensas e vívidas do que qualquer outra música que Eliza já tinha escutado. Anita cantou, e sua voz era tudo que Andy tinha dito: cheia de pegada, dor e desespero. Por um tempo, Eliza se deixou levar pela melodia apenas, até que algumas palavras da letra chamaram sua atenção — algo sobre o número de amores que alguém pode ter ao longo da vida, seguido por uma contagem regressiva: "Ten, nine, eight, seven, six, five, four, three, two, one... and you're on your own".* Eliza percebeu que Andy tinha escrito aquela música para ela,

---

* "Dez, nove, oito, sete, seis, cinco, quatro, três, dois, um... e você está sozinho."

pelo modo como ela passara a encarar o mundo em termos de contagens regressivas. Ele a amava, mas ela não retribuía esse amor. E, antes que o mundo acabasse, ele acabaria descobrindo isso.

Eliza estava chorando. Por causa da música, da droga, do sol nascente e do futuro inevitável que previa.

— Ele vai me odiar — sussurrou consigo mesma.

Chad pousou uma mão quente em seu ombro.

— O ódio é apenas uma falha temporária na percepção da nossa interdependência absoluta. Ele não é real.

Antes que ela tivesse tempo de perguntar o que ele quis dizer, a música tinha acabado e Chad estava aplaudindo.

— Absolutamente maravilhoso! Vocês estão contratados. Agora o trabalho de vocês é convencer as pessoas a irem à festa.

— A Eliza pode cuidar disso — Andy declarou, encarando-a com um sorrisão. — Ela é famosa agora.

— Então é pra valer? — Eliza indagou. — Nós vamos mesmo fazer isso?

— Quero acreditar que sim. Claro que ninguém pode garantir o que vai acontecer nas próximas semanas. Nós podemos perder contato.

— Como nós vamos saber se a festa ainda vai rolar?

Chad encolheu os ombros.

— Vocês não vão. Não tem como. Do mesmo jeito que eu nunca tenho certeza se o Sid vai vir quando eu chamar. — Ele colocou as mãos ao redor da boca. — Sid! — Um minuto depois, o beagle entrou na sala. A atitude podia ser tanto a de um cão que estava respondendo a um chamado quanto a de um que, por coincidência, tinha resolvido entrar por vontade própria naquele exato momento. Ele se acomodou aos pés descalços de Chad. — É para isso — Chad explicou — que serve a fé.

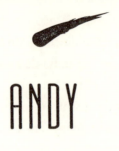

ANDY

Era uma Gibson 1965, modelo ES-175D, com acabamento sunburst. Corpo oco, com estandarte em forma de trapézio, ponte Tune-O-Matic e captadores vintage. Normalmente só os caras do jazz compravam aquele tipo de instrumento, mas Andy já tinha experimentado a guitarra algumas vezes na loja e estava convencido de que ela tinha o som certo para as músicas que ele estava compondo com Anita — robusto, rico e marcante (quando tocada com um amplificador original Fender Twin Reverb e uma pedaleira OCD overdrive, é claro). O único problema era que ela custava sete mil.

Apesar de todos os jornais de Seattle terem parado suas prensas, o semanal alternativo online *The Stranger* ainda estava na ativa. Foi por ele que Kevin ficou sabendo do fechamento do Shopping Bellevue. O gerente citou a "doença do asteroide" — uma combinação de falta de clientes com escassez de funcionários. O que ele deveria ter dito era: "Venham e sirvam-se à vontade, senhores".

Bobo, Kevin, Misery e Jess foram todos juntos, por isso o carro ficou lotado. Andy disse a Anita que tinha passado a tarde toda andando de skate com Bobo, para fugir do inevitável sermão de uma hora sobre ética. Não que ele se sentisse bem com relação ao saque, mas seria uma tragédia um instrumento daquela qualidade permanecer intocado por um mês inteiro. Além do mais, ele poderia devolver a guitarra caso o apocalipse não acontecesse.

Eles subiram pela rampa em caracol até o último andar do estacionamento gigante do shopping. Andy tinha imaginado que o lugar estaria vazio, mas havia mais alguns carros estacionados.

— O que você acha que eles estão fazendo aqui? — Kevin perguntou.

— O mesmo que a gente — Andy respondeu.

— Eles podem ser da segurança. Tem certeza que é uma boa ideia? Os guardas estão prendendo qualquer coisa que se mexe.

Bobo deu um tapa na nuca de Kevin.

— Vê se vira homem, cara. Andy, abre o porta-malas pra mim.

Bobo pegou a marreta como se fosse a Excalibur retirada da pedra, depois deu alguns golpes no ar para praticar. Misery e Kevin estavam no banco de trás, calçando patins. Os outros tinham trazido seus skates, de modo que todos poderiam fugir rápido no caso de uma emergência.

Não ia ser uma invasão muito discreta. As rodinhas barulhentas ecoando pelo estacionamento iriam denunciá-los para qualquer segurança que estivesse por perto como um farol piscando. Nos fundos da Macy's, eles encontraram uma porta dupla no alto de uma rampa comprida, identificada como "ENTRADA DE SERVIÇO". Havia uma corrente ao redor dos puxadores, com um cadeado enferrujado preso a um dos elos apenas.

— Merda — Bobo xingou. — Eu queria quebrar alguma coisa.

Misery massageou seus ombros.

— Vai ter mais coisas pra quebrar, amor.

— As pessoas que estão lá dentro podem ser criminosos de verdade — Kevin observou.

Bobo deu uma marretada na porta, afundando o metal.

— Nós somos os criminosos de verdade, cara! Quem está lá dentro é que deve ficar com medo da gente!

As luzes do outro lado da porta acendiam à medida que eles avançavam, acionadas por sensores de movimento. Depois de passarem por uma sala de descanso dos funcionários abandonada e por uma máquina de refrigerante arrombada, eles saíram bem no meio da seção de móveis da Macy's.

Andy jogou o skate no chão e deslizou, desviando dos sofás de velhinhas, dos móveis de jardim e das mesas postas para um jantar digno de uma família mórmon. Um barulho estridente retiniu atrás dele. Era Bobo, que tinha empurrado um armário de cozinha em cima de outro.

— Bomba de perfume! — Jess gritou, partindo a toda a velocidade na direção do departamento de perfumes. Jogando o peso do corpo para trás, ele empinou o skate e foi para cima de uma vitrine cheia de frascos em formato de coração, que se arrebentaram em mil pedaços. O lugar foi tomado por aquele cheiro que a gente sente quando passa pela mesa do refeitório onde se sentam as garotas de cabelo queimado pela chapinha, unhas postiças e calça de moletom com alguma coisa escrita no traseiro. Andy desviou dos cacos e parou bem no ponto onde o piso branco da Macy's se encontrava com o piso de cerâmica vermelha do shopping. De algum lugar distante veio o barulho de vidro quebrando. Eles definitivamente não estavam sozinhos.

— Vou subir e renovar o meu guarda-roupa — Misery avisou. — Vocês conseguem sobreviver sem mim, garotos?

— Eu vou com você, Mis — Kevin disse.

Bobo se aproximou de Andy.

— Boa. Jess, vai junto também.

— Eu? Por quê? — Jess ficava muito ofendido quando alguém insinuava que ele ainda era uma garota em qualquer sentido que não fosse o biológico.

— Porque, se o bicho vai pegar, eu não quero que a Mis esteja sozinha com um cagão feito o Kevin.

— Ei! — Kevin reclamou, mas Jess pareceu satisfeito com a explicação.

— Ahhh, você está preocupado comigo? — Misery se aproximou e deu um beijo no rosto de Bobo. — Consiga algo bonito e brilhante pra mim. — O som suave deslizando até a escada rolante foi substituído pela subida desengonçada dos patins. Jess e Kevin a seguiram até sumir de vista.

— Vamos apostar corrida até o outro lado do shopping — Bobo desafiou.

Seus skates caíram juntos no chão. Em segundos eles estavam se precipitando pelo piso de cerâmica texturizada. Passaram pela brancura etérea da loja da Apple, pelo azul iridescente da Tiffany e pelo xadrez amarronzado da Burberry. O piso descia em direção à praça de alimentação, o que lhes garantiu ainda mais velocidade. A loja de sucos Orange Julius passou feito um borrão alaranjado. Havia movimentação dentro de uma loja de artigos esportivos — alguns garotos escolhendo tênis e bonés de beisebol. Eles deram uma olhada quando Bobo e Andy passaram zunindo. O piso voltou a se inclinar para cima. A força do embalo diminuiu, e Andy precisou dar vários impulsos para continuar em movimento. Quando chegaram à Nordstrom, na outra ponta do shopping, nenhum dos dois sabia quem tinha ganhado a corrida. Andy se largou sobre um banco de metal ao lado do monitor LCD de informações do shopping. Dois segundos depois, Bobo transformou o monitor em uma teia de aranha de cacos e alguns pixels em convulsão. Ele deixou a marreta pendurada, balançando feito uma flecha espetada no olho de um touro.

— Você tem um cigarro? — Andy perguntou.

— Eu tenho uma coisa melhor. — Bobo tirou um baseado de trás da orelha.

— Caraca. Por isso que você queria se livrar dos outros?

— Eu odeio dividir. É melhor você aproveitar, porque está ficando difícil conseguir. Eu dobrei o preço na rua, e o pessoal continua pagando. É o fim do mundo mesmo.

— O Golden continua fornecendo pra você?

— Ele me ama. Eu posso falar com ele se você estiver a fim de vender.

— Valeu, mas a Anita e eu estamos ensaiando direto. Eu ando megaocupado.

— Tudo bem. Mas é melhor arrumar um tempo pra manifestação de amanhã.

— Com certeza.

— Eu tô falando sério. É legal que finalmente você tenha arrumado umas garotas na sua vida, mas se não for nem pra conseguir uma transa...

— Eu vou conseguir.

— É o que você está dizendo.

— Eu preciso, cara. É o meu desafio. Se eu não conseguir pegar a Eliza, não mereço viver.

— Eu vou dar um tapa em homenagem a isso — disse Bobo.

Houve barulho de passos no piso de cerâmica, em seguida dois caras passaram correndo pelo banco. Eles eram negros, talvez tivessem uns vinte e poucos anos e usavam tantas joias que todo o corpo deles parecia brilhar. Um segurança gordão, de uniforme cinza, estava atrás deles, mas ficava mais longe a cada passo.

— Olha o rolha de poço! — Bobo exclamou.

O guarda se virou na direção deles, mas continuou correndo de costas.

— Saiam daqui, seus moleques!

— Pode crer — Andy respondeu.

— Saque é crime. Vocês vão acabar na cadeia.

— Vai prender os bandidos, rolha! — Bobo gritou.

O segurança desapareceu no corredor da Gap Kids. Andy sentiu um pouco de pena dele.

Eles terminaram de fumar e em seguida subiram pela escada rolante, que estava parada, até a loja de instrumentos musicais. Uma porta de metal, presa a um cadeado no chão, era a única segurança da loja. Eles alternaram marretadas, como se fossem condenados acorrentados juntos, enquanto falavam besteiras para o cadeado.

— Está gostoso? — Bobo perguntava.

— Você gosta igual à sua mãe?

— Abra as pernas, garota.

— Eu vou enfiar a cara nos seus peitos.

Depois de alguns golpes, o cadeado se abriu. Andy enrolou para cima a porta de ferro e Bobo arrebentou a porta de vidro.

Era uma loja pequena, frequentada por famílias que sonhavam em ver os filhos tocando "Für Elise" para os avós. Eles ganhavam dinheiro com a venda de violinos baratos, teclados da Casio e um mini-instrumento horroroso de madeira compensada chamado Minha Primeira Guitarra.

— Olhe aqui — Bobo disse, erguendo duas guitarrinhas acima da cabeça. — Eu sou o Pete Townshend. — E bateu uma contra a outra. — Descansem em paz, minha primeira e minha segunda guitarras.

Andy seguiu direto para os fundos da loja, onde ficava o objeto que salvava o estabelecimento da total irrelevância — a Gibson 1965 ES-175D com acabamento sunburst. A vitrine nem estava trancada. E então Andy a tinha nas mãos, pesada e sólida, como se fosse uma marreta de tocar música. Ele ligou um amplificador, plugou a guitarra, girou o botão do volume para a direita e dedilhou as cordas. *É isso aí.*

— Muito careta — Bobo comentou. — Essa guitarra fala igual a uma mina que não quer tirar nem a blusa.

— Não tem nada de errado com uma boa provocação.

— Pelo menos o volume é bom. Vamos nessa. Um, dois, três, quatro...

Bobo deu pancadas em uma bateria infantil com um par de baquetas de xilofone. Andy girou o botão do drive do amplificador e tocou power chords o mais rápido que conseguiu. Trinta segundos depois, Bobo chutou um a um os tambores e então ficou de pé.

— Boa noite, Seattle!

Enquanto a reverberação da guitarra morria, os dois ouviram o que parecia ser um gemido longo. Primeiro Andy achou que se tratasse de algum tipo de alarme. Mas logo em seguida o gemido se transformou em palavras.

— Alguém, por favor!

Era a voz de um pobre velho que estava apenas tentando cumprir seu dever.

— Pelo jeito o rolha caiu do muro — Bobo debochou. — Ei, o que você está fazendo?

Andy encostou a guitarra no amplificador.

— Eu não quero isso.

— Cara, larga a mão de ser trouxa. Esse troço quase fez você parecer um músico de verdade.

— Nah. Não estou a fim.

Bobo pegou a marreta e a ergueu para o alto, parecendo um doido.

— Pegue a guitarra ou eu juro por Deus que arrebento ela no meio agora mesmo.

Andy imaginou o momento em que a cabeça da marreta quebraria o pescoço da Gibson na altura de um dos trastes prateados, estraçalhando os marcadores de escala de madrepérola e deixando apenas os tendões das cordas segurando as duas partes separadas. Que desperdício.

— Por que você se importa tanto com isso?

— É simbólico, cara! Uma coisa muito fodida está prestes a acontecer no mundo, e nós precisamos cuidar um do outro.

— Nós ainda somos amigos — Andy argumentou.

Bobo chacoalhou a cabeça.

— Você mudou desde que começou a andar com aquelas meninas. Eu preciso saber se não vai ser igual ao lance do pacto outra vez. Preciso saber se o meu melhor amigo não vai dar pra trás de novo.

Por um segundo, Andy viu o medo no centro de todas aquelas ameaças e papo-furado do Bobo. Esse era o problema de conhecer uma pessoa muito bem: você não pode fazer nada senão perdoá-la, independentemente do que ela fizer. Ele pegou a guitarra e passou a tira sobre o ombro.

— Tudo bem, cara. Vamos ver se o rolha consegue ficar de pé.

Bobo revirou os olhos.

— Ok, Virgem Maria. Vai na frente.

Eles deslizaram pelo shopping em cima do skate, seguindo o gemido do segurança. Com a guitarra presa ao pescoço, ficava difícil para Andy ganhar velocidade. Cada impulso fazia seus músculos arderem. Ele se sentia pesado.

PETER

Peter não planejava ir ao protesto. Bobo e aquele Golden sinistro eram os responsáveis pela organização do evento — dois pontos contra logo de cara. Quando os pais de Peter proibiram expressamente que ele e a irmã comparecessem, isso veio a calhar. Mas tudo mudou quando ele acordou no sábado de manhã.

O quarto de Misery já estava vazio. Os lençóis amarrotados na cama desarrumada pareciam um "foda-se" rabiscado, em resposta à proibição.

Sua mãe e seu pai esperavam por ele à mesa da cozinha, vestidos e solenes. Seu café da manhã já estava servido: ovos mexidos, bacon e torrada de pão integral com manteiga. Eles estavam tentando agradá-lo. Mas por quê? Será que iam lhe pedir para ficar do lado deles no próximo episódio de "Misery é colocada de castigo, mas não está nem aí?". Talvez lhe pedissem para ir até a manifestação e trazê-la para casa na marra.

— Nós estamos preocupados com a sua irmã — a mãe disse.

— Que novidade.

Seus pais não deram nem um sorrisinho.

— Ela mal tem ficado em casa.

— Ela está apaixonada.

A mãe de Peter soltou um pequeno riso latido.

— Apaixonada? Nessa idade? Por favor. Só posso concluir que ela foi a essa manifestação, apesar de ter sido proibida.

Peter já tinha ouvido tudo isso antes.

— Sim, mas vocês sabem como ela é...

— Nós não podemos continuar assim! — seu pai gritou. — Esta situação está totalmente insustentável!

Peter se deu conta de que tinha subestimado o nível da intervenção. O que era um erro fácil de cometer, se você se permitisse esquecer o Ardor, que transformara toda a existência em um dramalhão.

— Vocês querem ir embora de Seattle — ele adivinhou.

Sua mãe segurou a mão dele.

— Nós podemos voltar, se nos arrependermos.

— Estamos pensando em acampar primeiro — seu pai explicou —, para fortalecer os nossos laços familiares. Depois podemos ficar na casa dos seus avós em Mendocino e ver o que achamos.

— E a escola?

— Acho que essa é a menor das nossas preocupações agora.

Peter foi tomado por uma súbita sensação de pânico. Eles não podiam estar falando sério, podiam? Seattle era o lar deles. Por que iriam querer abrir mão disso, abrir mão de tudo que era seguro e conhecido, no momento mais assustador de suas vidas?

Mas a maioria das pessoas de quem Peter gostava já tinha abandonado o barco. Cartier tinha ido embora para o Oregon para um megaencontro de família poucos dias depois do pronunciamento, e Peter não soubera mais notícias de Stacy desde que ela se mudara com a família para a casa do lago. Sério. O que tinha sobrado para ele ali?

Só uma fantasia. Uma gota de esperança.

— Eu preciso pensar.

— Não cabe a você... — o pai de Peter ia dizendo.

— Claro — a mãe interrompeu. — Tire o dia para processar. Nós vamos precisar da sua ajuda para fazer a Samantha entender que essa é a decisão certa.

E foi aí que Peter encontrou a sua deixa.

— Então acho melhor eu ir atrás dela na manifestação. Assim vai dar pra conversar, só nós dois. Além do mais, não é seguro lá fora. — Ele não mencionou seu verdadeiro motivo: Eliza com certeza estaria no Parque Cal Anderson, desempenhando seu papel de documentarista do caos. O Apocalipse Já estava ficando cada vez mais famoso. Peter tinha aberto uma conta no Tumblr só para ser um dos seus 405.242 seguidores. Ele estava um pouco envergonhado de sua paixonite, como se estivesse stalkeando uma estrela de cinema ou algo assim. Mas nunca se perdoaria se partisse de Seattle sem pelo menos falar com ela mais uma vez.

Seus pais se entreolharam — a telepatia de um casal de longa data.

— Tudo bem — o pai disse. — Mas é um pé lá e outro cá, entendeu? Pegue a sua irmã e depois venham embora.

— Certo.

Havia poucos carros na pista expressa, a maioria destruída de um jeito ou de outro: para-brisas com círculos concêntricos de rachaduras ao redor de um ponto de impacto, arranhões e batidas na carroceria, retrovisores pendurados, parecendo globos oculares arrancados das órbitas. Inúmeras colunas de fumaça preta se erguiam por trás das muretas de proteção, como se estivessem sustentando uma imensa estrutura invisível flutuando acima das nuvens. Os incêndios criminosos tinham se tornado o maior problema nas últimas semanas; o *The Stranger* noticiara que vários prédios pegavam fogo todos os dias. Quando a 45th Street surgiu ao sul, Peter teve uma visão mais ampla de toda a cidade, da conflagração fragmentada de fúria espalhada na forma de focos de incêndio que sinalizavam a mesma coisa: o caos.

Ele deixou a via expressa e seguiu na direção de Capitol Hill. De todas as esquinas da cidade ecoava o barulho das sirenes da polícia e dos alarmes disparados dos carros, como um coral de bebês chorando para suas mães voltarem. Poucos metros acima, na Denny Way, havia dois carros parados na perpendicular, bloqueando a rua. Eles estavam com o pisca-alerta ligado, mas não tinha ninguém dentro. Peter encostou junto ao meio-fio e estacionou o Jeep.

Uma chuvinha leve caía de um céu cor de cimento molhado — o típico clima de inverno de Seattle. As gotas batiam suaves em sua jaqueta.

Conforme subia a pé na direção da Broadway, ele começou a ver mais pessoas. Um grupo de quatro homens saiu de um prédio de apartamentos, carregando juntos, com dificuldade, uma enorme TV de tela plana. Eles andavam devagar e sem medo, seus olhos desafiando qualquer um que ousasse tentar detê-los. Peter chegou ao topo da subida e deu de cara com a Broadway. Lá estavam as multidões que tinham desaparecido do resto da cidade — os pobres, os moradores de rua, os imigrantes e as minorias que tinham furado o bloqueio da segurança nacional (Felipe sempre tinha muito a dizer sobre esse assunto). O clima oscilava entre uma briga de gangue e um campo de refugiados. Quase todos estavam armados, a maioria com pés de cabra ou tacos de beisebol. Do outro lado da rua, um bando de garotos chapados estava largado em um Hyundai customizado.

Dentro do Parque Cal Anderson, havia umas mil pessoas de pé ou sentadas no gramado de frente para o palco, assistindo a um grupo de punks de cabelo roxo que pareciam estar competindo para ver quem era o mais barulhento. Os cabos de força das caixas de som empilhadas cruzavam a rua e entravam pela janela quebrada do drive-in Dick's.

Peter comprou tacos de um food truck por quinze dólares cada (era mesmo o fim do mundo) e se sentou na beirada de um chafariz para comer. E lá, do outro lado da água, Eliza estava andando de braço dado com Andy Rowen. Peter não era exatamente ciumento, mas ao mesmo tempo não era *não* ciumento. Andy sempre pareceu um daqueles caras que só falam bobagem nas aulas e depois acabam trabalhando por um salário mínimo em um posto de gasolina ou um Starbucks pelo resto da vida. Mas Anita o colocara embaixo da asa, e, se ela fosse tão boa com o trabalho de reabilitação quanto era com tudo o mais que fazia, Andy tinha grandes chances de se dar bem.

Mas Eliza não estava ficando com ele, estava?

— Grandão! — alguém disse. Peter desviou os olhos de Eliza e deu de cara com o sorrisão malicioso de Bobo. — Não me lembro de ter te convidado pra esta festa.

— Eu vim atrás da Samantha. Você sabe onde ela está?

— Tem certeza de que foi atrás dela que você veio? Porque eu podia jurar que você estava olhando pra Eliza.

Peter se levantou.

— Eu te vejo por aí, Bobo.

— Espera! Pode ser que eu saiba algo que possa ajudar. A sua irmã já te contou por que nós a chamamos de Misery?

— Não — Peter respondeu, certo de que não queria saber.

— Porque ela adora companhia.

Bobo fez um gesto indecente, imitando sexo de quatro. Peter não conseguiu se segurar; agarrou Bobo pela gola da camiseta e o pressionou contra uma árvore.

— Cala a boca.

A risada de Bobo se transformou em deboche.

— Pensa bem, cara. Será que é uma boa ideia arrumar briga comigo aqui?

Peter olhou ao redor. Um mar de vagabundos, bandidinhos e desajustados: a turma do Bobo. Peter era o atleta com um alvo nas costas de sua camisa polo.

— O que você tem contra mim? — Peter perguntou.

— Você entendeu errado. Eu não dou a mínima pra você. É você que tem alguma coisa contra mim.

— Como? — Peter riu, mas seu coração não.

— A Misery me contou que você não consegue dormir.

— E daí?

— E daí que é por isso que você tem alguma coisa contra mim. Porque eu nunca esperei nada da vida, por isso não estou nem aí pro circo pegando fogo. Porque você sabe que, enquanto está olhando pela janela às três da manhã, tremendo feito uma bichinha de medo do que vai acontecer com a sua vida, eu tô dormindo como um bebê. É por isso que você me odeia. Porque eu não tô com medo.

Em algum momento durante o breve monólogo, Bobo segurou Peter pelos antebraços. Nisso, Peter viu os riscos fininhos nos pulsos de Bobo, que pareciam veias sem cor. Cicatrizes.

— Sim, eu tô com medo — ele disse —, mas não é por mim.

Ele empurrou Bobo contra a árvore novamente e saiu andando. De repente, todo mundo parecia louco e ameaçador. O ar estava pesado de tanta fumaça de maconha, e aqui e ali havia uma dupla de caras brigando no centro de uma rodinha animada — válvulas de escape. A banda tinha parado de tocar, e agora um cara que Peter não sabia quem era estava falando no microfone, discursando sobre direitos civis. Golden estava sentado na beirada do palco, agitando com a multidão ao final de cada frase.

— A polícia prendeu tanta gente que nem tem mais lugar pra colocar todo mundo. — Aplausos. — Tudo é a porra de um crime agora. — Aplausos. — Todos que estão aqui hoje têm amigos que foram presos, sem julgamento, sem recurso. — Aplausos. — Se a gente ficar parado, isso só vai piorar. — Aplausos. — O mundo ainda não acabou. — Aplausos. — Eu não vou abrir mão da minha liberdade só porque aqueles merdas estão com medo da gente. Prefiro morrer antes disso! — O sujeito sacou uma arma da calça jeans e apontou para o céu, agitando ainda mais a multidão.

Peter precisava encontrar sua irmã o quanto antes.

Havia um imenso carvalho perto do palco, com algumas pessoas sentadas nos galhos. Peter imaginou que de lá conseguiria ter uma visão ampla do parque; de lá seria mais fácil avistar o cabelo laranja de Misery. Ele se aproximou da árvore e olhou para o alto. Dois skinheads tomando cerveja, um garoto negro com um binóculo e, no galho mais alto, que parecia tão fino quanto os braços dela, estava Eliza Olivi.

— Ei! — ele gritou.

Ela olhou para baixo, contraindo os olhos, tentando ver quem era.

— O que você está fazendo aqui?

— Tô procurando a minha irmã. Mas eu queria falar com você, também.

— É mesmo?

— É. Acho que já passou da hora.

Um dos skinheads jogou uma lata vazia na cabeça de Peter.

— Cala a boca, cara. Estou tentando ouvir.

Eliza desceu da árvore. O que demorou um bom tempo, pois seu suéter foi enroscando em vários galhos ao longo da descida. Ele sentiu como se fosse o par dela para o baile de formatura, esperando na porta da casa com um buquê enquanto ela descia lentamente a escada.

— Então, Peter — ela disse, limpando as mãos —, sobre o que nós vamos falar?

Depois de ter imaginado esse momento por tanto tempo, ele não fazia a menor ideia do que dizer primeiro. Seu coração batia disparado, e a cabeça fervilhava com a lembrança da última vez em que os dois tinham ficado tão perto. Se não desconfiasse de que ia parecer um maluco completo, ele provavelmente teria dito "Eu te amo" logo de cara.

— Merda, está acontecendo! — gritou o sujeito ao microfone. — Polícia! — Ele jogou o microfone longe, deixando o gemido agudo do retorno reverberando no ar como se fosse um grito. O parque entrou em colapso; milhares de pessoas correram na direção do palco, como animais selvagens tentando escapar de um incêndio na floresta. Baforadas de uma fumaça rosada tomaram conta do ar: gás lacrimogêneo.

— Você precisa sair daqui — Peter alertou.

— Não podemos ir juntos?

— Eu preciso encontrar a minha irmã.

— Então eu vou com você.

— É melhor você... — ele ia dizendo, mas ela já estava segurando sua mão, e ele desistiu de discutir. Os dois correram na direção de onde vinha o gás; a sensação de ardência era parecida com a que ele sentia enquanto picava cebola no Friendly Forks, só que mil vezes pior. Todo mundo gritava, era uma dissonância infernal pontuada pelo silvo dos tubos de gás e do que podia tanto ser balões estourando (apesar de Peter não se lembrar de ter visto nenhum balão) como tiros. Ele e Eliza saíram para um espaço de ar puro e viram uma fileira de policiais da tropa de choque, todos vestidos de preto, com capacete de viseira e escudo do tamanho deles.

— Ali! — Eliza apontou.

O cabelo cor de fogo de Misery desapareceu atrás de uma nuvem de fumaça cor-de-rosa. Peter tentou ir atrás, mas alguém o impediu.

— Me solta, Eliza! — ele disse. Porém, quando olhou por cima do ombro, viu que não era Eliza que o segurava; era um policial jovem, os olhos exalando medo e ameaça.

— Senhor, o meu amigo só está procurando a irmã dele — Eliza argumentou, pegando no cotovelo do policial. — Ele não está tentando começar nada.

O policial torceu o braço de Eliza para trás e em seguida a levou para além da fileira de escudos. Peter teria ido atrás, mas o batalhão de choque avançava em sincronia, empurrando tudo pela frente. Ele correu com a multidão, na direção de uma segunda fileira de policiais que esperava do lado oposto do parque. Eles prendiam qualquer um que tentasse se aproximar. Peter foi um dos que deram sorte e conseguiu escapar das fileiras e para fora do parque. Seus olhos ainda ardiam quando ele entrou no Jeep, de vergonha e pelo efeito do gás lacrimogêneo. Ele tinha conseguido escapar, mas de que adiantava, se tinha perdido tudo?

No fim, a manifestação acabou causando exatamente aquilo que tentava evitar.

Na manhã seguinte, o governo declarou estado de emergência. A Guarda Nacional foi convocada, e o toque de recolher foi estabelecido. Era proibido sair de casa, a não ser para comprar mantimentos. Andar na rua depois que anoitecesse era proibido. Tudo aconteceu do jeitinho que Bobo e Golden disseram que aconteceria — o que, de alguma forma, só piorava as coisas. Exatos vinte e três dias antes de o Ardor poupar ou destruir a todos, a lei marcial finalmente foi declarada na cidade.

ELIZA

A prisão se parecia um pouco com um acampamento, ainda que um cheio de pessoas que não queriam estar em um acampamento. O lugar era misto, provavelmente porque a polícia não tinha espaço nem recursos para providenciar instalações separadas para homens e mulheres, e todo mundo dormia em um salão enorme cheio de beliches baratos e barulhentos. Uma das paredes era inteira de janelas, mas elas tinham sido cobertas com uma lona tão grossa que a luz só penetrava pelas beiradas, como se fosse uma fina moldura branca.

Um dia comum consistia em ficar sentado no dormitório e comer no refeitório. No café da manhã era servido cereal, no almoço, um sanduíche e, no jantar, uma combinação de carne sola de sapato, vegetais tão cozidos que se desfaziam na boca feito papinha de bebê e pãezinhos que tinham a mesma consistência enjoativa dos pães de hambúrguer do McDonald's. Duas vezes ao dia os detentos eram levados para um pátio cimentado onde antes ficavam duas quadras de basquete. Ali eles podiam transitar, vender o estoque de cigarros e chicletes, que evaporava rapidamente (por algum motivo desconhecido, muito provavelmente por causa do Ardor, eles tiveram permissão para ficar com seus itens pessoais), e absorver a luz cinzenta do sol. O uniforme de prisioneiro era um macacão azul-claro e tênis de lona branco, o que fazia todos parecerem os Smurfs.

Embora sempre houvesse um monte de gente ao redor, o centro de detenção era um lugar curiosamente solitário. Eliza não tinha nenhum amigo ali, por isso passava a maior parte do tempo remoendo todas as coisas que deveria ter feito diferente. Por que ela não tinha falado com Peter semanas antes, depois que descobriu que ele havia terminado com Stacy? Por que não retornou pelo menos uma ligação da sua mãe? Por que não passou mais tempo com seu pai, em vez de ter se dedicado tanto ao blog? Eliza passava as noites em claro com seus arrependimentos, imaginando cada um deles pulando uma cerquinha, como aqueles carneirinhos que mandam a gente contar até pegar no sono — mas a contagem só a fazia perder o sono. E foi assim que ela ainda estava acordada no meio de sua terceira noite no centro quando sentiu alguém se deitando suavemente na beirada de seu colchão. Primeiro ela achou que era coisa da sua imaginação... mas não. Tinha mesmo alguém deitado com ela na cama de baixo do beliche. Ela estava prestes a gritar quando ele falou.

— Você não me conhece — disse o estranho —, mas eu sou do bem. E acho você linda. Se você me pedir pra sair, eu saio. Mas eu adoraria ficar aqui com você. Como é o fim do mundo e nós estamos presos aqui, eu achei que podia te pedir isso.

Eliza sabia que essa era a coisa menos feminista que poderia fazer (Madeline teria tido um chilique — a ética das vagabas dizia que era tudo uma questão de empoderamento, não de altruísmo), mas o garoto parecia triste e sincero. Se ela não conseguia se sentir feliz, pelo menos poderia proporcionar um pouco de felicidade a alguém.

— Eu não vou transar com você — ela falou. — E isto não vai se repetir.

— Tudo bem.

E então aconteceu o que aconteceu. Quando acabou, o garoto agradeceu e sumiu. Ela nunca descobriu quem era.

No dia seguinte, com a lembrança fresca da importância do contato humano, ela resolveu puxar papo com o único grupo de pessoas que conhecia ali. Quatro dias era um longo tempo para passar sozinha com seus pensamentos, especialmente quando esses pensamentos quase sempre giravam em torno da morte, os pais de quem ela nunca teria a oportunidade de se despedir e o garoto com quem ela nunca teria uma segunda chance.

Bobo, Misery e o nerd do Kevin estavam encostados em um muro no pátio, dividindo um cigarro.

— Posso dar um trago? — Eliza perguntou. Kevin olhou para Bobo, que assentiu. — Obrigada. — Ela deu uma bela tragada e sentiu os pulmões se expandindo. — Vocês têm algum plano?

— Que tipo de plano a gente teria? — Bobo perguntou.

— O que eu quero dizer é: a gente vai ficar sentado aqui até o fim? Olhando pro céu e torcendo pelo melhor?

— O que mais a gente pode fazer?

— Sei lá. Mandar uma mensagem? Se souberem onde estamos, alguém pode fazer alguma coisa. Com certeza alguém daqui deve ter pais influentes, certo? E aposto que esses guardas querem estar aqui tanto quanto a gente. Eles estão diminuindo a cada dia que passa. A gente só tem que dar um motivo pra eles...

Bobo a interrompeu:

— Você já deu o seu trago. Agora cai fora.

— Não seja grosso — Misery o repreendeu. — Ela é amiga do Andy.

— Não, não é. Ela só está enrolando o Andy, porque gosta de atenção. É por isso que ela faz tudo que faz. Pra chamar atenção.

Eliza sentiu uma lágrima brotar inesperadamente no fundo de seus olhos.

— Presta atenção nisso aqui. — E mostrou o dedo do meio para Bobo. Enquanto se afastava, ela escutou a risada dele.

— Nossa! Deixei a princesa bravinha?

Eliza se escondeu atrás de uma imensa lixeira e respirou fundo. Ela odiava Bobo. Mais que isso, odiava a si mesma por ter demonstrado fraqueza na frente dele. Se pelo menos tivesse mais alguém com quem conversar, ela nem teria se dado o trabalho de...

Alguém cutucou seu ombro. Eliza deu meia-volta, pronta para acertar uma joelhada no meio das pernas da pessoa (ela vinha recebendo muita atenção inconveniente de seus companheiros de prisão, apesar de o macacão azul ser a coisa menos provocante que tinha vestido no último ano).

— Ei — Kevin disse. — Você está bem? — Ele tinha cara de quem estava sempre prestes a pedir desculpas, como se estivesse ocupando o tempo e o espaço de alguém só por ter nascido.

— Estou bem.

— Não liga pro Bobo. Ele só está protegendo o Andy.

— Você chama aquilo de proteger?

— É complicado, porque o Andy gosta de você e tudo o mais. Sabe, é uma pena que você não goste dele. Ele é um cara legal.

Eliza encolheu os ombros. O que dizer?

— Mas eu não vim até aqui só pra falar isso. Eu queria saber uma coisa. Se *pudesse* mandar uma mensagem pro mundo lá fora, o que você ia dizer?

— Eu ia dizer o máximo possível sobre o lugar onde estamos e torcer pra alguém saber onde fica. Por quê?

Kevin deu uma olhada ao redor, então se aproximou.

— Eu tenho um celular escondido debaixo do meu pé.

— Sério? — Eliza falou, um pouco alto demais. Em seguida, sussurrou: — Como?

— Eles prenderam tanta gente no Cal Anderson que só tiveram tempo de fazer uma revista malfeita. Ninguém pensou em olhar dentro das minhas meias. Quando fui trazido pra cá, falei pro guarda que tinha problema de circulação nos pés, por isso ele me deixou calçar as meias novas por cima das velhas.

Eliza não conseguiu se conter: abraçou Kevin e lhe deu um beijo no rosto.

— Você é um gênio!

Ele ficou vermelho.

— Não sou não. E tem uns probleminhas. Aqui simplesmente não existe sinal de celular. Não sei se é de propósito ou se estamos fora de área, mas não aparece nenhuma barrinha de sinal.

— Então o telefone não serve pra nada?

— Foi o que eu pensei no começo. Mas depois descobri que tem uma rede wi-fi aberta lá em cima.

— Eu não sabia nem que *existia* "lá em cima".

— Nem eu. Mas eu vi uns guardas saindo por aquela porta entre o dormitório e o refeitório, e imaginei que devia ser algum tipo de escritório. Se fosse, eles provavelmente teriam internet.

— E você entrou escondido?

— Não exatamente. O único jeito de entrar lá é ser mandado pra lá. Tipo, se meter em encrenca.

Eliza riu.

— Como você conseguiu fazer isso?

— Fiquei jogando comida em um dos guardas até ele perder a calma. Ele me levou pra falar com o cara responsável por este lugar, que até é legal, se você conseguir acreditar.

— E você conseguiu mandar uma mensagem?

— Eles ficaram de olho em mim o tempo todo. Não tive chance. Além do mais, eu nem sabia o que dizer. Tem janelas no segundo andar, mas não consegui ver nada que pudesse reconhecer, por isso não sei onde estamos. — Kevin olhou por cima do ombro. — Acho melhor voltar pra lá. Falei pra eles que eu só ia demorar um segundo. Se quiser, eu posso te dar o celular e você vê o que consegue fazer com ele.

— Eu já sei o que vou fazer com ele. Mas vou precisar da sua ajuda.

— Duvido que eu possa ajudar.

Eliza gostou de Kevin, mais do que ele gostava de si mesmo, pelo menos. Ela queria dizer a ele que o ensino médio era como uma peça de teatro para a qual todos são escalados prematuramente, e ele acabou ficando com um papel ruim. Se ele conseguisse sobreviver até a faculdade, então poderia tentar ser escalado para uma nova peça, em que haveria vários papéis legais para ele. Ela queria contar que já tinha conhecido o tipo de cara que ele iria acabar virando um dia: um pateta ainda, mas no sentido legal. Caramba, ela até já tinha *ido para a cama* com uns caras assim.

Mas esse papinho sentimental ia ter de esperar. Eles precisavam bolar um plano.

— Kevin, você está pronto para ser mandado de novo pra sala do diretor?

Eles passaram as vinte e quatro horas seguintes pensando em várias maneiras de se meter em encrenca, e cada plano parecia mais divertido que o outro. Tinha o Gladiadores, em que eles tentariam iniciar uma guerra de travesseiros. Tinha o Incendiários, que envolvia atear fogo em um beliche desocupado. Tinha o Nudistas, cujo nome falava por si. No fim, Eliza escolheu o Sedutora Ardente. Para que o plano desse certo, era necessário que um guarda em específico estivesse de vigília no dormitório — aquele que parecia mais um garoto fantasiado que um soldado de verdade —, e para tanto seria preciso esperar mais um dia para pôr o plano em ação.

Eliza esperou até que ninguém estivesse prestando atenção para se aproximar do guarda.

— Gostei do seu chapéu — ela disse.

— Obrigado. — O tom era: *Eu gostaria de ser simpático, mas não posso.*

— Tira pra eu ver?

— Ele faz parte do meu uniforme, senhorita.

— Eu sei. Mas você pode tirar por um segundo, não pode? Por mim? O guarda tentou conter a violenta revolução de um sorriso.

— Não posso.

— Por favor. — Ela bateu as pálpebras. O guarda verificou se não tinha nenhum superior por perto, então tirou o quepe rapidinho e o colocou de volta.

— Está feliz?

— Muito. Agora tira a camisa.

— Definitivamente, eu não posso fazer isso.

Eliza se aproximou e pousou as mãos no peito dele. Então desabotoou o primeiro botão, expondo alguns fios encaracolados que escapavam um pouco acima do decote v da camiseta branca.

— Pare com isso — o guarda pediu.

— Parar com o quê?

Ela abriu o botão seguinte, e o outro. Finalmente ele a deteve pelo pulso.

— Estou falando sério.

Ela riu, tirando as mãos, então terminou de abrir a camisa com violência, espalhando os botões pelo chão e chamando a atenção de Kevin, que "por acaso" estava passando por perto.

— Eu vi! — ele disse. — Você está assediando essa garota!

O guarda não tinha opção agora.

— Venham comigo! — ele berrou para Kevin, enquanto arrastava Eliza para fora do dormitório e por uma porta de metal sem identificação que dava para uma escada estreita. — Os dois. Subam.

O corredor do andar de cima era do jeitinho que Kevin tinha descrito — iluminado e arejado, cheio de janelas retangulares em toda a extensão de uma das paredes. Eliza buscou alguma referência, mas não havia nada em especial. Sua esperança era que outra pessoa conseguisse reconhecer o lugar. Do contrário, tudo o que eles estavam fazendo seria em vão.

Os três e-mails já estavam escritos. Um seria enviado, com a foto que em breve seria tirada, para cada pessoa da sua lista de endereços de e-mail, outro com uma mensagem privada para seu pai, e o terceiro para Peter (ela tinha buscado o endereço de e-mail dele no dia em que o vira no Friendly Forks, para o caso de resolver entrar em contato). Esta última mensagem era a que tinha dado mais trabalho e causado mais ansiedade, a que mais foi reescrita e corrigida. A primeira versão ficou muito tímida e sutil, tão sutil que não dizia nada. A seguinte tinha uma pegada de paquera, que acabou soando muito superficial e distante. No fim, ela tentou ser o mais imparcial possível, dadas as circunstâncias.

Foi engraçado, mas ela só percebeu o que tinha escrito depois que terminou — a sua primeira carta de amor. A primeira e provavelmente a última.

O guarda desapareceu atrás de uma porta no fim do corredor. Eliza puxou o celular de dentro da manga e abriu a câmera, mas o guarda voltou um segundo depois, e ela teve de esconder o telefone novamente.

— Mande um deles entrar — ordenou uma voz de dentro da sala.

Kevin estava parado perto da porta (de acordo com o planejado), por isso foi o primeiro a entrar. Ele esperava que o guarda entrasse junto, para dar a Eliza um ou dois minutos sozinha no corredor, mas eles não tiveram tanta sorte. O Sedutora Ardente contava com uma alternativa para essa situação, mas Eliza ainda estava um pouco sem graça de colocá-la em ação.

— Pelo jeito somos só nós dois — ela disse.

— Acho que sim.

— Escuta, eu sei que a gente não tem muito tempo, mas você pode me abraçar?

— O quê?

— Só um abraço. Por favor. É agora ou nunca.

O guarda deu uma olhada na direção da sala fechada.

— Só um segundo.

Eliza lançou os braços ao redor do pescoço dele. Ele tinha um cheiro forte de desodorante, provavelmente algo chamado Ar da Montanha ou Brisa Glacial.

— Hummm — ela murmurou, virando-o de costas para a janela. Então ficou na ponta dos pés para conseguir enxergar por cima do ombro dele. A foto não ia ficar muito boa, mas serviria ao propósito. — O meu nome é Eliza.

— O meu é Seth — ele disse. — E eu odeio este trabalho.

Eliza riu com sinceridade, depois pousou a mão carinhosamente na nuca de Seth. Um momento depois, a porta ao final do corredor se abriu novamente.

— É a sua vez — Seth avisou, baixinho.

Eliza deu uma piscada para Kevin quando eles se cruzaram, para sinalizar que tinha conseguido tirar a foto. Agora ela só precisava de alguns segundos sozinha com o celular, para anexar a foto aos e-mails.

Dentro da sala, havia um homem corpulento sentado a uma mesa simples de madeira, iluminada por uma daquelas luminárias antigas com vidro verde. Ele era totalmente careca, embora o cabelo tivesse migrado para outras partes do corpo — o bigode grosso e ruivo e as falanges peludas de seus dedos. De acordo com a plaquinha de identificação, seu nome era "CAPITÃO MORGAN".

— Isso é uma piada? — Eliza perguntou, fechando a porta depois de entrar.

— Tecnicamente, eu sou o *major* Morgan agora, mas o meu pessoal prefere a patente antiga. — Ele tinha um leve sotaque sulista. — Mas espere que fica ainda melhor. — Ele abriu a gaveta de baixo da mesa e pegou uma garrafa de rum Captain Morgan e um copo. — Quer um gole?

— Claro.

— Ha! Só que não, querida. Agora, por que você não senta e me diz o seu nome?

— Eliza.

— Eliza. — O capitão Morgan se serviu de uma boa dose de rum. — Então, Eliza, o nosso amigo em comum disse que você tentou tirar a roupa dele. É verdade?

— Sim, senhor.

— Quantos anos você tem? Dezesseis?

— Dezoito.

— Bem, eu sei que toda mulher de dezoito anos adora um homem de uniforme, mas o seu amigo me contou que você só estava se divertindo. É verdade?

— Sim, senhor.

— Foi o que eu imaginei. — O capitão Morgan se recostou na cadeira, girando a bebida dentro do copo. — Como estão as coisas lá embaixo? Deve estar muito chato, não?

— Sim, senhor.

— Sabe de uma coisa? Eu não teria feito isso aqui. Toda essa garotada presa, com aquela pedra vindo na nossa direção. Eu não sei exatamente por que você está aqui, mas, se foi por causa daquele lance do protesto... Na minha opinião, isso é loucura. Se fosse por mim, nós fecharíamos isso aqui.

— Só depende do senhor — Eliza disse.

O capitão Morgan pareceu ponderar a possibilidade, então meneou a cabeça.

— Não é assim que as coisas funcionam, querida. Eu preciso cumprir a minha função. Do contrário, o que me resta? — Ele baixou os olhos para o copo, como se o líquido avermelhado fosse lhe dizer alguma coisa. — Muito bem, dê o fora daqui, Eliza. E mantenha a cabeça erguida.

De volta ao corredor, Kevin e Seth aguardavam perto da escada.

— Vamos — disse Seth. — Já está quase na hora do jantar.

Mas ela ainda não tinha tido uma oportunidade para enviar os e-mails, e precisava ganhar tempo.

— Tem banheiro aqui em cima?

— Você pode usar o lá de baixo.

— Aquele é unissex! Os moleques deixam tudo uma nojeira. Por favor?

— Desculpa. Não posso fazer nada.

— Então eu também peço desculpa — Eliza disse.

— Por quê?

— Segura ele! — ela gritou. Kevin se jogou no chão e grudou nas pernas de Seth como se fosse um percevejo humano. Eliza saiu correndo, entrou na primeira sala que viu e fechou a porta. O trinco era de girar, e ela conseguiu trancar bem na hora.

Em seguida, escorregou o celular para a palma da mão e clicou no ícone do e-mail. A chave de Seth já estava fazendo barulho do lado de fora. Eliza anexou a foto à mensagem previamente escrita, que estava na pasta de rascunhos, e clicou em enviar. A barra de transferência do arquivo chegou a noventa por cento e então parou. Seth devia ter pegado a chave errada, pois a maçaneta só deu uma mexidinha às suas costas.

— Aonde você pensa que vai, Eliza?

— Aqui não é o banheiro? — ela perguntou, e em seguida falou para o celular: — Vai logo.

Só então ela ergueu os olhos e viu onde estava. Era uma sala vazia, não fosse por alguns pôsteres pendurados nas paredes. Um deles era a cena de um filme conhecido, com um homem sem camisa de chapéu preto com aba larga e olhar perdido, um balãozinho saindo de sua boca: "ADORO O CHEIRO DE NAPALM PELA MANHÃ". O outro era de um gatinho tentando subir em um novelo de lã. E o terceiro era um artigo de jornal amarelado com a foto de um avião decolando e a manchete: "3-2-1-BOMBA: BASE AÉREA NAVAL DE SAND POINT FECHA AS PORTAS DE VEZ".

Base Aérea Naval de Sand Point! Eles só podiam estar ali. Se ao menos tivesse mais um minuto, ela poderia adicionar isso aos e-mails. Mas

Seth tinha colocado outra chave no buraco da fechadura, e dessa vez a maçaneta virou. Eliza correu na direção da janela no outro extremo da sala. A barra de transferência estava se movendo outra vez. Noventa e um por cento. Noventa e dois. Seth estava dentro da sala agora, brandindo um objeto que parecia um cruzamento de pistola com leitor de código de barras. Eliza abriu uma das janelas e pendurou o celular para fora; ela não queria que Seth soubesse o que estava sendo enviado.

— O que você está fazendo? — ele perguntou. Noventa e quatro por cento. Noventa e cinco. — Me dá isso!

— O quê? Isso?

Noventa e seis por cento. Noventa e sete. Agora ele estava a alguns passos de distância. Ela jogou o telefone para o alto com toda a força. Noventa e oito por cento, e então o aparelho começou a girar tão rápido que não dava mais para ler, subindo e subindo, até descer em direção ao piso de cimento. Ela olhou de volta para Seth bem na hora em que ele estava apertando o gatilho. Um estalo esquisito, parecido com aqueles que os antigos projetores de filme fazem, e em seguida todo o seu corpo pegou fogo. Ela desmaiou.

PETER

Peter já tinha experimentado o fracasso antes. Tinha ido mal em algumas provas de matemática, amarelado na hora H em um campeonato estadual (perdendo de 12 a 3, o que foi um vexame) e, o pior de tudo, tinha traído Stacy, o tipo de fracasso que ele nunca imaginou que fosse capaz de provar. Mas tudo isso não era nada perto de ver Misery e Eliza desaparecendo atrás da barreira do batalhão de choque, tão implacável e intransponível quanto uma fileira de peões em um tabuleiro de xadrez. Se não tivesse se deixado distrair com Bobo, ele teria encontrado Misery a tempo. Se não tivesse desejado em segredo que Eliza ficasse a seu lado, provavelmente teria tido tempo de convencê-la a sair do parque antes da confusão. Mas ele tinha tomado todas as decisões erradas, e agora as duas tinham sido levadas.

Como um tipo de punição, ele se trancou no quarto sem fazer absolutamente nada. Não tentou telefonar para Cartier ou qualquer um de seus amigos. Não se exercitou. Não entrou na internet para acompanhar o avanço assassino do Ardor. Seu relógio biológico virou do avesso; as noites fervilhavam de tantos terrores que era impossível dormir. O sono só chegava aos trancos e barrancos ao longo dos dias cinzentos e nebulosos, depois que aquela estrela tóxica era engolida pelo brilho do sol. Seus pais começaram a deixar comida na porta do quarto; ele comia o suficiente para aplacar a fome. Uma vez, no meio da noite, ele desceu escondido e pegou um punhado de sacos plásticos debaixo da pia. Queria se livrar de todo o lixo que havia em seu quarto: os troféus e as medalhas conquistadas em um monte de vitórias que não serviam para nada agora; as cartas de amor e as lembrancinhas de um relacionamento que ele tinha sacrificado no altar de uma ilusão; os brinquedos velhos e os bichos de pelúcia que restavam de dias mais inocentes. Ele não queria olhar para mais nada daquilo. Quando os sacos ficaram cheios, atravancando o closet, não havia quase nada no quarto além dos móveis. *Isso foi tudo o que a minha vida acrescentou*, Peter refletiu. *Nada.*

Quatro dias se passaram numa névoa de tristeza e arrependimento. Então, no fim de uma manhã de quinta-feira, alguém bateu na porta do seu quarto.

— Que foi? — Peter estava na cama e, apesar de semiacordado, nem se levantou.

— Você tem dez segundos para sair daí — disse seu pai. — Dez, nove, oito, sete... Não estou brincando... Seis, cinco... — Peter não se moveu. Em parte era devido à paralisia causada pelo desespero (estava difícil conseguir forças para executar qualquer tipo de movimento), mas havia mais que isso. No fundo ele sabia que precisava de seja lá o que fosse que seu pai planejava fazer ao fim da contagem regressiva, do grande gesto que viria depois do zero. — ... quatro, três, dois, um. Lá se foi o um, Peter! Muito bem. Zero.

A porta se abriu com um estrondo, arremessando no chão um pedaço do batente. Seu pai entrou no quarto com o ar majestoso de um cavaleiro que tinha acabado de matar um dragão. Isso fazia de Peter a donzela em apuros?

— Sua mãe e eu tomamos uma decisão — ele anunciou.

— Que bom pra vocês. — Peter se virou para a janela.

— Passamos os últimos dias na delegacia, protestando com outros pais, mas não tem nada que possamos fazer. Parece que a sua irmã jogou uma garrafa de cerveja em um guarda, ou pelo menos é isso que eles estão dizendo, o que significa que basicamente eles podem mantê-la detida pelo tempo que quiserem.

— Essa é a grande decisão que vocês tomaram? Vão desistir?

— A polícia garantiu que a Samantha está presa com outros adolescentes e que o lugar é muito seguro, apesar de não revelarem onde é. Acho que estão com medo de que, se as pessoas souberem onde seus filhos estão, abram um buraco no muro ou algo assim. Diante das circunstâncias, eles provavelmente estão certos.

— Eu poderia ter trazido a minha irmã pra casa, pai. Ela poderia estar aqui, agora. A gente poderia estar a caminho da Califórnia, do jeito que vocês queriam.

— Peter? — As molas do colchão rangeram quando seu pai se sentou aos pés da cama. — Peter, olhe para mim.

Ele se virou. Não estava pronto para aceitar o perdão nos olhos de seu pai; ele queria que alguém *além de si mesmo* o repreendesse, para que assim pudesse parar de se repreender.

— A culpa é minha. Não tente dizer que não é.

— Certo. Então eu só vou lhe dizer que não importa de quem é a culpa. A culpa é apenas um modo de apontar quem cometeu a falta, e adultos não jogam assim. Por isso cresça, Peter. Levante dessa cama.

Com um gemido, Peter se sentou.

— Ei! — seu pai exclamou, notando a diferença no quarto. — Você deu uma arrumada aqui! Gostei. Ficou mais espaçoso.

— Obrigado.

— Agora vamos. É dia de fazer compras. Um pouco de ar fresco vai lhe fazer bem.

Mas Peter não se sentiu melhor com um pouco de ar fresco.

"Dia de fazer compras" significava um dia inteiro de filas. No posto de combustível, carros se alternavam com homens e mulheres enchendo galões de gasolina, recipientes plásticos e, em um caso específico, um barril de cerveja vazio. O clima era de gritos raivosos e buzinadas ensandecidas.

— Para que eles querem tanto combustível? — perguntou Peter.

— Para os geradores — seu pai explicou.

— Você acha que nós vamos ficar sem energia?

— Já ficamos duas vezes. Você não ligou o computador? — Peter negou com um aceno de cabeça. — Sinceramente, estou surpreso que eles tenham mantido as coisas funcionando por tanto tempo.

Quase uma hora depois, finalmente chegou a vez deles. O preço da gasolina tinha subido várias vezes nos últimos dias; já estava custando mais de seis dólares o litro.

— Que roubo! — sua mãe reclamou. — Se o mundo não acabar, me lembrem de comprar algumas ações da Exxon.

Depois de encherem o tanque, eles seguiram para o supermercado, onde a fila se estendia pelo estacionamento e um quarteirão e meio depois. Ela andava a passos lentos, se arrastando como uma tartaruga, enquanto o sol de inverno pairava naquele ângulo que parece incidir diretamente no cérebro da gente. A opção era virar de costas para ele, mas então a gente não perceberia que a fila tinha andado e todos poderiam gritar como se os dois ou três passos seguintes fossem os únicos obstáculos que os impediam de serem salvos do cataclismo. Em determinado momento, saiu uma briga de murros no começo da fila, e ninguém nem se deu o trabalho de tentar apartar; a confusão só acabou quando um dos caras caiu e ficou largado no chão.

Após umas duas horas de um papo nada a ver ("Como vai a Stacy?", seu pai perguntou, na maior inocência), eles passaram pelas portas duplas e pelos olhares desconfiados dos homens da Guarda Nacional. Um homem baixinho e careca, de camiseta vermelha e calça cáqui, saudava a todos. No seu crachá estava escrito "GERENTE".

— Sejam bem-vindos ao Safeway — ele disse, enquanto seu rosto dizia: "Estou tão feliz quanto vocês por estar aqui". — Por favor, estamos pedindo a todos que não demorem mais do que quinze minutos dentro da loja, para que a fila avance. A família de vocês tem três pessoas, então...

A mãe de Peter o interrompeu:

— A nossa família tem quatro pessoas.

O gerente contou cada um com um aceno de cabeça.

— Só estou vendo três.

— Somos quatro — o pai de Peter explicou —, mas hoje estamos em três.

— Então são três membros, certo?

Peter considerou a possibilidade de socar aquela cabeça branca em formato de ovo até rachar o crânio e fazer a gema dourada espirrar para fora.

— Famílias de três pessoas podem levar até duzentos e cinquenta por cento do limite individual listado de cada item, arredondando para baixo. Portanto, se estiver escrito "um por pessoa" na etiqueta, vocês só podem levar dois, tudo bem? Não dois e meio.

— Isso não é justo — Peter replicou.

— Justiça é uma questão de opinião, senhor. Estamos tentando racionar. Agora, por favor, prossigam. Vocês estão atrasando todo mundo.

— *Você* está atrasando todo mundo! — Peter rebateu, mas seu pai já o puxava pelo braço, pela segunda porta.

Ele teria continuado discutindo, mas sua raiva evaporou assim que ele viu o estado do supermercado. Aquilo era o verdadeiro apocalipse; só faltavam uns rolinhos de palha seca e um crânio de vaca secando ao sol para completar a imagem. Bastou uma passada de olhos na feira vazia para desfazer uma fantasia infantil — aquelas imensas pirâmides de frutas, que Peter sempre imaginou serem sólidas até a base, eram na verdade montadas sobre uma base de madeira que dava o formato e a ilusão de abundância. A banca de bananas estava limpa, com exceção de alguns pigmeus verdinhos que provavelmente não teriam tempo de amadurecer antes da chegada do Ardor. As maçãs e as peras tinham sido barbaramente atacadas. Só restavam algumas frutas e vegetais exóticos: kiwi e laranja kinkan, beterraba-branca e bok choy. Se você não pegasse algo assim que visse, não teria outra chance. O dia não estava para passear pelo supermercado; estava mais para guerra. Peter e seus pais se separaram e saíram pegando o máximo de coisas remotamente comestíveis que conseguiam, como se fossem personagens secundários de um filme de terror: batatinha chips sabor bacon, refrigerante de wasabi, biscoitos de uma marca desconhecida em formato de bichinhos, pizzas congeladas sem glúten e sem lactose. O balcão de carne estava zerado, mas ainda restavam alguns queijos de aparência estranha na disputa.

Eles acabaram levando um estoque de comida de segunda linha e voltaram para o carro com um misto de triunfo e decepção, como vikings que tivessem acabado de conquistar uma vila de pacifistas pobres.

— Até que não foi tão ruim quanto eu imaginei que seria — o pai de Peter comentou, enquanto colocava as sacolas no chão para pegar a chave no bolso.

A cerca-viva próxima se mexeu, e em seguida veio uma explosão de cores. Três crianças pegaram as sacolas antes que Peter tivesse tempo de perceber o que estava acontecendo. Ele saiu correndo atrás delas, com sangue nos olhos.

— Peter, não! — sua mãe gritou.

— Mas eu consigo pegar!

— Por favor! — O tom de desespero na voz dela foi o suficiente para detê-lo. — Aposto que eles precisam mais que a gente.

Peter bufou. Provavelmente ela estava certa.

— Vamos para casa — disse seu pai. — Estas batatinhas sabor bacon não vão se comer sozinhas.

Tecnicamente a internet ainda estava funcionando, mas a velocidade tinha diminuído na última semana. Não dava mais para passar o dia vendo vídeos no YouTube. O Facebook dava uma mensagem de erro estranhamente alegre: "Oh-oh, parece que ocorreu um erro do lado de cá. Estamos trabalhando nisso". A conta de e-mail de Peter ainda estava funcionando, mas ele não checava desde o dia da confusão no parque.

Havia apenas duas mensagens não lidas na sua caixa de entrada, as duas recebidas na véspera e ambas enviadas por um tal apocalipseja@gmail.com.

Para quem quer que tenha recebido esta mensagem:

Aqui é Eliza Olivi, do blog Apocalipse Já. Segue anexa uma foto tirada da janela do centro de detenção onde eu e mais algumas centenas de jovens estamos sendo mantidos presos. Nenhum de nós sabe onde fica, mas espero que a foto dê alguma dica para alguém aí fora. Não responda (pois não vou conseguir ler a sua mensagem), só tire a gente daqui, ok? Preciso organizar uma festa.

Eliza

Peter leu o segundo e-mail antes de abrir a foto anexada. Ao contrário da primeira mensagem, esta tinha sido endereçada a ele apenas.

Querido Peter,

Oi da prisão ensolarada!

Se tudo tiver dado certo, acabei de disparar uma mensagem para cada endereço de e-mail que consegui lembrar. Espero que isso ajude alguém a descobrir onde nós estamos. Mas eu quis enviar esta mensagem só para você, porque tem uma coisa que eu preciso te dizer e que está me atormentando. Só que eu não vou dizer, pois acho que você já deve saber. Assim como deve saber que eu gostaria de ter lhe dito isso quando tive oportunidade. Muito bem. Isto é o melhor que eu posso fazer. Espero te ver um dia.

Bj,

E

Peter se sentiu leve, capaz de voar até o espaço e deter um asteroide com as próprias mãos. Ele abriu o anexo de Eliza com a fé inabalável de que reconheceria o local. Do contrário, como poderia salvá-la, da maneira que o universo claramente desejava que ele fizesse?

Só que não. A foto estava ruim e escura. Peter só conseguia ver uma estradinha indefinida e um alambrado coberto com uma serpentina de arame farpado. Aquela foto poderia ter sido tirada em qualquer lugar. Por enquanto, o melhor que ele poderia fazer era arrastar a imagem para o iPhoto, melhorar o brilho e o contraste e imprimir.

E ainda bem que ele fez isso. Porque, poucas horas depois, a energia elétrica morreu. O momento não poderia ter sido pior: apenas algumas pessoas estavam conectadas para baixar o anexo de Eliza, e muito provavelmente nenhuma delas tinha se dado o trabalho de imprimir a foto. O que significava que tudo dependia dele. Peter precisava mostrar a foto para alguém que realmente conhecesse Seattle, todas as ruas da cidade. E havia uma única pessoa que se enquadrava no perfil.

— Acho que vou deitar mais cedo — ele anunciou.

Sua mãe estava andando pela casa, acendendo velas e colocando pilha nas lanternas.

— Sério? Você nem jantou ainda.

— De repente me bateu um cansaço. Até amanhã, ok?

— Ok. Durma bem.

Ele esperou uma meia hora e então saiu escondido pela porta da frente.

A rua estava escura como ele nunca tinha visto; as casas pareciam abandonadas e sem vida. Ele estava entrando no Jeep quando se lembrou do toque de recolher. Droga. A última coisa de que ele precisava era ser preso.

Quase uma hora depois, Peter largou sua velha bicicleta de doze marchas no gramado da "casa da sogra". Parecia que não tinha ninguém ali. A campainha só fez um estalinho — sem eletricidade. Ele bateu. Silêncio. Bateu novamente. Desta vez teve a impressão de ter ouvido alguma coisa. Ou talvez fosse apenas o vento soprando nas árvores. Ele encostou a orelha na porta. Não, definitivamente tinha alguém ali...

A porta se abriu, e Peter deu de cara com o cano de uma arma.

— Não atire! — ele pediu.

Andy apertou o gatilho.

Um dardo de plástico bateu na testa de Peter e caiu na calçada com a ventosa virada para baixo.

— Te peguei — Andy falou, então se virou e voltou para dentro de casa. — Pode entrar, acho.

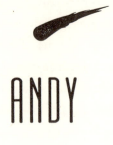

ANDY

Andy sempre desconfiou de que Peter pudesse ser um membro do seu karass, por isso não ficou muito surpreso quando o viu parado na porta da sua casa, no escuro. O único problema é que ele não gostava muito de Peter. Eles sempre habitaram universos paralelos e não se viam como pessoas de verdade, mas como vultos circulando pelas salas de aula, festas e bailes. E o pior de tudo: estavam disputando Eliza, e Peter estava ganhando, pois já tinha ficado com ela uma vez.

— Você sabe o que aconteceu na manifestação, não sabe? — Peter perguntou, andando aos tropeços pela sala escura (só havia uma lanterna em cima da mesinha de centro, voltada para o alto), até cair sentado em um pufe.

— Sim. Pegaram a Eliza.

— Não só ela. A minha irmã também.

— E o Bobo — Andy disse, pensando: *Enquanto falamos de outras pessoas, em vez de falar daquela de quem realmente queremos falar.* — E daí?

— Eu recebi um e-mail dela. Da Eliza. Faz algumas horas. Pensei que você também tivesse recebido.

— Não olhei os meus e-mails hoje — Andy mentiu. Sua sensação era a de que alguém tinha jogado um copo de água gelada bem no meio do seu peito.

— Não sei como ela conseguiu fazer isso lá de dentro, mas ela anexou esta foto aqui.

Peter abriu uma folha de papel sobre a mesa, perto da lanterna. Era a fotografia de uma rua sem placa, provavelmente irreconhecível para qualquer um que não tivesse um skate.

— É a antiga base naval, em Sand Point — Andy afirmou.

— Tem certeza?

— Absoluta. A gente andava de skate lá, antes de eles cercarem tudo.

— Puta merda! Isso é fantástico!

— Como assim? Você está planejando invadir a prisão?

— Eu estava pensando em um protesto.

— E quem vai? A internet está fora do ar.

Andy adorou a cara de decepção de Peter, sua locomotiva heroica parada nos trilhos.

— Mas você tem amigos, não tem? — Peter perguntou. — Talvez possa falar com aquele cara, o Golden, que organizou o protesto no Cal Anderson.

Andy riu.

— Se quer falar com o Golden, fale você mesmo.

— Eu não posso. Ele me odeia.

— Ele não gosta muito de mim também. O Bobo é que conhece o cara.

Peter ergueu as mãos.

— Então você não quer fazer nada? Não está nem aí com os nossos amigos presos?

Era uma pergunta pertinente, mas só serviu para irritar ainda mais Andy. Por que Eliza entrara em contato justamente com *Peter*? Eles nem eram amigos! Na verdade, depois que Stacy a chamou de vadia e tudo o mais no ano passado, Eliza deveria odiá-lo. Isso era muito injusto. A *vida* era muito injusta.

Talvez tenha sido por isso que Andy fez o que fez em seguida — deu um chega pra lá na injustiça do universo. Ele soltou um suspiro dramático.

— Talvez você esteja certo. Que tipo de namorado eu seria se nem *tentasse* tirar a Eliza de lá?

Alguém com um pouquinho mais de malícia teria bancado o indiferente, mas Peter não reconheceria malícia nem se ela o apunhalasse nas costas. Ele pareceu abalado, surpreso e rejeitado ao mesmo tempo. Andy sufocou o sentimento de culpa e o escondeu em um canto escuro do cérebro. Apesar de não ser sua namorada, Eliza *era* sua amiga. E o mais importante agora era impedir que sua amiga desperdiçasse as últimas semanas no planeta com um típico atleta idiota.

— Há quanto tempo vocês estão saindo? — Peter quis saber.

— Umas duas semanas.

— Legal. Ela é legal.

Pronto. Feito. Mais uma mentira em um mundo tão cheio delas. Juntando essa e o roubo da guitarra, Andy estava arrebentando nos últimos dias, moralmente falando. Foda-se. Nada disso tinha mais importância. Só importava o desafio.

Infelizmente, Andy tinha mais coisas para lidar do que a sua consciência. Alguém tossiu no andar de cima. Peter se levantou em um pulo.

— Quem está aí?

— Ninguém — Andy respondeu.

— Então agora eu não sou ninguém? — Anita desceu os degraus, com um visual meio macabro sob as sombras lançadas pela luz da lanterna.

— Anita? — Peter indagou, confuso. — O que você está fazendo aqui?

— Eu moro aqui — ela respondeu. — Estou pagando meus pecados.

O que era verdade, apesar de Andy não ter pensado por esse ponto de vista antes. Anita não tinha voltado para casa desde aquele dia em que eles foram buscar as coisas dela. Os policiais tinham vindo atrás dela uma vez (sua mãe achou o sobrenome de Andy no álbum da Hamilton), mas Andy disse que fazia semanas que não a via, e os policiais acabaram indo embora. Apesar de tudo que estava acontecendo, os dois estavam se divertindo juntos — tocando, assistindo TV (até a eletricidade ser cortada), tomando muita sopa enlatada. O clima era quase o mesmo dos tempos do Bobo, antes de Andy ter quebrado o pacto. Era como se ele e Anita tivessem virado companheiros de apartamento em um espaço mental compartilhado.

Ela se jogou por cima do encosto do sofá e rolou sobre as almofadas.

— Do que vocês estavam falando? — perguntou, com um ar inocente. Mas Andy sabia que ela tinha escutado tudo, incluindo a sua mentira.

— O Peter recebeu um e-mail da Eliza. Agora a gente sabe onde ela está.

— Uau — Anita exclamou, tocando no braço de Peter. — Ela te mandou uma mensagem de dentro da cadeia? Ela deve gostar muito de você.

Anita encarou Andy. Será que ela ia entregá-lo?

— Então — Andy continuou —, o Peter acha que a gente devia fazer algum tipo de protesto, mas na minha opinião a gente não vai conseguir público suficiente pra dar volume.

— Claro que vai! A gente conhece as pessoas certas — disse Anita.

— Eu não vou falar com o Golden, se é isso que você está dizendo.

— O Golden, não. Estou falando de gente melhor. Dos hippies.

— Ah, sim... Eles. — Andy tinha se esquecido de Chad e sua pequena comunidade. Se havia pessoas que sabiam organizar um protesto, eram eles. — Vamos até a casa dele amanhã de manhã. Peter, venha pra cá assim que acordar, aí você vai com a gente.

— Claro. Boa ideia. — Peter se levantou e seguiu na direção da porta, mas hesitou antes de abri-la. — Foi muito legal ver vocês. Eu tenho ficado sozinho com os meus pais, e acho que isso está me deixando meio maluco. — Mesmo no escuro, Andy percebeu o brilho de empatia nos olhos de Anita. "Não faça isso", ele sentiu vontade de dizer.

— Quer ficar mais um pouco? — ela perguntou. — Se quiser, você pode até dormir aqui.

— Sério? Obrigado. Quer dizer, se não tiver problema.

Ele estava olhando para Andy. Ninguém falou nada por uns cinco segundos.

— Claro que não tem problema — Anita concluiu. — Vou pegar uma cerveja pra você.

───

Andy se lembrou de um filme a que tinha assistido na aula de história europeia, sobre um Natal durante a Primeira Guerra Mundial, quando os dois lados declararam trégua e celebraram juntos entre as trincheiras. A sensação de receber Peter foi parecida, como se ele estivesse confraternizando com o inimigo. Eles jogaram Ludo, um joguinho desses que não obrigam a pensar muito, e falaram sobre o apocalipse: sobre os amigos que tinham ido embora e os que tinham ficado na cidade, os casais que não tinham nada a ver que se juntaram à sombra do Ardor na falta de algo melhor, as surpreendentes tribulações diante da morte iminente.

— Eu pensei que todo mundo ia ficar supersociável, sabe? — Peter comentou. — Que a gente ia se unir ou algo assim. Mas não tem sido desse jeito.

Seu melhor amigo tinha se mudado, e sua ex-namorada (a menina mais cobiçada da escola, Stacy Prince) se recusava a falar com ele. Engraçado, para Andy tinha sido exatamente o oposto. Sem o Ardor, ele não teria feito amizade com Anita nem com Eliza. Talvez o asteroide estivesse virando o mundo de cabeça para baixo. O popular se tornará impopular. O desajustado herdará a Terra.

Eles ficaram conversando durante horas. Peter foi o primeiro a apagar no tapete, ao lado da mesinha de centro. Andy estava zonzo, sem sono.

— Você não devia ter dito aquilo — Anita sussurrou —, sobre você e a Eliza.

— Era o único jeito de fazer o cara desistir.

— E se ele comentar com ela?

— Por que ele faria isso? Além do mais, muito provavelmente ele nunca mais vai ver a Elisa mesmo.

— Claro que vai.

— Como? Você acha que essa ideia de protesto vai funcionar?

Anita se esticou, apoiando as pernas no braço do sofá. Andy sentiu o calor da cabeça dela encostada ao seu joelho.

— Lembra daquele chá que nós tomamos com o Chad, naquela manhã? — ela indagou.

— Claro que lembro.

— Eu vi umas coisas naquele dia. Coisas que não sei como explicar em palavras. Conexões, sabe? Eu senti aquele negócio de karass que você sempre fala. Nós estamos todos juntos nisso. Você e eu. Ele. — Ela apontou para Peter, esparramado no tapete feito um gigante que houvesse despencado do seu reino, lá no alto do pé de feijão. — A Misery e a Eliza. Até o Bobo.

— Uau. Até o Bobo? Você está tão bêbada assim?

— Estou falando sério. O Chad disse que a gente precisa ter fé. É o que estou fazendo. A gente vai conseguir tirar o pessoal de lá.

Ela não disse mais nada, e minutos depois sua respiração se tornou pesada e contínua. Andy sentiu uma nova onda de vergonha. Ele não merecia Anita, que não tinha revelado seu segredo para Peter, que estava tão disposta a ajudar, apesar de não ter ninguém naquela prisão que ela de fato quisesse muito salvar (apesar de todos os esforços de Andy, ela e Eliza não tinham se tornado amigas de verdade). Ela tinha revitalizado sua música e o ajudado a perceber que ele era mais do que um vagabundo desajustado. Além do desafio, Anita tinha lhe dado um motivo para sair da cama todos os dias. E por quê? Qual o interesse dela nisso? Que motivo ele tinha dado para que ela fosse tão boa com ele?

Ele adormeceu com essas perguntas girando na mente, como se fossem milhares de pequenos asteroides.

Na manhã seguinte, os três cruzaram a ponte rumo à casa de Chad. As coisas do lado de fora pareciam do mesmo jeito que da primeira vez: limpas, silenciosas e calmas.

Foi um estranho, só de cueca, que atendeu a porta. Ele estava muito pálido, descabelado e meio dormindo.

— Pois não?

— Oi. Nós queremos falar com o Chad.

— Esperem um segundo. — Ele se foi, coçando a barriga. Pela porta entreaberta, Andy viu que a casa estava uma verdadeira baderna. Havia roupas e embalagens vazias de comida esparramadas por toda a parte. Um monte de gente dormindo no chão do hall de entrada. Antes, o lugar parecia um templo budista. Agora parecia uma ocupação de sem-teto.

Um minuto depois, dois rostos conhecidos apareceram: Sol, a loira de dreads, e, em seu colo, Sid, o filosófico beagle de Chad.

— Oi — ela disse. — Eu sou a Sol.

Andy apertou a mão cheia de anéis da moça.

— A gente já se conhece.

— Ah, é? — Ela concordou com a cabeça, como se Andy tivesse acabado de lhe contar algo muito interessante. — Legal!

— O Chad está por aí?

Sol franziu a testa.

— Você não ficou sabendo? Ele foi preso no protesto.

— Sério?

Era uma péssima notícia. Se Chad estava na cadeia, quem organizaria a Festa do Fim do Mundo?

— Perfeito! — Anita exclamou.

Todos, incluindo Andy, olharam para ela surpresos com o comentário desproposital.

— Eu só quis dizer que é meio por isso que estamos aqui. Nós precisamos da sua ajuda. Vários amigos nossos também foram levados naquele dia. Estamos planejando um protesto na frente do lugar onde eles estão presos. É um centro de detenção só para menores, portanto o Chad não vai estar lá. Só que, se a gente conseguir anistia para os menores, pode ser o começo de alguma coisa maior.

— Na verdade, não é má ideia — Sol disse. Ela inclinou o corpo para a frente, e um de seus dreads encostou em Sid, que o empurrou para longe. — Cá entre nós, seria bom nós abraçarmos uma causa. O clima está um pouco caído por aqui. A gente pode fazer disso um festival.

— Ótimo — disse Anita.

— Então está combinado! A gente se vê em breve!

Sol ia fechando a porta.

— Espere! — Andy pediu.

— O quê?

— Você não sabe onde fica o centro de detenção.

Sol riu.

— É mesmo!

— Vamos nos encontrar na antiga base naval em Sand Point, perto do Parque Magnuson.

— Legal. Vou reunir um pessoal e dentro de umas duas horas nós estamos lá. E desculpa se eu pareço um pouco distraída. E que eu estou, tipo, *super*chapada. — Ela riu e em seguida fechou a porta.

— Se daqui a um mês ainda existir o *Guinness Book*, este vai ser registrado como o menor protesto de todos os tempos — Andy comentou.

Anita concordou, aborrecida. Eles já estavam na porta da base naval havia quase cinco horas, segurando os cartazes que tinham feito na casa de Peter: "ARDOR PELA ANISTIA" (Anita), "LIBERDADE AOS JOVENS DE SEATTLE" (Peter) e "ISSO É PAPO-FURADO!" (Andy). Apesar de alguns motoristas simpatizantes que passavam terem dado buzinadas, ninguém mais abraçou a causa.

Eles estavam instalados na frente de um portão enorme no alambrado que cercava a base, posicionados de modo que impedisse a passagem de qualquer veículo. Havia uma guarita vazia do lado de dentro, guardando uma pista de decolagem imensa, toda esburacada e tomada pelo mato. A base naval mesmo ficava a aproximadamente um quilômetro — muito longe para que alguém pudesse ver o pequeno protesto lá de dentro. O portão estava trancado com um cadeado pesado e o alambrado ainda era coberto com arame farpado em espiral.

Andy se levantou e grudou o rosto nos vazados em formato de losango do alambrado.

— Espere. Acho que estou vendo alguma coisa.

Um carro se movia sobre a pista de decolagem. Vinha na direção deles e parou a alguns metros do portão. A porta do motorista se abriu e um homem usando uniforme de camuflagem desceu, com um molho de chaves na mão.

— O que vocês pensam que estão fazendo?

— Estamos bloqueando o portão! — Anita gritou. — Nenhum de vocês vai sair até todos os outros terem saído.

O soldado riu.

— Vocês estão loucos? As pessoas que estão lá dentro são criminosas. Vocês as querem andando soltas pelas ruas?

— Eles são só adolescentes.

— Ah, é? Só nesta semana, esses adolescentes atiraram em mim duas vezes. Acreditem, cada *adolescente* que está lá dentro fez por merecer. — Ele destrancou o cadeado do portão e em seguida o abriu. — Nem pensem em entrar. Nós temos atiradores de elite cobrindo toda a área.

— Duvido — Andy o desafiou.

— Tente entrar, seu punk. Vai ser o seu fim. Eu vou adorar ver as suas tripas esparramadas...

— Desculpe — alguém interrompeu o soldado. — Você está ameaçando estes civis?

Andy se virou e deparou com um grupo de estranhos parados em suas bicicletas, do outro lado da rua. A maioria vestia roupas de cânhamo com bijuterias de miçangas, o que os identificava como amigos de Sol, mas o que tinha falado trajava um elegante terno azul-marinho e gravata, como se tivesse acabado de sair de uma reunião de negócios. Ele se aproximou do soldado com passos firmes e confiantes.

— Foram estes *civis* que usaram linguajar ameaçador — o soldado argumentou.

— Bom, eu não vejo a hora de contar isso para o seu superior — o homem bem-vestido leu o nome do soldado no uniforme —, cabo Hastings.

— Fique à vontade. — Hastings voltou para a caminhonete e deu partida. Acelerou algumas vezes, mas, quando o veículo se moveu novamente, foi no sentido contrário, de volta para a base.

— Essa foi foda — Andy disse.

O homem bem-vestido sorriu.

— Todo protesto decente precisa de um cara de terno. Isso dá um ar de seriedade ao ato. Agora, vamos falar de estratégia.

E, com isso, o protesto deles começou de verdade.

ANITA

Quando ela foi se deitar naquela noite, havia cinquenta ou sessenta pessoas sentadas em frente ao portão da base naval, e não parava de chegar mais. Eram negros, brancos e hispânicos, crianças, adolescentes e idosos. A maioria era formada por amigos da comunidade, mas outros estavam só passando de carro ou a pé e resolveram se juntar ao protesto. Os que não tinham saco de dormir e escova de dentes ganharam esses itens dos amigos de Sol, que muito provavelmente tinham saqueado alguma loja de camping a caminho do protesto, dada a quantidade de suplementos de que dispunham "por acaso". Eles também fizeram um delicioso churrasco de hambúrguer vegetariano, salsicha vegetariana e vegetais grelhados, e alguém trouxe um bolo encruado assado em forno a lenha. Por volta de meia-noite, algumas viaturas apareceram, com luzes e sirenes ligadas, acordando os que estavam dormindo. Alguém ordenou em um megafone que todos se dispersassem. Como ninguém se mexeu, os policiais desistiram e partiram em paz.

O dia seguinte era um sábado, e o número de manifestantes continuava crescendo: cem pessoas, depois duzentas. A cada poucas horas alguém dava uma corridinha até o supermercado, passando o chapéu para arrecadar dinheiro ou pagando do próprio bolso. Logo o grupo de manifestantes se transformou em uma comunidade.

Enquanto Michael, o amigo engravatado de Sol, saía à cata de novos manifestantes, Anita administrava o pessoal que já estava lá. A comida tinha de ser distribuída de forma justa. Os bêbados e os baderneiros tinham de maneirar, do contrário eram convidados a se retirar. Um sujeito apareceu com uma escopeta de cano curto e começou a gritar que ia estourar o responsável pela prisão de seu filho. Levou uma hora para convencê-lo a entregar a arma em troca de uma fatia de pizza.

Anita achou que Andy e Peter fossem dividir as responsabilidades da liderança, mas não rolou. No caso de Andy, era uma questão de personalidade — ele simplesmente não tinha nascido para comandar (o melhor exemplo talvez tenha sido quando Anita o flagrou compartilhando um baseado com os hippies, logo no início daquela manhã). Ela o colocou em tempo integral na produção de cartazes, onde ele poderia dar vazão a sua criatividade delirante.

Peter, por outro lado, não parecia ter energia para fazer muita coisa. Apesar de Anita não o conhecer muito bem, sabia reconhecer os sinais de um coração pesado. No fim daquele dia, ela o encontrou sozinho perto do alambrado, olhando além das árvores, na direção da base naval. A noite começava a cair, embora as nuvens estivessem tão condensadas que só era possível ver o clarão do sol se pondo.

— O que você está olhando? — ela perguntou.

— Nada.

— Você está apaixonado por ela? — A ousadia da pergunta surpreendeu mais Anita que Peter, que nem se preocupou em fingir que não tinha escutado.

— Eu mal conheço ela. Não pensei que ela fosse o tipo de pessoa que pudesse... — Ele meneou a cabeça.

Anita se aproximou e segurou no alambrado, enfiou as pontas do tênis em dois buracos e se ergueu do chão. Ela viu uma luz verde-clara refletindo de uma janela no último andar de um dos prédios, do outro lado da pista de decolagem.

— Que pudesse o quê?

— Eu pensei que ela quisesse ficar comigo, só isso. Mas eu estava enganado.

A tristeza não combinava com Peter — parecia não servir, igual a um suéter cuja manga chega só até a metade do braço, e a barra fica subindo e mostrando um pedaço da barriga. Bastava uma palavra para Anita acabar com aquela tristeza. Ela só precisava contar a verdade a ele. Mas para isso teria de trair a confiança de Andy, que era seu melhor amigo no mundo. Assim, ficar calada era, dos males, o menor.

— E você? — Peter perguntou.

— O que tem eu?

— Você está apaixonada?

— Eu? Por quem eu estaria apaixonada?

Peter riu.

— Estou falando sério. Por quem eu estaria apaixonada? — Anita soltou o alambrado, caindo de volta no chão duro.

Ela realmente não sabia a quem Peter estava se referindo, mas, antes que tivesse tempo de pressioná-lo, um dos amigos de Sol se aproximou correndo, vindo do portão principal. Pelo jeito, alguém tinha jogado um saco de carvão por cima do alambrado e agora eles não tinham como fazer o churrasco.

— Mais tarde a gente continua — Anita disse, mas depois daquela primeira missão surgiram muitas outras, e em pouco tempo ela já teria esquecido a pergunta de Peter.

No domingo os ânimos começaram a mudar, e na segunda-feira uma depressão em massa se instalou. A neblina da manhã emendou com uma garoa ingrata que caiu sobre toda Seattle, e, para completar, o vento que soprava penetrava através do tecido das roupas, trazendo para dentro a umidade da chuva. As pessoas armaram suas barracas um pouco tarde demais para evitar que seus pertences molhassem. Tudo parecia assim agora — um pouco tarde demais. Só faltavam duas semanas para a chegada do Ardor, e o que eles estavam fazendo? Estavam sentados no frio úmido, esperando.

Anita observava a pista ao redor da base naval ficando escorregadia e escura com a chuva. Ela achava que as coisas fossem acontecer um pouco mais rápido que isso; desde aquele primeiro dia, ninguém mais além do cabo Hastings tinha *tentado* transpor o portão.

Anita enfiou a cabeça dentro da barraca de Andy.

— Você acha que tem outro jeito de sair da base? — ela perguntou.

Ele se sentou, piscando para espantar o sono.

— Anita? O que... do que você está falando?

— Da base naval! Você acha que tem outro jeito de sair de lá?

— A gente já verificou isso.

— Então vamos verificar outra vez.

Anita soltou a aba da barraca, mas escutou Andy resmungando.

— Você quer fazer isso agora?

Peter, que tinha acabado de voltar da casa dos pais, estava comendo uma tigela de mingau quente na cozinha improvisada.

— Está a fim de dar uma volta? — Anita perguntou.

— Claro.

Minutos depois eles estavam andando pela trilha que passava pelo Parque Magnuson e contornava o lago Washington. Anita estava grata pela oportunidade de ficar um pouco longe de toda aquela gente, que estava começando a feder a cachorro molhado. O dedilhar alegre dos violões tinha se transformado em um arranhado, e até Michael parecia sujo e apático.

Os três seguiram acompanhando o alambrado que cercava todo o terreno da base. A chuva conversava por eles, respigando barulhenta, preenchendo o silêncio.

— O que vocês preferem, sol ou chuva? — Anita perguntou, na esperança de iniciar uma conversa.

— Chuva, definitivamente — Andy respondeu.

— Peter?

— Sol. É por isso que eu vou pra Califórnia. Quer dizer, *se* eu for pra Califórnia.

Silêncio novamente. Valeu a tentativa.

A tensão entre Peter e Andy era palpável, e parecia piorar a cada hora. Toda conversa tinha se tornado um exercício bizantino para evitar o tema

Eliza. E a verdade era que era um saco ficar o tempo todo com dois garotos que estavam apaixonados por outra garota. Peter tinha uma desculpa — ele e Eliza já tinham ficado —, mas Anita estava começando a ficar irritada com Andy. Por que esse desafio idiota era tão importante para ele? Ele devia saber que Eliza não era certa para ele. Por que não parava com essa bobagem e a deixava para Peter de uma vez por todas?

— Me lembrem por que a gente simplesmente não abriu um buraco na cerca — Andy quis saber, dando um chute de caratê no alambrado.

— A gente precisa manter a entrada bloqueada — Anita respondeu.

— Sim, mas uma pessoa pode fazer isso. E se o resto de nós entrasse e enfrentasse esses caras?

— Não importa se estamos deste lado ou do outro — Peter retrucou. — Nós não podemos simplesmente invadir o prédio. Além do mais, eu prefiro não levar um tiro.

O caminho pelo qual seguiam se tornou lamacento, sujando o solado branco dos tênis de Anita. Gotas gordas pingavam dos galhos dos pinheiros e caíam pesadas como granizo. Do outro lado da trilha, um prédio do Centro Ocidental de Pesquisa Pesqueira estava escuro e vazio como um mausoléu. Anita se perguntou quantos milhares de coisas tinham parado de funcionar no último mês. Quantos funcionários do Centro Ocidental de Pesquisa Pesqueira estavam sentados em casa naquele exato momento, rezando para ter uma chance de continuar suas pesquisas?

Eles chegaram ao final do alambrado sem encontrar nenhuma saída secreta da base naval. Mesmo assim continuaram andando, seguindo a trilha até onde ela se encontrava com o lago. Um estacionamento amplo dava de frente para um pequeno gramado, onde um antigo banco de carvalho do parque tinha adquirido um tom avermelhado por causa da chuva. Eles se sentaram no banco molhado e ficaram ali, observando a chuva por um tempo.

— Andy — Anita falou, de repente —, diga alguma coisa legal sobre o Peter.

— O quê?

— Vai. Agora. Não pense.

Era um truque que sua professora do quinto ano usava sempre que dois alunos brigavam. Andy provavelmente não teria caído nessa se tivesse tido mais tempo para pensar, mas foi pego de surpresa.

— Hum, você parece ser uma boa pessoa. De verdade. Não do tipo que finge ser boa.

— Obrigado — disse Peter, um pouco sem graça com o elogio.

— Agora é a sua vez — Anita orientou.

— Certo. — Peter baixou os olhos para as próprias mãos. — Você não sabe, Andy, mas um dia eu ouvi você e a Anita ensaiando na sala de música da Hamilton. Você é muito talentoso.

— É mesmo? Valeu.

Anita respirou aliviada, desatando um nó preso na garganta, com a sensação de que tinha acabado de desarmar uma bomba. Já era um passo, o que foi legal depois de três dias de paralisia total. Mas o fato de fazer Peter e Andy virarem amigos não faria do protesto deles um sucesso.

Ela olhou para o lago, por cima do ombro.

— O que vamos fazer se isso não der certo?

— Vai dar — disse Andy. E a surpreendeu pousando a mão sobre as suas. Ela não tinha notado como seus dedos estavam gelados; agora o calor tinha se espalhado pelo seu braço e por todo o corpo, de maneira inexplicavelmente rápida. Um momento passou, então Andy pareceu se dar conta do que tinha feito e tirou a mão. — Tem que dar — ele salientou.

No dia seguinte, Anita estava tirando uma soneca depois do almoço (mais por tédio que por cansaço) quando acordou com um guinchado mecânico. Ela abriu o zíper da barraca e viu uma multidão reunida próximo ao portão. Um monte de novos manifestantes parecia ter chegado ao longo das duas últimas horas, e eles eram muito diferentes do pessoal da Sol. Na verdade, pareciam o tipo de gente que estava no show de Andy e Bobo, semanas antes — cobertos de piercings e tatuagens, fedendo a álcool e cigarro.

Um estrondo enorme, como se um grande pedaço de metal tivesse caído no chão, e o barulho agudo parou de repente. Vários gritos de viva, então as pessoas se organizaram em fila para passar pelo buraco recém-aberto no alambrado.

Anita abriu caminho em meio à multidão e encontrou Andy envolvido em uma discussão com Sol e Michael.

— Mas eu falei com eles sobre isso! — disse Andy. — Eles não vão sair da linha.

— Você não tem como ter certeza — Michael argumentou.

— Talvez não. Mas a gente precisava fazer *alguma coisa*. Já se passaram cinco dias.

— Vocês deviam ter sido mais pacientes. Água mole em pedra dura, tanto bate até que fura.

— Isso aqui é a porra do fim do mundo, cara! Não temos tempo pra isso.

— Nós não vamos participar de nada que possa encorajar atos de violência — Sol anunciou. — Sinto muito. — Ela puxou Michael pelo braço e saiu pisando duro.

— Ninguém está encorajando atos de violência! — Andy argumentou. Então se voltou para Anita. — Você acredita nisso? Ela está dizendo que eles vão todos embora.

— Andy, quem é essa gente?

— Eu trouxe esse pessoal — Andy respondeu, soando ao mesmo tempo orgulhoso e culpado. — Na noite passada, depois que você e o Peter foram dormir, eu fui de bicicleta até o Independent. É o prédio para onde o Bobo se mudou há umas duas semanas, porque o Golden mora lá.

— Isso significa que o Golden está aqui?

— Esse povo faz acontecer, Anita. Nós precisamos disso agora. Mas não se preocupe. Eu não vou deixar nada sair do controle.

Ele correu na direção do buraco no alambrado, antes que ela tivesse tempo de repreendê-lo ainda mais. E o que mais ela poderia fazer, além de ir atrás? O buraco tinha sido cortado tão rente ao chão que ela teve de ficar de quatro para conseguir passar. O incômodo das pedrinhas, em seguida a terra fofa e finalmente o concreto rachado de uma pista de decolagem abandonada. Havia uma pequena placa comemorativa do outro lado do alambrado: "O CAMPO DE AVIAÇÃO DE SAND POINT FOI O PONTO FINAL DA PRIMEIRA CIRCUM-NAVEGAÇÃO AÉREA AO REDOR DO MUNDO, EM 1924". Um detalhe histórico totalmente irrelevante, que tinha a pretensão de durar para sempre, mas estava fadado ao esquecimento. O fim do mundo expôs a futilidade de todas as placas comemorativas.

Todo mundo corria na direção do único prédio com as luzes acesas. Era uma espécie de quartel, mas parecia mais uma escola que uma instituição militar — lembrava um campus de faculdade de artes da costa Leste. Anita acompanhou a multidão, esperando sirenes dispararem a qualquer momento, seguida por uma chuva de balas, mas eles conseguiram chegar à frente do prédio sem nenhum incidente. As portas, como era esperado, estavam todas trancadas.

Mesmo tendo perdido Sol e seus amigos, o pessoal que permaneceu parecia energizado com a mudança de cenário, cantando e agitando seus cartazes com um entusiasmo renovado. A turma de Golden rolou alguns barris de cerveja pela pista e rapidamente transferiu o conteúdo para seus corpos. Mais de uma vez, Anita tirou um copo da mão de Andy ou de Peter, mas em pouco tempo os dois estavam tão vermelhos e alterados quanto os outros manifestantes.

O decoro não durou muito tempo. A lua crescente brilhava baixa como as pupilas de algum deus fleumático quando a primeira pedra foi arremessada. A multidão ansiava por ação, e logo todos se juntaram, mirando torto na direção do quartel, de tão bêbados que estavam, com qualquer coisa que estivesse à mão. Anita viu Andy arrancar e atirar em cima do telhado a placa comemorativa; ela acabou enroscada na calha. Quinze minutos depois, metade das janelas do quartel estava quebrada. Não demorou muito, um homem gordo uniformizado apareceu em uma das janelas quebradas do segundo andar, cujo buraco parecia um balão de história em quadrinhos. A chuva tinha dado um tempo.

— Como vocês acham que isso vai acabar? — ele gritou para baixo.

Golden, que estava parado nos degraus da entrada, tinha assumido o posto de negociador.

— Deixem todos saírem, inclusive vocês.

O homem sumiu da janela por um tempão, tanto que Anita começou a desconfiar que estivesse planejando algum tipo de investida. Mas então, quando a multidão estava começando a se inquietar, ele reapareceu.

— Vocês não vão encostar a mão em nenhum dos meus homens ou mulheres.

— Claro que não — Golden disse.

— Me dê a sua palavra.

— É sua.

E, simples assim, tudo acabou. Minutos depois, a pista de decolagem estava lotada de centenas de adolescentes, todos de macacão azul-claro. Entre eles havia alguns soldados com uniforme de camuflagem, correndo em meio à multidão, na direção do portão principal. Anita viu o cabo Hastings caindo de quatro, mas logo em seguida ele ficou de pé novamente e continuou correndo. Pais chamavam por seus filhos e se reencontravam em lágrimas. A chuva voltou a cair, mas, com todo mundo eufórico demais para dispersar, a comemoração continuou lá dentro.

Na confusão, Anita acabou se perdendo de Andy e Peter, por isso resolveu entrar com os outros. Ainda tinha eletricidade lá dentro, e o lugar estava agradavelmente quente. Eles saíram no que parecia ser o dormitório central. As pessoas andavam de um lado para o outro à procura de seus entes queridos. Quando Anita finalmente encontrou Andy, ele deu um abraço apertado nela.

— Você acredita nisso? — ele disse. — Nós conseguimos!

— Acho que sim.

Ela sentia o coração dele batendo tão rápido que parecia mais taquicardia. Ele começou a se afastar, mas então eles foram empurrados de volta por uma movimentação na multidão. Por um momento, ela achou que ele fosse beijá-la.

— O que você acha que eu devo dizer? — ele perguntou.

— Como assim?

— Quando encontrar a Eliza. Você acha que eu devo dizer que sou o responsável por isso tudo, ou devo ficar na minha?

Anita se conteve para evitar que qualquer sinal de decepção transparecesse em seu rosto.

— Faça o que achar melhor.

— Você não podia ter ajudado menos. Vamos, Anita. Isso é sério. Agora é o momento!

— As pessoas não vão pra casa?

— De jeito nenhum! O Golden trouxe tudo pra fazer uma festa animal. O povo vai encher a cara pra comemorar a liberdade. Se eu tiver uma chance com a Eliza, é hoje.

Alguém apagou as luzes ao alto, o que causou um coro de gritinhos maliciosos. Momentos depois, uma espécie de cortina imensa caiu das janelas, deixando alguns raios de luar penetrarem.

Andy estalou as juntas dos dedos e ficou pulando no lugar, feito um boxeador esperando o sino tocar.

— Tudo bem. Eu vou tomar mais um ou dois ou seis goles, depois vou partir pro ataque. Me deseje sorte.

— Boa sorte.

Enquanto Anita observava Andy cruzar o salão saltitando, finalmente sentiu, roncando como uma fome profunda que ela vinha ignorando havia semanas. Uma sensação ao mesmo tempo nova e conhecida. Era a flor verde resplandecente do ciúme, e lá no fundo, além do ponto onde a haste se encontra com a terra, as raízes sedentas e vorazes: amor.

ELIZA

No espaço de quinze minutos, o alojamento tinha se transformado completamente. O barulho ainda reverberava — ecos se prolongavam nos cantos como se fossem teias de aranha —, e nada era capaz de dispersar o terrível odor de algumas centenas de adolescentes enfurnados em um espaço minúsculo. Mas o pessoal de Golden até que tinha conseguido mudar a atmosfera do lugar, prendendo algumas dezenas de lanternas nas paredes (que foram cobertas com lençóis para difundir a luz), trazendo um DJ quase decente com uma aparelhagem de som quase decente e empurrando os beliches para abrir espaço e criar uma pista de dança. Uma armação de cama virada se transformou em bar improvisado, onde uma imensa pilha de copos de plástico vermelhos ia baixando cada vez que algum barman voluntário preparava um drinque com uma ignorância consumada do assunto. Um estranho ofereceu a Eliza um copo de tequila cheio até a borda.

A música se contorcia como um drogado abstêmio, vibrando como um pensamento subconsciente. As pessoas começaram a dançar, mas Eliza ficou parada perto do bar, onde tinha um pouco mais de luz. Ela viu Anita passando por trás do bar improvisado e desaparecendo com uma garrafa de uísque (como assim?). Logo depois, Andy entrou na fila para pegar uma bebida. Eliza quase saiu das sombras para falar um oi, mas algum instinto animal a segurou. Havia uma selvageria nos olhos dele que a assustou.

A tequila já estava começando a fazer efeito — soltando os músculos e lubrificando as articulações. Ela se deixou levar pela estranha mistura de torpor e sensualidade que o álcool sempre despertava, e sentiu um desejo ardente familiar crescendo, pulsando nas profundezas obscuras de seu corpo. Era o mesmo desejo que a levava a abandonar a pista de dança da Crocodile para ir se sentar sozinha no bar e esperar que algum dos sintetizadores de hormônios idiotas que costumavam orbitar ao seu redor saísse da sua órbita e viesse lhe oferecer uma bebida. Tudo pela necessidade de ver um cara perdendo a cabeça por ela. A súbita liberdade era tão intoxicante quanto a bebida, e, apesar de fingir estar simplesmente andando a esmo, vendo o que estava acontecendo, seus olhos tinham um objetivo. Apesar de saber que deveria ir para casa ver seu pai o quanto antes, ela ainda não podia ir embora. Não antes de encontrar Peter.

É claro que era possível que ele nem estivesse ali. Talvez outra pessoa tivesse descoberto a localização do centro de detenção e arquitetado toda a operação de resgate. Só que seria uma falha tão gigantesca do universo que Eliza se recusava a considerar a possibilidade.

Somente duas doses e quarenta e cinco minutos depois ela o viu, envolvido no que parecia ser uma violenta discussão com a irmã. Eliza não conseguia ouvir direito o que eles estavam dizendo, mas pelo visto Peter estava tentando levar Misery embora, e a menina se recusava a ir. Ela entregou a cerveja, contrariada e resmungando ("Até parece que eu nunca bebi antes!"), então saiu em direção à pista de dança. Peter estava indo atrás, mas Eliza o segurou pelo cotovelo.

E então lá estavam eles, finalmente juntos. A escuridão do dormitório trouxe de volta lembranças daquele dia no laboratório fotográfico. Ela se lembrou da sensação da boca dele contra a sua — um pouco áspera por causa da barba, mas limpa, limpa como o garoto bom e limpo que ele era.

— Peter — ela falou. A pele dele pulsava quente na palma da sua mão.

— Eu preciso ir atrás da minha irmã — ele disse, esquivando-se da mão dela e saindo.

— Por que a pressa?

— O Golden está aqui. E o Bobo também. Eu só quero ir pra casa com a Mis, ok?

Eliza o seguiu por uma passagem estreita entre duas fileiras de beliches, onde um casal falava baixinho em uma das camas de baixo.

— Peter, espere um pouco!

Ele se virou tão subitamente que ela recuou.

— Por que eu deveria esperar? O que mais você pode querer de mim? Eu já te libertei, ok? Isso não é suficiente?

Eles estavam sozinhos agora, cercados por camas e tudo o que elas representavam. Eliza não fazia a menor ideia do motivo de Peter parecer tão bravo, mas sabia que havia um jeito de melhorar tudo. Ela o segurou pelos ombros e o empurrou de costas contra a armação de um beliche, com a confiança de alguém que nunca aceitou um não como resposta, que nunca precisou aceitar. Peter largou a garrafa de cerveja, e o barulho do vidro caindo no chão coincidiu com o estalo dos lábios dela contra os seus. Ela deslizou a língua ao longo da fileira de dentes brancos. O gosto dele era estranhamente familiar, apesar de já fazer mais de um ano desde a última vez que eles tinham se beijado. Ela esperou pelos braços ao redor do seu corpo, o puxão para mais perto e o inclinar de cabeça, e então eles poderiam se jogar na cama e terminar o que tinham começado naquele quarto escuro. Só que os braços não a puxaram para mais perto; eles a empurraram para longe.

— Qual o problema? — ela perguntou.

— Qual o problema com *você*? — ele revidou. — Só porque o Ardor está vindo, significa que você pode sair tratando todo mundo do jeito que bem entender?

— Claro que não. Eu nem sei do que você está falando.

— Você não está ficando com alguém, Eliza? Desde que a gente ficou sabendo do Ardor?

— Não tenho certeza... — As palavras travaram na garganta. Como Peter sabia sobre o desconhecido que se deitara em sua cama naquela noite? Ou será que era apenas um blefe? De todo jeito, ele não tinha o direito de julgá-la por isso. Ela estava se sentindo sozinha e assustada, longe do seu pai, da sua casa e dos poucos amigos que tinha, enquanto o mundo lá fora continuava girando alucinadamente rumo à destruição. Só por isso ela tinha se dado o direito de um momento de intimidade com um estranho. E daí? A sensação de injustiça cresceu dentro dela. — Olha quem fala. Você estava namorando quando a gente se beijou, daquela vez.

— Eu sei. E foi um erro. Mas eu terminei com a Stacy há *um mês*. Por sua causa!

— E por que não falou nada? Você teve um milhão de oportunidades de falar comigo e nunca fez isso! Eu acabei escrevendo pra você!

Peter se desvencilhou dos braços dela.

— Isso não tem importância agora, tem? O Andy é meu amigo. Eu não faria isso com ele.

Eliza balançou a cabeça, confusa.

— Espera... isso é por causa do Andy?

— Claro que é.

— Mas que idiotice. Eu não estou nem aí pro Andy!

Peter ironizou.

— Acho que você não está nem aí pra ninguém.

Ele desapareceu na escuridão entre as fileiras de camas, uma escuridão que parecia crescer, profunda e sombria, enquanto Eliza olhava adiante, como se cada sombra da Terra estivesse convergindo para aquele ponto, encobrindo a luz camada por camada, feito pás de terra jogadas sobre um caixão. Elas vinham dele, vinham dela, vinham diretamente do espaço e vinham de todos os seres que respiravam. Ela tomou o restante de sua bebida de um gole só e saiu em busca de outra.

No pátio atrás do quartel, Eliza tentava andar sobre a linha descascando de uma velha quadra de basquete, como se estivesse sendo submetida a um teste de sobriedade — teste em que ela estava indo muito mal. Havia mais algumas pessoas lá fora, mas todas estavam embaixo dos beirais do prédio, abrigadas da chuva, fumando. Tudo o que ela conseguia ver delas, vez ou outra, era o brilho dourado da ponta do cigarro. Caía uma garoa fina agora, mas, ao longe, raios formavam no céu imensas esculturas azuis de eletricidade, árvores efêmeras que mesmo assim deixavam marcas persistentes na retina. Sua pele não parecia pele, mas um campo de força invisível ao redor de seu corpo. Se a chuva aumentasse um pouco mais, ela acabaria derretendo como a Bruxa Má do Oeste. Ela tentou imaginar como seria sua morte. Será que ia ser rápida? Um lampejo de dor e depois nada? Ou seria lenta, sufocando com a poeira ou morrendo de fome, soterrada embaixo de algum prédio? Ela já se sentia morta: Peter tinha aberto um buraco em seu orgulho, sua fé e sua esperança. O que tinha dado errado? Ele não a procurara no Parque Cal Anderson e depois saíra correndo, puxando-a pela mão enquanto fugiam da fumaça do gás lacrimogêneo? Por que ele tinha falado de Andy? Andy era só um amigo. Quanto àquele outro carinha, eles tinham ficado, claro. Mas isso não queria dizer que ela estava namorando ou algo assim. Ela não namorava desde...

Eu nunca tive um namorado, foi a sua constatação, seguida por outra, mais terrível ainda: *E agora nunca vou ter.*

Várias contagens regressivas vinham assombrando seus pensamentos ao longo das últimas semanas, desde a totalmente mundana "quantas vezes ela ainda iria respirar" à extravagantemente específica "quantas vezes ela ainda iria assistir ao filme *A escolha perfeita*", mas esta era definitivamente a estatística mais terrível de todas: entre o momento presente e o fim do mundo, não haveria mais ninguém que a amaria nem ninguém que ela pudesse amar.

Um relâmpago se estendeu por toda a área plana do Parque Magnuson. A qualquer momento, a chuva de verdade chegaria. Era sempre assim em Seattle. Uma maldita garoa sem fim, com pancadas ocasionais de chuva. Igual à vida. Sempre a mesma merda, com pancadas ocasionais de muita merda. E então, no fim, um pedregulho imenso caía bem em cima da sua cabeça.

Ela passou por uma nuvem de fumaça de cigarro e entrou de volta no quartel, depois seguiu por um corredor e saiu em um dormitório abandonado, cheio de camas enferrujadas e colchões carcomidos por traças. O cômodo, assim como qualquer outro lugar que costumava ser ocupado por muitas pessoas e agora não tinha mais ninguém, parecia assombrado. Eliza teria sentido medo se não estivesse se sentindo flutuando alguns centímetros atrás de seu corpo, como se fosse um fantasma dela mesma, observando uma Eliza que ia na frente, abrindo uma porta aleatória e penetrando na escuridão, tipo aquele personagem de filme de terror para quem a gente sente vontade de gritar: "Não entre aí, sua anta!" Ela bateu o joelho em uma mesa, então se machucou ainda mais quando chutou a coisa com raiva. As batidas pesadas do dubstep que rolava na festa foram substituídas pelo som suave e distante de um piano. A princípio ela achou que o som estivesse apenas em sua cabeça, mas foi se tornando mais alto à medida que ela avançava. Outra porta, e, do outro lado, a música ganhou forma. O brilho vermelho de uma luz de emergência acima da porta era a única fonte de luz. E essa luz contornava de vermelho uma mesa de pebolim, uma mesa de sinuca, duas máquinas velhas de fliperama e o caminho até o canto, onde alguém estava sentado ao piano.

Eliza cruzou a sala na ponta dos pés e se sentou quietinha em um sofá rasgado. Sua visão começou a se ajustar, o suficiente para ela notar a silhueta curvada de Andy no banco do piano, tocando uma melodia que soava familiar — uma das músicas que ele e Anita estavam ensaiando para a Festa do Fim do Mundo. Como se ela fosse mesmo acontecer.

Quando ele parou de tocar, Eliza bateu palmas. A silhueta de Andy pulou, assustada.

— O que foi isso?

Ela riu.

— Bis, maestro!

— Eliza? Você quase me matou de susto.

— Oi pra você também.

Ela se levantou e quase tropeçou no pé do sofá. Pior, quase derrubou sua bebida. Então fez uma leve reverência para comemorar a própria capacidade de equilíbrio e cruzou a sala a passos lentos. O chão parecia uma tora flutuando em uma corredeira.

— O que você está fazendo aqui? — ela quis saber.

— Eu não conseguia te encontrar — ele disse. Sua voz tinha uma cadência embriagada. — Achei que você estivesse em algum lugar com o Peter.

— Não. Eu estou bem aqui, com você.

— Estou vendo. Que tal um dueto?

Ela se abaixou para colocar o copo atrás do banco do piano.

— Eu? De jeito nenhum. Ele é todo seu. Vamos escutar uma das suas favoritas.

— Certo. Vou tocar uma do Flaming Lips.

Andy começou a cantar, sua voz suave flutuando acima da batida pesada do piano, como uma bola de sorvete de baunilha em uma vaca-preta:

— *Do you realize that you have the most beautiful face?**

Depois do primeiro verso, Eliza se sentou no banquinho do piano, deixando seu quadril encostar no dele. Se percebeu, ele não deu nenhum sinal. Mas ela queria uma reação; o desejo ainda estava lá, agora mais forte com o efeito do álcool e o gosto amargo da rejeição engasgado no fundo da garganta. Quando ele iniciou outro refrão, ela pousou a mão esquerda na base das costas dele, então subiu tocando cada uma das vértebras até parar suavemente na nuca, onde ficou observando seu dedo indicador se enroscar em uma mecha de cabelo dele, girando-a como um fio de chiclete. Ele engasgou em uma sílaba, engasgou de desejo, mesmo assim suas mãos continuaram tocando.

— O que você está fazendo? — ele perguntou.

— Nada.

— Isso não parece nada.

— Nada, alguma coisa... Qual a diferença?

— Não consigo cantar com você fazendo isso.

— Então não canta.

Quando ele hesitou, ela virou o rosto dele para o seu e o beijou com toda a fúria e o apetite que tinha dentro de si, finalmente interrompendo a música. As mãos dele deslizaram pelos seus quadris, encontraram o zí-

---

* "Você percebe que tem o rosto mais lindo?"

per do macacão e o puxaram. O ar frio na sua pele, em seguida o toque dos dedos quentes dele, como se estivessem ainda mais hábeis depois de tocar. Ela tirou o moletom dele e puxou a camiseta por cima da cabeça, em seguida desceu a mão pelo peito, arranhando com força, e tocou a calça jeans em busca do sinal de que era desejada. Ele beijava o pescoço dela enquanto tentava abrir, desajeitado, o sutiã.

Eliza abriu os olhos e, por cima do ombro de Andy, viu onde o moletom dele tinha ido parar: sobre uma nesga retangular de luz acinzentada, bem no meio da sala. Estranho... estava totalmente escuro um segundo antes. E agora a linha prateada se esticava, como se alguém estivesse sublinhando o chão com um marcador. A linha assumiu forma de cunha, avançando na direção deles como um dedo em riste. A silhueta de uma pessoa apareceu na porta, e em seguida tudo ficou escuro outra vez.

Andy estava olhando para o outro lado, por isso não viu nada. Mas, quando Eliza sentiu a mão dele descendo entre suas pernas, e enquanto se esfregava inconscientemente nele com os quadris, ela se deu conta do erro que estava cometendo, colidindo como um asteroide contra a necessidade do tamanho de um planeta de se conectar a alguém, qualquer pessoa, e ela o empurrou para longe com uma fúria que sabia que ele não iria entender, que nem era com ele, e foi com tanta força que ele caiu de costas em cima do copo dela, e então ela se levantou e abandonou a sala sem dizer nada, bem a tempo de ver Anita abrindo a porta para o mundo exterior, que explodia com raios e relâmpagos, como se fosse um aquecimento para o apocalipse.

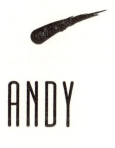

ANDY

Andy conhecia aquele ditado famoso: "Tome cuidado com o que deseja, pois você pode conseguir". Mas ele sempre achou que o ponto de vista de Morrissey sobre o assunto fazia muito mais sentido: "See, the luck I've had can make a good man turn bad, so please please please, let me get what I want".* Conseguir aquilo que a gente quer, até onde Andy sabia, era a coisa mais legal do mundo.

Durante anos, ele imaginou como seria ficar com Eliza. Sentir os braços dela sobre os seus ombros, o calor do corpo dela se curvando junto ao seu, a pele macia dos seios na palma da sua mão... Foram horas a fio pensando nessas maravilhas. Depois de ter estabelecido um padrão tão alto, o acontecimento em si deveria ter decepcionado. Mas não. Ele se sentia como se tivesse, ao mesmo tempo, descoberto uma nova melodia, feito uma manobra radical com seu skate e cheirado uma carreira de cocaína (uma droga que tinha experimentado só uma vez, por medo de tentar de novo e morrer — ele teve a sensação de que seu coração ia sair correndo do corpo).

---

* "Sabe, a sorte que eu tive pode transformar um homem bom em mau, por isso, por favor, por favor, por favor, me deixe conseguir o que eu quero."

Claro que não dava para fingir que não tinha nada de estranho com o fato de ela ter saído correndo, mas Andy imaginou três possibilidades, e para ele apenas uma delas era verdadeira: 1) Eliza se arrependeu do que fez e agora o odiava e desejava que os dois estivessem mortos (zero possibilidade); 2) ela estava muito bêbada e precisou de um pouco de tempo e espaço para arejar a cabeça (6,5 de possibilidade); ou 3) ela estava tão louca de desejo por ele que isso a assustou (10 de possibilidade).

Andy não ia conseguir solucionar o enigma sozinho; ele precisava de outra garota para ajudá-lo a entender os mistérios do comportamento feminino. Infelizmente, não conseguia encontrar Anita em nenhum lugar. No dormitório, a festa tinha atingido um nível febril. Vários casais se mexiam num ritmo lento embaixo das cobertas, nos beliches, e a dança no meio da pista estava o mais próximo de um ato sexual que a dança pode alcançar. Andy pegou uma garrafa de tequila no bar, que estava às moscas, e saiu à procura de alguém com quem pudesse conversar. Encontrou Bobo e Misery se pegando, encostados em um beliche, perto da pista de dança.

— Cara! — ele gritou, batendo no ombro de Bobo.

Bobo se desatracou do chupão que estava dando em Misery.

— O que foi, cara?

— Pelo jeito eu vou ganhar aquela grana! Acabei de dar um pega na Eliza!

— Sério?

— Juro pelo Menino Jesus.

Bobo ergueu a mão. Andy se inclinou para trás e se preparou para o cumprimento mais explosivo dos seus dezoito anos de vida. Mas sua palma não encontrou nada além de ar; Bobo o deixou no vácuo.

— Você sabe que dar um pega não é o mesmo que transar, né?

— Sim. Mas isso significa que ela está na minha. O resto é inevitável.

— Inevitável? Então por que você não está mandando ver agora?

— Bom, é por isso que eu estou aqui. Mis, eu preciso de um conselho seu.

— Manda aí — ela disse. Seu rosto estava vermelho de tanto se esfregar na barba por fazer de Bobo.

— A Eliza e eu estávamos quase lá quando ela deu um pulo e saiu correndo. O que isso significa?

— Que você é ruim de pegada — Bobo respondeu.

— Não falei com você, idiota.

Misery pousou a mão no ombro de Andy com o peso da embriaguez.

— Ela está confusa, cara. Não está tentando fazer tipo ou algo assim.

— Isso mesmo — Bobo disse. — Se tem uma coisa que a Eliza *não* faz é tipo. Pelo contrário, ela é do tipo que *gosta* de ir direto ao assunto, né?

— Cara... — Andy censurou, mas riu mesmo assim.

Nesse momento, algum dançarino mais empolgado colidiu com tanta força em suas costas que ele girou. Um movimento rápido, um soco certeiro. De repente, Bobo se inclinou para a frente, as duas mãos sobre o estômago. E lá estava Peter, surgindo do nada, como algum tipo de super-herói.

— Por acaso você acabou de dar um soco no meu namorado? — Misery esbravejou.

Peter se ajoelhou para poder olhar nos olhos de Bobo.

— Isso foi por você ter faltado com o respeito. — Em seguida, se voltou para Andy. — E você devia estar com vergonha por deixar alguém falar desse jeito da sua namorada. — Finalmente ele se dirigiu à irmã. — Chega, Mis. Está na hora de ir embora.

— Não podemos ficar até o fim da festa?

— Não. — Ele a pegou pelo braço e a arrastou dali.

Bobo finalmente recuperou o fôlego e endireitou o corpo com uma careta.

— Filho da puta.

— Não, ele está certo — Andy reconheceu, meio que para si mesmo. — Eu não devia ter dado risada. Se quiser que a Eliza seja minha namorada, preciso defender a garota.

Mas Bobo nem estava ouvindo, enquanto saía andando cambaleante na direção da pista de dança.

— Aonde você vai?

— Procurar o Golden.

— Opa! — Andy segurou Bobo pela manga. — Espera aí.

— Você quer deixar o Peter sair dessa numa boa? Ele me *agrediu*, cara.

— Não é isso. — Andy não sabia ao certo como acalmar a situação. Uma piada de mau gosto sobre Eliza não dava a Peter o direito de esmurrar Bobo, mas também não era o caso de envolver Golden. Aquele sujeito era completamente maluco. — Eu só estou dizendo que a gente pode cuidar disso sozinhos.

Bobo sorriu.

— Esse é o Andy que eu gosto de ouvir! E já sei como vamos fazer isso. Vem comigo.

Ele levou Andy até uma cama vazia, perto das janelas. Embaixo do travesseiro havia duas pistolas compactas de plástico. Andy se lembrou de ter visto na televisão.

— Armas de choque?

— Pode crer. Achei as duas naquela guarita lá fora.

— Você acha que vamos mesmo precisar disso? São dois contra um.

— Não seja covarde — Bobo disse, lhe entregando uma das armas.

Do lado de fora do quartel, chovia forte. Peter já estava na metade da pista de decolagem. Misery tinha desistido de tentar se livrar, mas eles ainda discutiam enquanto andavam. O ar frio combinado com a chuva curou a bebedeira de Andy o suficiente para ele pensar no que estava se metendo. Ele não tinha nada contra Peter, especialmente agora que eles estavam quites — uma ficadinha com Eliza no quarto escuro versus uma ficadinha com Eliza em uma sala escura. Quanto ao soco, Bobo *tinha* mesmo sido um idiota.

— Ei! — Bobo chamou.

Peter se virou.

— O que foi agora, cara?

— A Misery não quer ir embora com você.

— Cai fora, Bobo. Depois ela vai atrás de você, tenho certeza, independente da minha vontade. Só estamos indo pra casa ver os nossos pais.

— Você não vai a lugar nenhum.

Bobo ergueu a arma de choque e disparou.

Não aconteceu nada. Os dois fiozinhos de corrente elétrica ficaram pendurados no cano da arma, igual a duas videiras secas, caídos a um metro e meio de Peter.

Peter olhava incrédulo para os filamentos e para a arma na mão de Bobo.

— Seu idiota de merda — ele xingou e avançou a passos largos. — Eu estava segurando a Misery pelo braço, imbecil. Você podia ter eletrocutado ela também.

— Andy! — Bobo chamou, em busca de reforço.

— O quê?

— Atira nele, cara!

Andy tinha esquecido que estava com a arma de choque. Quando se deu conta, aquilo pareceu um tumor estourando sua pele. Ele não queria atirar em ninguém. Mas, em alguns segundos, Peter estaria perto o suficiente para quebrar os dentes de Bobo.

— Parado — ele falou sem muita firmeza, apontando a arma, mas Peter não escutou ou ignorou. Bobo arremessou sua arma na cabeça de Peter, mas errou feio. Só restavam mais alguns segundos. Se Andy não fizesse alguma coisa naquele momento, seria o fim da sua amizade com Bobo. Ele não tinha outra opção.

Ele mal sentiu o coice. A princípio, Andy achou que Peter estivesse fingindo — tremendo e se contorcendo feito um peixe que tivesse acabado de ser pescado, alguns gemidos escapando de sua boca mole. Então seus joelhos se dobraram e ele caiu de cara no chão. Seu corpo paralisou. Andy largou a arma.

— O que você fez? — Misery gritou, caindo de joelhos ao lado do irmão.

— Ele mereceu — Bobo respondeu. — Agora vamos. Está chovendo muito aqui.

Misery segurou firme os ombros do irmão e conseguiu virar seu corpo para cima. Ela puxou para o lado uma mecha empapada na testa pálida. Um filete de sangue escorria do couro cabeludo e se abria como uma flor por causa da chuva.

— Me deixa em paz, Bobo. Fodeu. Tá tudo fodido.

— O quê? Agora você está brava *comigo*? Só fizemos isso porque ele estava tentando levar você na marra!

Misery nem respondeu.

— Esquece — Bobo disse e voltou sozinho para o quartel.

Andy ainda segurava a garrafa de tequila na mão esquerda. Ele a colocou no chão, perto da cabeça de Peter, então olhou para Misery em busca de algum sinal de compreensão ou perdão. Mas ela só tentava limpar incessantemente o sangue com a manga ensopada da blusa, esperando que seu irmão recobrasse a consciência.

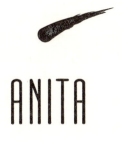

ANITA

A porta se fechou às suas costas. Anita saiu em disparada. Cada pisada do seu tênis no chão molhado parecia um tiro. Ela se escondeu atrás de uma lixeira preta, então espiou através da cortina de chuva.

— Anita! Fala comigo! — Eliza corria tão rápido que acabou escorregando e caindo de bunda. Ela merecia coisa pior. Anita nunca gostou do modo como as pessoas se referiam a Eliza. Aquela palavrinha que consegue ser ao mesmo tempo motivo de vergonha para uma garota e de prestígio para um garoto: V-A-D-I-A. Apesar disso, agora ela murmurava o nome contra a palma da mão, como se fosse uma maldição.

Eliza se levantou, trêmula.

— Tudo bem! — gritou. — Não precisa falar comigo, então! — E saiu andando na direção do quartel.

Anita percebeu que estava chorando, apesar de a tempestade lavar cada lágrima assim que escorria de seus olhos. Ela estava completamente bêbada, como nunca estivera em toda a sua vida, depois de ter virado quase uma garrafa inteira de uísque ao longo da última hora. A Terra girava embaixo de seus pés, revelando a incerteza vertiginosa que sustentava a realidade. Como se o Ardor não fosse prova suficiente de que não havia segurança em nenhum lugar deste maldito planeta condenado, ela tinha acabado de flagrar Andy e Eliza se beijando, seminus. Isso significava que agora eles eram meio que um casal? Será que iam acabar indo para a cama? Provavelmente, uma vez que Eliza era uma completa *vadia* sem vergonha.

Tudo isso era culpa do Peter. Se não fosse tão bonzinho, ele já teria partido para cima de Eliza, se declarado e descoberto a mentira de Andy. Será que o cara não estava vendo que o mundo ia acabar? Não havia mais tempo para ser bonzinho.

Anita permaneceu lá fora, na chuva, por mais alguns minutos, se culpando por algo que nem sabia direito o que era. Seus tremores acabaram se transformando em espasmos violentos. Claro que ela poderia simplesmente ter pegado o carro e ido embora, mas isso seria o mesmo que desistir. Sua presença no centro de detenção era a única coisa que continuava impedindo Andy e Eliza de se casarem e começarem a porra de uma família juntos.

O quartel até que pareceu um lugar aconchegante quando ela estava seca, mas agora parecia frio e úmido. Membros da turma de Golden transitavam bêbados e ameaçadores pelos corredores. Anita precisava curar a bebedeira em algum lugar, de preferência sozinha. Ela tentou abrir um monte de portas até encontrar uma destrancada — uma escada.

— *There's a lady who's sure all that glitters is gold* — Anita cantava enquanto subia os degraus no escuro — *and she's buying a stairway to heaven.**

As janelas do andar superior, muitas das quais tinham sido quebradas pela saraivada de pedras, davam vista para toda a base naval: uma paisagem de concreto rachado e árvores retorcidas, iluminada por descargas elétricas que pareciam luz estroboscópica programada no módulo mais lento possível. A chuva tamborilava uma melodia metálica no telhado. Só depois que já tinha tirado as meias e o suéter, Anita percebeu a luz no fim do corredor. Ela avançou de quatro, mas o piso rangeu, denunciando-a.

— Tem alguém aí? Pode entrar. Eu sou da paz. — Era uma voz de homem, um tom simpático e brando.

---

* "Há uma mulher que tem certeza de que tudo que reluz é ouro, e ela vai comprar uma escada para o céu."

A sala contava com a luz de uma luminária de mesa de vidro verde, colocada sobre o parapeito da janela, e meia dúzia de velas compridas. Atrás de uma mesa grande havia um homem gordo, com bochechas vermelhas e vestindo um uniforme de camuflagem tão grande que daria para fazer uma barraca com ele. Sob a luz bruxuleante, Anita conseguiu ler o nome no crachá: "CAPITÃO MORGAN". Foi o nome que a impediu de dar meia-volta e sair correndo; de algum modo parecia impossível que um homem chamado capitão Morgan pudesse representar uma ameaça. Só depois de ter se acomodado em uma cadeira ela notou a garrafa de rum praticamente vazia sobre a mesa, e o copo quase cheio na mão dele.

— Oi — ele disse.
— Oi.
— O meu nome é Doug Morgan.
— O meu é Anita.
Doug ergueu o corpo numa saudação.
— Como vai, Anita?
— Já estive melhor. E você?
— Eu também. — Ele tomou um gole, como se eles tivessem acabado de brindar.
— O que você está fazendo aqui?
— Boa pergunta. Eu dei a ordem para evacuar, por isso achei que cabia a mim ficar por aqui e cuidar para que ninguém botasse fogo no lugar. Era para eu manter contato com os meus superiores através desse aparelho, mas o negócio quebrou na minha mão ontem. — Ele bateu na lateral de uma caixa verde de metal que se encontrava no pequeno espaço entre a parede e a mesa. Era claramente uma relíquia, carcomida de ferrugem nos cantos e com um fone preto antigo preso em uma das laterais.
— O que é isso?
— É um rádio de ondas curtas. As torres de telefone e celular estão fora do ar, por isso nós voltamos para a Idade da Pedra. — Ele secou o resto do copo.

A simples ideia da ingestão de mais álcool foi o suficiente para o estômago de Anita tentar colocar para fora todo o seu conflito interno. Ela engoliu de volta.

— Sua vez — Doug disse. — Por que você está aqui em cima?

— Não sei direito. Eu só queria um pouco de sossego.

— Entendi. Um momento.

Ele se abaixou para abrir uma das gavetas de baixo da escrivaninha. Os olhos de Anita foram atraídos para um porta-retratos em cima de uma estante — era um daqueles aparatos digitais que ficam mostrando as mesmas fotos várias vezes. Ele mostrava três bebês crescendo, depois indo para a escola, e em seguida apenas dois adolescentes. Mais algumas fotos, somente dos dois, até o ciclo recomeçar e acontecer uma ressuscitação miraculosa.

— Às vezes eu esqueço que a morte já existia antes do Ardor — Anita comentou.

Doug se endireitou, abrindo a tampa de outra garrafa de rum.

— Essa é uma das vantagens da juventude — ele disse.

— São seus filhos nas fotos?

— Sim.

— Você não quer ir pra casa pra ficar com eles?

— Eu adoraria. Mas eles moram com a mãe. Na Califórnia.

— Por quê?

Doug encolheu os ombros largos.

— Porque não existe segundo ato na vida dos americanos — ele recitou as palavras.

— Quem disse isso?

— F. Scott Fitzgerald. Você conhece?

— Eu li *Gatsby* na aula de inglês.

— Gostou?

Anita tentou se lembrar da ficha de leitura que tinha feito sobre o livro.

— Mais ou menos. Tinha um monte de coisas bonitas, mas eu não gostei do modo como ele escreveu sobre as mulheres. Tive a impressão de que ele não tinha muito respeito por elas.

Doug reconheceu isso com outro brinde solitário; o rum espirrou para fora do copo, deixando manchas avermelhadas sobre os papéis que estavam na mesa.

— É uma interpretação justa, Anita. Para ser honesto, eu também não gostei muito. Nunca fui muito de ficção, mas tenho respeito pelo personagem. O Gatsby tinha um objetivo, e tudo que ele fez foi para alcançá-lo. Isso é admirável, mesmo que seja um objetivo idiota.

Isso fez Anita se lembrar do seu objetivo idiota. Ela se daria por satisfeita se conseguisse compor algumas músicas antes do fim do mundo. Até poderia ter atingido esse objetivo se não tivesse se distraído com a história do resgate. E para quê? Pela chance remota de o seu altruísmo ser recompensado com amor? Patético. A verdade trágica era que em algum ponto, sem notar, Anita tinha trocado seu sonho idiota por algo ainda mais idiota: um garoto que não a queria.

— Sabe o que é mais engraçado sobre essa fala, sobre o segundo ato? — Doug indagou.

— O quê?

— Ela nunca foi publicada. Fitzgerald escreveu esse grande livro, certo? E foi o final do seu primeiro ato. Depois disso ele começou a beber muito, traiu a esposa e basicamente ferrou com todas as oportunidades que teve. E essa fala vem de um livro que ele tinha esperança de que fosse mudar tudo. O livro que ia proporcionar a ele o seu segundo ato. Só que ele morreu antes de terminar. Por isso o livro não teve um segundo ato, nem ele.

Uma onda de luz bruxuleante iluminou a gota que escorria pelo queixo com a barba por fazer do capitão Morgan.

— Você está bem? — Anita perguntou.

— Eu? — Ele riu. — Eu estou bem. Estou nas nuvens. É com você que estou preocupado. Com a sua geração. Olhe para você. Tão jovem, bonita e cheia de... vida. Você merece um segundo ato.

Anita se levantou e contornou a mesa. Talvez tenha sido por causa do que Andy tinha feito com Eliza, ou talvez porque Doug disse que ela era bonita e ela estivesse precisando ouvir isso. Seja lá qual tenha sido o motivo, pareceu ser a coisa certa a fazer. Ela se inclinou e beijou os lábios com gosto de rum.

— Quem disse que o fim do mundo é tão ruim assim? — ele comentou, sorrindo. Então se levantou da cadeira com um gemido e foi até um armário no canto da sala. — Você está ensopada, minha querida. — Procurou em meio a uma pilha de uniformes verdes e jogou um para ela. — Use com orgulho.

— Obrigada. Quanto tempo você acha que nós vamos ficar aqui?

— O gerador deve desligar antes de o sol raiar. Depois disso todos vão embora.

Perto do rádio de ondas curtas havia outro tradicional, que imitava um rádio antigo, ou talvez fosse antigo mesmo, com uma tela de metal marrom sobre o alto-falante e uma caixa de madeira arredondada. Doug ligou o aparelho. A barra de frequência acendeu no mesmo tom amarelado da luz das velas. Ele girou o seletor, passeando pelas ondas estáticas, até encontrar uma voz solitária, destacando-se trêmula de um grupo distante de backing vocals e uma orquestra fantasmagórica:

— *I don't want to set the world on fire...**

— Ainda tem alguém lá fora — Anita falou.

— Isso é quase suficiente para dar esperança a um homem.

— Quase.

— Foi um prazer conhecer você, Anita.

— O prazer foi meu, Doug.

Depois que a porta se fechou às suas costas, ela trocou as roupas molhadas pela farda. Estava seminua quando um relâmpago revelou que não estava sozinha no corredor: Eliza se encontrava parada no topo da escada.

— Oi — disse Eliza.

Anita terminou de abotoar a camisa folgada.

— Oi.

— Eu segui você até aqui, alguns minutos atrás. Espero que não se importe. Eu queria conversar, mas aí percebi que você estava lá dentro com o capitão Morgan, por isso achei melhor esperar vocês terminarem.

— Você conhece o capitão?

— Um pouco. Mas escute: o que você viu lá embaixo, com o Andy... Aquilo foi um erro.

---

* "Eu não quero botar fogo no mundo..."

— Eu sei.

— Eu estava muito bêbada... Acho que ainda estou... E o Peter tinha acabado de me acusar de ter um namorado ou algo assim e me deu um fora, o que mexeu muito comigo. Por isso eu fiz uma bobagem, e peço desculpas por isso.

— Por que você está me pedindo desculpas? — Anita perguntou. — Por que eu iria me importar com o que você e o Andy fazem?

Eliza franziu o cenho.

— Não tenho certeza. Mas acho que você se importa. Estou errada?

A música ainda escapava baixinho por baixo da porta do capitão Morgan:

— *I just want to start a flame in your heart.**

— Não saia daí — Anita pediu. — Eu vou dar um jeito nisso.

Anita ficou com receio de chamar muita atenção se voltasse para a festa vestindo uma farda militar, mas ninguém notou. Ela viu Andy antes que ele a visse.

— Onde você estava? — ele perguntou. — Aconteceu uma coisa incrível. Eu fiquei com a Eliza. Foi inacreditável. — A empolgação dele doeu como uma faca girando dentro do coração.

— E você contou pra ela o que disse para o Peter?

— Tá brincando? Claro que não! Falando nisso, deu merda com ele lá fora. Ele deu um soco no Bobo. Do nada. Por isso eu precisei dar um choque nele. Foi a maior confusão.

— O Peter deu um soco em alguém, do nada? — Anita percebeu a pontinha de remorso nos olhos de Andy. — Aposto que foi por alguma coisa que o Bobo fez, não foi? E depois ele ficou puto, e você fez o que ele mandou. Como sempre.

— O Peter ia dar uma surra nele! O que eu devia ter feito?

— Deixado ele dar a surra. Deixado o Bobo receber o que merece. Porque ele é um babaca, Andy, assim como você. — Andy pareceu magoado,

---

* "Eu só quero acender uma chama no seu coração."

mas isso só irritou ainda mais Anita. — Vamos ser francos. Você acha mesmo que a Eliza queria ficar com você? Eu vou ser direta: ela não quer. Você era só o corpo quente mais próximo. E o mais engraçado é que ela nem significa nada pra você também! Você só está preocupado em ganhar a aposta! — Seu desejo era que ele gritasse de volta, mas ele ficou ali parado, envergonhado feito um cachorro flagrado mordendo as almofadas do sofá. — Qual a vantagem disso, hein? Será que transar com a Eliza vai, de alguma maneira, te proteger do que vai acontecer?

— Ela é tudo que eu tenho — ele sussurrou.

E esse foi o golpe mais cruel de todos.

— *Ela?* Tudo bem. Então eu lavo minhas mãos. Pra mim chega. Onde está o Peter?

— Lá fora, na pista.

— Você deixou ele na chuva?

— A Mis está lá com ele. Espere, por que você quer ver o Peter?

Mas Anita já tinha ido embora. Lá fora, suas roupas sequinhas ficaram ensopadas em segundos. Ela avistou um ponto azul-escuro no meio da pista de decolagem — Misery estava sentada de pernas cruzadas com a cabeça de Peter apoiada no colo. Ela segurava uma garrafa de tequila pelo gargalo, ameaçadoramente, enquanto Anita se aproximava.

— Sou eu — Anita disse.

Mesmo assim, Misery não baixou o braço.

— Você veio terminar o serviço?

Peter tocou o cotovelo da irmã, tentando fazê-la abaixar a garrafa.

— Ela é minha amiga, Mis.

Anita caiu de joelhos.

— Peter, o Andy nunca namorou a Eliza. Ele mentiu. Eu não desmenti antes porque... bem, não importa agora. Mas essa é a verdade. Ela gosta de você. E está te esperando no segundo andar. A escada fica logo depois do dormitório.

Ninguém disse nada por uns quinze segundos. Então, Peter abriu um sorrisinho quase imperceptível e ficou em pé, mas quase caiu sentado.

— Você não vai entrar lá outra vez — Misery alertou. — Não é seguro.

Peter pegou a garrafa de tequila da mão dela e saiu andando na direção do quartel.

Misery olhou para Anita.

— Espero que esteja feliz.

— Não se preocupe. Não estou.

Pelo menos estava feito. Eliza e Peter poderiam se entender se quisessem — mesmo que isso não trouxesse nada de bom para eles.

Anita deixou a base naval pelo portão principal, depois pegou seu carro e saiu a esmo, até não conseguir mais enxergar a estrada, por causa da chuva e das lágrimas. Então parou no acostamento e deitou o banco. Por que não dormir ali mesmo? Não havia mais nenhum lugar no mundo que pudesse ser chamado de lar.

A chuva estava diminuindo. Dentro de algumas horas, o sol iria nascer novamente. Faltavam menos de duas semanas agora, mas Anita não se importaria se o Ardor caísse em cima do seu carro naquele momento. Que motivo ela tinha para continuar vivendo? Andy nunca iria perdoá-la por ter contado a verdade, mesmo que no fundo ele soubesse que aquele seu desafio estúpido estava fadado ao fracasso desde o começo. Era o fim da sua primeira amizade verdadeira, e de alguma possibilidade de algo além de amizade. Além disso, era o fim da música que eles tinham feito juntos, a única coisa que tinha dado algum sentido a sua vida nessas últimas semanas desesperadoras.

Anita não pediria uma segunda chance ao universo, assim como não pediria um segundo ato. Agora ela sabia que ninguém tinha direito a nenhum dos dois.

PETER

Peter estava se afogando. Ele tentava afastar a água, mas ela continuava vindo, pesada como uma pedra. E agora alguma coisa o segurava pelos pulsos, fazendo-o afundar ainda mais. Ele ia morrer ali...

— Peter!

Ele abriu os olhos. Não estava se afogando, então: era apenas a chuva.

— Samantha — ele disse e deixou seus músculos enrijecidos relaxarem. Sua cabeça estava apoiada no colo da irmã. — Eu levei um choque. Foi isso mesmo?

— Sim.

— Minha cabeça está doendo.

— É porque você caiu de cabeça no chão. Espera. — Misery enrijeceu. — Quem vem vindo ali?

Alguém estava cruzando a pista, vindo da direção do quartel. Parecia um soldado. Misery pegou a única arma que estava à mão — uma garrafa de tequila — e a segurou pelo gargalo como se fosse um martelo.

— Você vai jogar tequila nele? — Peter perguntou.

— Por que não? Eu tenho uma boa pontaria.

O soldado, ofuscado pela chuva, finalmente chegou perto o suficiente para que eles conseguissem distinguir o contorno do rosto. Era Anita Graves, vestindo uma farda.

— Sou eu — Anita disse.

— Você veio terminar o serviço? — Misery perguntou.

Peter tentou fazer sua irmã baixar a garrafa.

— Ela é minha amiga, Mis.

Anita respirou fundo, como se estivesse prestes a tentar levantar uma geladeira do chão.

— Peter, o Andy nunca namorou a Eliza. Ele mentiu.

Peter escutou vagamente o restante do que Anita falou. Se não estivesse com a cabeça latejando, teria dado um tapa na própria testa. Claro que Andy e Eliza não estavam namorando! O punkzinho só tinha dito aquilo para tirar Peter do caminho. Foi uma tacada desonesta, deveria ter deixado Peter muito puto (isso sem falar no lance com a arma de choque). Mas como ele poderia ficar bravo agora que o caminho finalmente estava livre?

Ele pegou a garrafa de tequila e tomou uma golada, para amenizar a dor e se encher de coragem. Misery tentou impedi-lo de voltar para o quartel, mas nada no mundo iria detê-lo agora. Foi preciso se conter para não sair correndo pelo dormitório. Apesar de quase todos já estarem bêbados a ponto de não reconhecerem nem os próprios pais, Peter tentou passar despercebido, andando discretamente pelos cantos escuros. Chegou a sentir um pouco de tontura na escada, mas conseguiu subir sem desmaiar.

No andar de cima, estava tocando uma música chiada dos anos 20. Peter tomou o último gole da garrafa e a largou no chão.

— Eliza?

Mal dava para vê-la sob a luz do luar encoberto pelas nuvens. Apenas alguns raios prateados delineavam seu rosto e seus braços.

— Peter.

— Essa música... Tem mais alguém aqui?

— Só o capitão Morgan. Ele é legal.

— Ele pode ouvir a gente?

— Talvez. Vem por aqui.

Ele a seguiu até uma sala vazia e fechou a porta.

— Eliza, desculpa pelo que aconteceu. O Andy me falou que vocês estavam juntos.

— Eu não tô nem aí. — Ela se aproximou dele.

— Mas foi por isso que eu agi feito um idiota.

— Tudo bem. — Mais um passo.

— Porque eu pensei que você tivesse namorado.

— Tudo bem. — Mais um passo.

Eles estavam muito próximos agora. Perto dela, ele se sentiu gigantesco e desajeitado. Peter ergueu o braço e tocou o rosto dela.

— Eu não agi certo esta noite — Eliza disse. — Fiz umas bobagens. — Ele se abaixou para beijá-la. — Tô falando sério, Peter.

— Não tem nada que você possa ter feito que faça alguma diferença pra mim agora.

— Declaração importante.

— Quer uma declaração importante? Eu estou apaixonado por você há um ano.

Ela riu.

— Não venha com essa palavra para o meu lado. Você mal me conhece. E nós provavelmente vamos estar mortos daqui a alguns dias.

— É por isso que eu estou te contando isso agora.

— Essa foi a coisa mais cafona que eu já ouvi — ela respondeu, mas ele sentiu o sorriso na palma de sua mão, e então em seus lábios, quente e familiar, inevitável e profundo: a colisão mais doce que ele experimentaria.

— Eu gosto de pensar que tudo no universo é um evento. Você, Peter Roeslin, não passa de um evento. Assim como eu. E você e eu, aqui e agora, é outro evento. Uma montanha é apenas um evento, não uma coisa. É assim que o tempo se manifesta.

— Isso devia ser reconfortante?

— Pra mim é.

— Mais reconfortante que isso?

— Humm. Isso é bom. Mas o beijo também não passa de um evento.

— Então esse evento acabou? É melhor a gente levantar?

— Ainda não.

— Mas já amanheceu. A música parou. Todo mundo já deve ter ido embora.

— Só mais dez minutos e vou estar pronta pra pensar nisso tudo. Agora conversa comigo. Me conta alguma coisa. Sobre você.

— Tipo o quê?

— A coisa mais horrível que já te aconteceu. Antes de tudo isso, claro.

— Sério? É isso que você quer saber? A coisa mais horrível?

— A gente não tem tempo pra ir devagar, Peter. Quantas conversas a gente ainda vai ter? Vinte? Trinta? A gente precisa mergulhar de cabeça agora.

— Acho que é verdade. Mas não sei o que contar.

— Claro que sabe.

— Acho que isso também é verdade.

— Então...?

— O meu irmão. O meu irmão mais velho.

— O que aconteceu com ele?

— Ele, hum... morreu.

— Como?

— Acidente de carro. O melhor amigo dele estava dirigindo. Ele saiu voando pelo para-brisa.

— Ele era muito mais velho que você?

— Seis anos. E você? Qual a sua coisa mais horrível?

— O meu pai está morrendo.

— Sinto muito.

— Obrigada.

— Seus pais ainda estão juntos?

— Não. A minha mãe mora no Havaí com um cara. A gente não se fala. A gente, hum... merda. Desculpa.

— Ei. Tá tudo bem.

— Não sei por que eu tô perdendo o controle agora. É que... ela ficou tentando falar comigo, antes de os telefones pararem de funcionar. Eu nem escutei as mensagens. Tinha umas cem.

— Tenho certeza que ela entende. E você ainda tem tempo.
— Não, não tenho.
— Pode ser que tenha.
— Vamos mudar de assunto, ok? A pior coisa que você já *fez*.
— A pior coisa?
— Que você já fez, sim.
— Hummm.
— Você nem consegue pensar em nada, né? Sr. Certinho...
— Claro que eu consigo. É que é estranho falar.
— Fala logo.
— Foi com você.
— Comigo? Você está falando do que aconteceu no laboratório no ano passado? Aquilo foi a pior coisa que você já fez?
— A mais desonesta de todas. Por que você está rindo?
— Desculpa. Mas é muito fofo.
— A Stacy não achou.
— Tenho certeza. Você não vai me perguntar?
— Não sei se quero saber.
— Eu beijei o Andy, Peter. Ontem à noite. Eu estava muito bêbada, e você tinha acabado de me dar um fora. E eu sabia que ele estava a fim de mim. Ele é um cara legal, só é um pouco ferrado. Como todos nós.
— Sim. Provavelmente eu teria feito o mesmo que ele. Quer dizer, se eu te amasse e você não retribuísse esse amor.
— Sabe de uma coisa? Você não faria. Acho que você é a única pessoa boa de todo o karass. Ou você e a Anita, talvez. Ainda não estou muito certa quanto a ela.
— Karass?
— Ah, é um lance do Andy. Quer dizer, é um lance do Kurt Vonnegut. É um grupo de pessoas que estão conectadas, mas, tipo, no nível espiritual. O Andy acha que todos nós fazemos parte de um grande karass.
— Eu também? Até que é legal.
— Sim, aquele cara é um anjinho. Mas, enfim, estou feliz que você não tenha ficado bravo.

— Não.
— Então eu acho que vou te contar outra coisa. Eu fiquei com mais uma pessoa aqui no centro de detenção. Eu não tinha com quem conversar, não sabia se ia te ver de novo, e não rolou sexo nem nada, mas eu tô me sentindo muito mal porque...
— Eliza.
— Sim?
— Você está aqui comigo agora, certo?
— Sim.
— Só isso importa.
— Sério? Tem certeza? Porque eu tô falando de um ato de pura piranhagem.
— Não fala assim. Todos nós fazemos o que é necessário pra sobreviver, certo?
— Acho que sim.
— A única coisa que eu vou dizer é que talvez você se sinta melhor se pedir desculpa.
— Eu pensei que tivesse pedido. Você quer por escrito?
— Não pra mim.
— Pra quem, então? Pro Andy?
— É.
— Você quer que eu peça desculpa pro cara que mentiu pra você? O cara que deu um *choque* em você?
— Você beijou o Andy. Deixou ele acreditar que você estava a fim. Eu sei como me sentiria se você tivesse feito a mesma coisa comigo e depois acabasse ficando com outro. Por que você está me olhando assim?
— É que você é tão bonzinho. É um pouco difícil de acreditar.
— Eu não sou tão bonzinho assim. Eu tenho pensamentos terríveis.
— Mas são só pensamentos. O restante de nós faz mais que pensar. Peter, você é uma pessoa religiosa?
— Sim.
— É do tipo cristão?
— Sou do tipo cristão.

— Sério? Isso é muito louco!

— Por quê?

— Sei lá. Só acho que é.

— Ok.

— Você ficou ofendido.

— Não.

— Ficou sim.

— Não fiquei. Mas você quer saber *por que* eu acredito ou não está interessada?

— Conta, reverendo Roeslin.

— Tem certeza? Eu posso te converter, aí você vai ter que começar a ir à igreja, rezar antes das refeições e tudo o mais. Vai estragar suas noites de sábado.

— Estou disposta a correr o risco.

— Certo. Antes de Jesus as pessoas cultuavam vários deuses, e era preciso fazer coisas pra eles, tipo sacrificar carneirinhos ou sei lá o quê, caso contrário os deuses não fariam as plantações crescerem. Depois, todos esses deuses viraram um só Deus, o que simplificou as coisas, mas ele ainda tinha muitas regras, por exemplo: você não podia amar ninguém mais do que a ele. Aí apareceu Jesus, e ele era só um cara, mas as pessoas tiveram permissão pra amá-lo. Entendeu?

— Não muito.

— Jesus mostrou que a gente pode amar as *pessoas*. Então não é questão de religião. É uma questão de...

— Humanismo.

— O que é humanismo?

— É o que você está falando.

— Ah. Legal.

— Muito bem. Você me convenceu. Quer dizer, eu não vou abrir mão de assistir meus desenhos animados nos domingos de manhã, mas vou permitir que você continue com as suas crenças.

— É muita generosidade sua.

— De nada.

— É melhor a gente ir.

— Vamos ficar só mais um pouquinho. Só mais um pouco disso...

— Espera. Eu preciso perguntar uma coisa.

— Pergunta enquanto eu te beijo...

— É importante! Para com isso!

— Beijos e perguntas importantes não são mutualmente excludentes, Peter.

— Escuta um segundo. Essa sua filosofia, de que tudo não passa de um evento, significa que o Ardor é só um evento também?

— Sim.

— A morte?

— Sim.

— O amor?

— Sim.

— Ainda não me convenceu. Isso faz tudo parecer meio sem sentido.

— Bom, sejamos realistas. Se o Ardor cair, vai ser o fim pra mim e pra você. Se não cair, então eu vou pra Nova York daqui a alguns meses, e você vai pra Stanford. E você realmente não me conhece se está pensando que a gente tem futuro num relacionamento a distância. Portanto, sim, isso é só um evento.

— Fantástico. Isso é fantástico, porra.

— Peter? Peter, não se afaste assim. Não tem motivo pra se estressar com isso.

— Então qual é o sentido disso aqui? Eu tenho alguma importância pra você?

— Claro que sim! Eu não estou dizendo que esse evento tem menos importância que qualquer outro.

— O que significa que pra você nenhum evento tem a menor importância. Só que pra mim tem!

— Tudo bem, pense de outro jeito. Isso também significa que nós dois estarmos juntos aqui, nesta sala, é tão importante quanto uma montanha. É tão importante quanto essa merda de fim do mundo.

— É?

— Então volta pra cama.

— Você quer dizer pro chão?

— Cama, chão... que diferença faz? Volta pra mim.

— Tudo bem.

— Agora me beija mais uma vez, Peter.

— Tá.

— Mais uma.

— Tá.

— Mais uma.

O quartel estava vazio, exceto por algumas pessoas que tinham ficado para trás por questão de necessidade física. Peter deu uma olhada rápida, mas não viu nenhum conhecido. Foi o primeiro golpe lançado contra sua felicidade recém-descoberta, isso porque fazia apenas alguns minutos que ele tinha levantado. Misery tinha ido embora. Ele esperava que ela tivesse conseguido carona para casa. Não fazia a menor ideia do que ia falar para seus pais se aparecesse sem ela. "Desculpem. Eu me distraí transando com aquela garota com quem traí a Stacy no ano passado. Vocês vão adorar a menina."

Lá fora, o céu era uma lousa branca. O ar tinha aquela claridade pós-tempestade. Peter só largou a mão de Eliza para entrar no Jeep.

— Eu preciso ir pra casa — Eliza disse. — Quero ver o meu pai.

— Eu também preciso. — Ele colocou a chave no contato, mas não girou. — Sabe o que é mais esquisito? Depois de ontem à noite, eu meio que pensei que tudo tinha terminado. Achei que, se eu ficasse com você, tudo ia acabar bem. Você pensou a mesma coisa?

Ela apertou a mão dele.

— Você vai me amar menos se eu disser que não?

— Um pouco, talvez.

— Então, sim. Eu pensei a mesma coisa.

No caminho para a casa de Eliza, eles foram parados por um policial em uma viatura desgastada. Parecia que ele não se barbeava havia uma semana, nem dormia, talvez. Os dois foram instruídos a permanecer no lugar para onde estivessem indo.

Mas isso era mais fácil de falar do que de fazer. Assim que Peter entrou na rua de Eliza, ela abriu a porta do carro, gritando desesperada. Se ele não tivesse pisado no freio, provavelmente ela teria pulado do carro em movimento. Peter soltou o cinto de segurança e correu atrás dela, na direção do esqueleto queimado do que antes era um prédio de três andares.

Fitas amarelas da polícia bloqueavam a entrada do prédio, agora sem porta, como uma teia de aranha gigante. Eliza arrancou o lacre, revelando o interior devastado. Absolutamente tudo estava chamuscado e destruído; o teto acima da escada tinha desmoronado em uma pilha de madeira queimada e alvenaria escurecida.

— O meu pai estava lá em cima.

— Tenho certeza que ele está bem — disse Peter.

Eliza se virou para ele.

— Você não tem como saber! Eu devia ter voltado pra casa assim que fui libertada! Onde eu estava com a cabeça?

— Esse incêndio aconteceu há um dia no mínimo, Eliza. Não teria feito diferença.

— Mas e se eu não conseguir encontrá-lo? E se eu nunca mais vir o meu pai?

Peter não sabia o que dizer. Tudo o que podia fazer era abraçá-la naquele leito de cinzas.

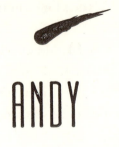

ANDY

— Joga!

Os olhos de Bobo se transformaram em um par de asteroides ardentes, refletindo a chama do coquetel-molotov. Ele estava tão bêbado que quase não acertou o alvo. O gargalo da garrafa atingiu a beirada da janela, mas a força cinética se encarregou de levá-la para dentro da loja. A garrafa caiu perto de uma pilha de tijolos de montar e bonequinhos de plástico que estava no outro extremo. Uma porção de bonecos do Bob Esponja começou a enrugar e escurecer, soltando uma nuvem de fumaça química. A garrafa explodiu. Momentos depois, o fogo sentiu o cheiro da gasolina que eles tinham esparramado pelo chão. Labaredas alaranjadas consumiram as prateleiras dos jogos de tabuleiros coloridos e cubos mágicos. Da calçada, eles ficaram vendo o lugar se acender como se fosse um rojão gigante.

— A virtude precisa de um pouco de emoção — Bobo disse.

Andy reconheceu a citação.

— Calvin e Haroldo.

— Acertou em cheio.

Eles voltaram para a "casa da sogra" com os faróis acesos, sem medo de nada. Já tinha passado da hora do toque de recolher, mas praticamente não havia mais policias na ativa nos últimos dias; por que arriscar a vida para tornar o mundo um lugar um pouquinho mais seguro por mais alguns dias?

— Eu sei que pode ser um tema delicado — Bobo começou —, mas, agora que você dançou com a Eliza, como vai conseguir se dar bem?

— Quem disse que eu dancei com a Eliza?

— Bom, já faz mais de uma semana que vocês ficaram, e você não viu nem falou com ela. Além do mais, o mundo vai acabar na terça. Tudo indica que as chances de você pegar a Eliza são as mesmas que eu tenho de pegar a Taylor Swift.

— Essa é a sua opinião.

— A opinião de um gênio.

Andy não tinha contado para Bobo toda a história da manhã seguinte à festa. Que ele tinha procurado Eliza por toda parte, na esperança de terminar o que tinham começado no banquinho do piano. Que encontrou a escada que conduzia ao andar superior. E então a encontrara dormindo sob a luz pálida do sol nascente, aninhada no peito de Peter. E que quase não conseguiu voltar para o corredor antes de cair de joelhos e vomitar tudo o que tinha bebido a noite toda — uma cascata de ódio, tristeza e raiva que vinha de dentro e parecia não ter fim. Ele achou que fosse morrer engasgado com aquilo, com a dura verdade que tentara ignorar durante toda a sua vida: não importava quanto quisesse ou tivesse tentado, ele nunca seria merecedor do amor de ninguém.

Mas ele não engasgou. E, quando ficou de pé novamente, parecia que tinha acabado de ser batizado pela amargura — a religião de Bobo e Golden e de todos os que tinham descoberto que nada mais importava ou fazia sentido. O karass tinha chegado ao fim. Misery o odiava. Peter o odiava. Eliza o odiava. Anita o odiava. Só restavam ele e Bobo.

A dupla passou os dois dias seguintes vagando sem rumo pela cidade e fumando o resto do estoque de maconha de Bobo. Numa noite, a alguns quarteirões da casa de Andy, encontraram uma casa que tinha acabado de ser incendiada. Flores vermelhas de fogo brotavam das janelas, e o telhado era uma imensa coroa laranja e dourada.

— Até que é bonito — Andy comentou.

— É.

— Se o Ardor cair, o mundo todo vai ficar assim. Poderia ser pior.

No dia seguinte, eles começaram a fazer seus próprios arranjos de flores. O primeiro alvo foi uma livraria cristã em Greenlake. Diga o que quiser da Bíblia, mas ela serviu direitinho para acender o fogo. Eles ficaram assistindo ao inferno arder por uma hora, passando uma garrafinha de Jack Daniel's um para o outro e cantando músicas do Pogues. Andy mal podia acreditar no tempo que o fogo levou para consumir tudo. Na sua cabeça, era quase como se eles estivessem libertando de alguma forma o mundo material, como se cada objeto tivesse um desejo secreto de transcender sua forma física e se transformar em luz e calor, mesmo que por alguns segundos apenas. Era como se, enquanto tudo queimava diante de seus olhos, partes de seu ser queimassem junto — todas as decepções, os arrependimentos, até mesmo as más recordações (por exemplo, coisas vistas no andar superior do quartel de uma base naval). Durante sua breve experiência como incendiário profissional, Andy acabara se preocupando bem menos com o fim do mundo. Afinal, ele tinha se tornado um agente do apocalipse. Nada se comparava à sensação de dar as costas para algo em chamas, ciente de que aquilo iria se desintegrar até virar pó novamente, como aconteceria com tudo no fim.

Não era apenas o mundo físico que eles estavam queimando. Era o tempo. Tinham se passado seis dias desde o fim do protesto. Isso significava que faltavam apenas sete dias para o fim.

— Uma semana inteira sem sexo não está certo — disse Bobo. — Eu não vou deixar você morrer igual à Virgem Maria. Hoje à noite nós vamos esquecer a Misery e a Eliza.

— E como nós vamos fazer isso?

— No Independent, cara. O Golden vive cercado de garotas que topam tudo.

Desde o fracasso do desafio, Andy tinha parado de se preocupar se ia ou não conseguir dar uma antes da chegada do Ardor. Para completar, ele não estava nem um pouco a fim de encontrar aqueles bandidinhos no centro da cidade só para isso. Mas também não tinha vontade de fazer mais nada.

— Por que não? — respondeu. — É bem melhor que ficar sentado aqui.

O lar e local de trabalho de Golden era conhecido por todos que compravam seus produtos: o Independent, um dos prédios mais velhos de Seattle — aluguel barato, mas com sua marca de glamour decadente. Normalmente o nome do edifício era iluminado com neon verde vibrante acima do toldo na porta da frente, mas, sem eletricidade, os tubos jaziam mortos e cinzentos. A recepção tinha milhares de velas brancas compridas. O teto alto, com seus arcos, a lareira extravagante de mármore, uma porção de quadros sombrios e sofás de veludo conferiam ao lugar um clima gótico. Até que seria elegante, não fosse o fato de cada objeto e cada superfície sustentarem uma espessa camada de pó. Os sofás eram velhos e carcomidos de traças, os tapetes orientais estavam desfiados, o assoalho, riscado e com o verniz descascando.

— Onde será que está todo mundo? — Andy perguntou.

— Não sei. Lá em cima, provavelmente.

Os elevadores não estavam funcionando, mas havia uma ou duas velas acesas em cada lance de escada, como se fossem sinalizadores. Andy abriu a porta que saía no telhado e foi atingido por uma rajada de ar frio.

— Puta merda — disse Bobo.

Uma sala de estar improvisada tinha sido montada lá fora: sofás velhos, mesinhas de centro e pufes — mobília essa muito provavelmente retirada dos apartamentos abandonados do próprio prédio. Havia uma fileira de aquecedores a gás, brilhando com sua luz alaranjada. Um gerador enorme estava protegido por uma tenda branca, e dele saíam cabos conectados a um aparelho de som e algumas caixas em tripés. Bem ao lado da escada, um cara com uma barba ruiva comprida e uma camiseta do Slayer estava de pé, fumando.

— Bleeder? — Andy chamou.

O vocalista da banda Bloody Tuesdays sorriu.

— Andy? E Bobo! O que mandam? — Eles se cumprimentaram com batidas de punhos. — Bem-vindos ao lar! Ainda deve ter umas cervejas no isopor.

— E meninas? — Bobo perguntou. — Sobrou alguma?

— Pode crer.

— Beleza.

— Ei, legal vocês estarem aqui. Vocês estão metidos nesse negócio que vai rolar no aeroporto da Boeing, certo?

Por um momento, Andy não fazia a menor ideia sobre o que Bleeder estava falando. Ah... a Festa do Fim do Mundo — outra boa ideia que também não ia dar em nada.

— Acho que foi cancelado — ele disse.

Bleeder pareceu realmente decepcionado.

— Sério? Eu convidei a minha irmã que mora na Califórnia. Todo mundo falou que ia ser animal.

— Não sei o que dizer, cara. Mas é o que é.

Eles seguiram em frente, passando por nuvens de fumaça de maconha, entrando e saindo dos anéis de calor irradiados pelos aquecedores. Golden estava na beiradinha do telhado, olhando através de um telescópio — um daqueles profissionais, parrudos, em vez dos fininhos mais comuns — apontado para um foco de incêndio próximo à água.

— A coisa tá pegando lá embaixo. Juro que eu vi um cara se jogando da janela. — Ele ergueu os olhos da lente. — O que tá rolando, caras?

— Nada de mais — Bobo respondeu. — A gente tá a fim de uma festa.

— Então vocês vieram ao lugar certo.

Andy olhou ao redor. Havia umas cem pessoas ali, mas a maioria estava muito chapada para qualquer tipo de festa. Na verdade, o cenário parecia um pouco triste.

— E aquela sua namoradinha, Bobo? Ela sabe que você tá solto na noite?

— Ela tá puta da vida comigo.

— Por quê?

— Lembra do irmão dela? Aquele cara que a gente encontrou no Cage?

— Claro. O grandão.

— Isso. Rolou uma briga e eu ganhei. A Misery não gostou muito.

Golden riu.

— Aposto que não.

— Então acho que a gente terminou.

— Simples assim? Não, cara. Você precisa falar pra ela que só fez o que precisava fazer. Faça ela entender.

— Eu tentei.

— Tenta de novo. — De repente, Golden pulou em cima da mureta do telhado. — Sobe aqui comigo. Vocês dois.

Andy soltou uma risada nervosa.

— Estamos a uns quinze andares de altura, cara.

Golden apontou diretamente para o Ardor.

— Daqui a uma semana aquela merda vai esmagar a sua cabeça. Do que você está com medo?

Bobo subiu primeiro. A borda tinha uns sessenta a oitenta centímetros de largura e estava escorregadia por causa da chuva. O estômago de Andy foi revirando enquanto ele subia devagar. Nem parecia que estava ventando tanto, mas, no beiral, cada brisa que soprava parecia uma mãozinha tentando empurrá-lo.

Golden respirou fundo.

— É por isso que eu amo aquele asteroide — ele disse. — A gente passa a vida inteira na beira de um precipício, mas todo mundo finge que não percebe. Todo mundo trabalhando, guardando cada centavo, tendo filhos, e basta um empurrão... pra tudo ir abaixo. Parecia que eu era o único que enxergava isso. Mas agora não. Agora todo mundo tá aqui no alto, comigo.

Ele voltou os olhos azul-acinzentados para Bobo.

— Você não vai querer ir embora deste mundo com arrependimentos. Se tiver alguma coisa que queira fazer, faça. Desafie a sua vida e mostre pra ela que você existe. Você entende o que eu tô dizendo?

Bobo assentiu.

— Cem por cento, cara.

Andy tremeu, e não sabia ao certo se tinha sido por causa do vento, ou da chuva, ou por medo de que Bobo tivesse de fato entendido o que Golden quis dizer.

Golden levou as mãos em formato de concha à boca e gritou para a cidade enegrecida:

— Eu existo, porra! Repita comigo!
— Eu existo! — Bobo disse.
— Eu existo, porra!
— Eu existo, porra!
— Outra vez!
— Eu existo, porra!
— Outra vez!
— Eu existo, porra!

Os dois ficaram repetindo isso, e então o chamado começou a vir de todos os lados, repetido por todos que estavam no telhado, como se fosse um grito de guerra. Mas, por algum motivo, Andy não conseguiu se juntar a eles.

ELIZA

Quando acordou, ela não sabia onde estava. Uma cama de campanha com lençóis de flanela listrados. Um teto baixo cheio de adesivos de estrelas que brilham no escuro, todas pintadas de preto, menos uma — o Ardor tinha sido pintado com esmalte azul cintilante. Nas paredes havia vários pôsteres de bandas: The Cramps, Misfits, Velvet Underground. Seria o quarto de um garoto? Não. Havia uma penteadeira no canto, cheia de colares de miçangas baratas, e sobre ela uma caixa de maquiagem.

Na cama de solteiro, perto da janela, dormia uma garota de cabelos flamejantes: Misery.

Então, tudo começou a vir à tona — a noite com Peter no quartel, a casa onde ela tinha sido criada queimada até o chão, ela seguindo atordoada de tristeza para a casa de Peter e depois a situação constrangedora de ser apresentada aos pais dele. Eles foram muito simpáticos, mas insistiram que Eliza e o filho dormissem em quartos separados. Ela pensou em escapar para o quarto de Peter durante a noite, mas foi vencida pelo cansaço, e o cochilo se estendeu pela noite. Nem tinha tirado o macacão da prisão ainda.

O closet de Misery parecia um bazar do Exército da Salvação: camisetas tão velhas que mal dava para ler o que estava escrito, moletons com buracos nas mangas e desfiados nos punhos, jeans tão esgarçados que mais pareciam redes de pesca. Eliza combinou uma camiseta do Iron Maiden (da turnê mundial de 1988) com uma saia de couro vermelha e meia-calça preta, e esperou que Peter não achasse esquisito vê-la vestida com as roupas de sua irmã caçula. Ou talvez fosse um bom sinal se ele *achasse* esquisito.

Ela desceu a escada acarpetada e entrou na cozinha. A mãe de Peter estava no fogão, despejando uma porção de massa de panqueca em uma frigideira que se equilibrava precariamente sobre a boca do fogareiro a gás.

— Oi — Eliza cumprimentou.

— Bom dia, querida. — A mãe de Peter se virou, com um megassorriso. — Ah, desculpe. Achei que fosse a minha filha.

— Tudo bem. É que eu não tinha nenhuma roupa limpa pra vestir.

— Claro. Ficou bem em você. A Samantha ainda está dormindo?

Eliza não estava acostuma a ouvir Misery sendo chamada pelo nome de verdade.

— Está.

— Vocês ficaram conversando até tarde?

— Sim — respondeu Eliza. Na verdade, ela tentou puxar conversa com Misery, mas tudo que obteve foram algumas respostas monossilábicas, seguidas por intervalos de silêncio. Misery ainda estava chateada pelo modo como as coisas tinham terminado com Bobo. Foi um pouco difícil demonstrar solidariedade, pois Bobo sempre fora um babaca, mas Eliza estava se esforçando para tentar entender a situação como um todo.

— Fico feliz que vocês duas estejam se dando bem — a mãe de Peter continuou. — Agora, sente aqui e me conte um pouco sobre você. O que os seus pais fazem?

O meu pai está morrendo de câncer e a minha mãe fugiu com outro homem, ela pensou.

— O meu pai é designer gráfico, e a minha mãe... Eu não sei o que ela está fazendo atualmente. Ela pintava. E esculpia.

— Vocês não se falam?

— Não. Ela mudou pro Havaí.

— Deve ser difícil pra ela.

— Morar no Havaí? Ouvi dizer que é um lugar bem legal.

— Não morar no Havaí, bobinha! — A mãe de Peter parecia cem por cento imune a ironia. — Eu quis dizer não falar com você. A Samantha ficou naquela prisão por menos de duas semanas, e isso quase me matou. Eu senti tanta falta dela!

Eliza sabia que não existia essa coisa de família "normal". A vida e o seriado de TV *Twin Peaks* tinham lhe ensinado que sempre havia algo sinistro que acabava boiando, igual a um cadáver que emerge de uma superfície aparentemente plácida. Mesmo assim, os pais de Peter pareciam tão normais quanto possível. O pai trabalhava em um escritório, de terno e gravata, e a mãe ficava em casa, cozinhando e fazendo tudo o que as mães fazem. Eliza tentou imaginar como teria sido sua vida se sua mãe fosse daquele jeito. Será que ela seria uma mocinha mais bem-comportada (isto é, não daria uns amassos com qualquer delinquente nos beliches de um centro de detenção), ou seria alguém menos independente apenas?

Um estalo no corredor deu a Eliza a esperança de que a entrevista materna tivesse chegado ao fim, mas a coisa só piorou.

— Bom dia, meninas. — O pai de Peter era basicamente uma versão mais velha do filho: alto, ombros largos e jeito simpático de líder de escoteiros. Ele cruzou a cozinha e deu um beijo no rosto da esposa. — Eu acordei as crianças. Eles vão descer daqui a pouco.

— Ainda bem. As panquecas estão quase prontas.

— Hummm — O pai de Peter se sentou à mesa. — Então, Eliza, você tem alguma notícia da Stacy?

— Steve! — a mãe exclamou.

— O quê? Foi uma pergunta esquisita?

— Claro que foi.

— Eu não conheço a Stacy direito — Eliza respondeu.

— Viu? — o pai disse, com as mãos espalmadas. — Ela não achou esquisita.

— Claro que achou. Ela só está sendo educada.

Eliza sorriu sem jeito.

— Ai, não. Eu te deixei sozinha com eles. Você me desculpa?

Graças a Deus era Peter, com cara de sono, marcas de travesseiro no rosto e cabelo bagunçado. Logo atrás veio Misery, e, pela primeira vez, Eliza viu a semelhança entre os dois, naquele momento raro antes que tivessem a chance de transformar suas versões matutinas intocadas.

Peter se aproximou por trás da cadeira de Eliza e deu um beijinho no alto da sua cabeça, sem saber que estava imitando o gesto do pai.

— Desculpe por eles — sussurrou. — Você está linda. — Como qualquer outro homem, ele nem tinha notado que ela estava vestindo as roupas da sua irmã.

— Não se desculpe por nós — o pai disse. — Nós somos encantadores.

— Claro que são, pai.

As panquecas tiveram de ser feitas uma a uma na pequena frigideira, por isso o café da manhã demorou mais de uma hora. Misery não disse uma palavra sequer durante a refeição e se retirou assim que terminou. Peter sugeriu uma caminhada, que Eliza imaginou que pudesse ser um lance romântico a dois, mas seus pais se convidaram para ir junto. Assim que eles chegaram ao Parque Volunteer, os jovens tiveram permissão para andar por aí, enquanto os pais, reclamando dos quadris e dos joelhos, localizaram um banco confortável.

Era o primeiro dia da primavera. Famílias se divertiam sobre a grama molhada, jogando frisbee e chutando bola, fingindo nem notar o céu fechado e a ar gelado. Uma moça com um bebê estava sentada sobre um cobertor embaixo de um pinheiro viçoso, acariciando a barriga da criança, que soltava balbucios e risadinhas. Eliza desejou ainda estar com sua máquina fotográfica. Seattle na primavera era uma cidade sem sombras; a constante cobertura de nuvens difundia a luz, fazendo incidir sobre tudo o mesmo brilho desbotado prateado. O bebê brilhava como se fosse um ídolo, os bracinhos erguidos para a árvore, cujos galhos dançavam ao alto. Os pinheiros de folhas perenes eram extraoficialmente as mascotes da costa noroeste — famosos por permanecerem do mesmo jeito em todas as estações do ano, eternos e imutáveis como vampiros. Uma árvore metaforicamente desonesta para crescer ao seu redor. O tipo de árvore que faz promessas que ela mesma não pode cumprir.

— Está tudo tão triste — Eliza comentou.

— O quê?

— Todo mundo agindo como se estivesse tudo bem.

Peter passou o braço ao redor da cintura dela e a puxou para mais perto. Eliza já tinha notado que ele sempre fazia isso quando estava prestes a discordar de alguma coisa; era mais uma demonstração de sua ternura extrema.

— O que você queria que eles fizessem? Ficassem chorando o dia inteiro?

— Não. Sei lá. Você acha saudável viver negando a realidade?

— Todo mundo vai morrer um dia, independente do que possa acontecer daqui a uma semana.

— Eu sei. Mas podia ser daqui a algumas décadas, em vez de uma semana.

— Por isso eles devem parar de viver? O seu pai fica deprimido o dia todo, só porque está com câncer?

A menção ao seu pai perfurou a fina camada de um balão de dor que havia dentro dela.

— Tem dias que sim.

Uma bolinha de tênis caiu perto dos pés deles, e atrás dela veio um golden retriever de pelos dourados. O cachorro parou e esperou, ansioso, abanando o rabo.

— Você quer ser igual a ele? — Eliza perguntou.

— Tá brincando? — Peter pegou a bolinha e jogou o mais distante que conseguiu. Eles ficaram olhando o cachorro correr atrás dela. — Neste momento, esse cachorro só está pensando em uma coisa. Eu adoraria ser igual a ele.

— Você não consegue se concentrar em uma coisa só?

— Às vezes. Mas em circunstâncias muito específicas. — Peter deslizou a mão pelo quadril dela. — A gente teria que incomodar várias destas famílias até eu conseguir chegar lá.

— Eu topo se você topar.

Ele a beijou.

— Eu tive uma ideia. Se o Ardor não cair, a gente pode ir pro Havaí comemorar. — Fez uma pausa, esperando a resposta, mas Eliza não sabia o que dizer. — Você já conheceu os meus pais. E eu sei que você queria ter falado com a sua mãe antes de os telefones pararem de funcionar. E eu estaria junto. Diga pra eu parar se achar a ideia muito idiota.

— Não — Eliza respondeu, finalmente. — Não é nem um pouco idiota.

Ela percebeu que estava com um sorriso tão largo e sincero que ficou sem jeito. Mesmo assim, não conseguia se livrar do sorriso. Ainda bem que ninguém podia enxergar o que se passava em seu íntimo, pois seu coração de repente pareceu tão pesado, mas no bom sentido, igual à sensação que temos no estômago depois de fazer uma deliciosa refeição caseira. E então ela notou a expressão no rosto de Peter, e pareceu que talvez ele *enxergasse* o que se passava em seu íntimo. Ela virou a cabeça dele, para que ele não pudesse encará-la.

— Estou feliz por você não ser um cachorro — ela disse.

Uma semana se passou daquele mesmo jeito — caminhando, conversando e acariciando. E foi bom. Mais que bom. Mais que excelente.

Mas isso não poderia durar para sempre.

No meio da noite, no meio de um sonho — um pássaro azul-cobalto voando próximo da janela, batendo as asas no vidro —, Eliza acordou com um ruído, seguido pelo rangido de uma porta abrindo e fechando.

Ela se desvencilhou do braço de Peter (passar a noite juntos significava esperar até que a irmã, a mãe e o pai estivessem dormindo pesado, mas o sacrifício valia a pena) e desceu a escada. Pelo buraco da fechadura da porta da frente, viu um par de silhuetas desaparecendo atrás da fileira de ciprestes que contornava o jardim. Eliza girou a maçaneta, silenciosa como um ladrão. Assim que colocou os pés para fora, conseguiu escutar as vozes. Misery e Bobo.

— Mas eu tô com saudade — Bobo disse.

— Não tô nem aí.

— Eu sei que não é verdade. Vem comigo.

— Por que eu iria?

— Porque eu preciso de você.

Eliza avançou agachada, sem saber ao certo qual seria seu papel naquela cena, mas aliviada por estar ali para ficar de olho em Misery.

— E eu precisava que você não tentasse matar o meu irmão.

— O seu irmão me bateu primeiro, Mis, e ele estava te arrastando de lá, tipo... pelo cabelo. Eu achei que estivesse te protegendo.

— Bom, não estava.

— Mis, eu tô falando sério. Tô morrendo de saudade de você. Vamos tomar alguma coisa ou algo assim. Fala comigo. Se você não quiser mais ser minha namorada, vou ter que aceitar. Mas você não pode desaparecer assim. Não quando está tudo prestes a acabar.

Uma pausa.

— Só um café — Misery concordou.

— Tudo bem. Obrigado.

Um ou dois dias antes, Misery finalmente tinha se aberto com Eliza. Na escuridão de seu quarto, ela admitira que sabia que nunca mais conseguiria amar Bobo depois do que vira em sua fisionomia quando ele disparou a arma de choque contra Peter.

— Ele parecia em êxtase — Misery contou. — Sinceramente, aquilo me assustou.

Mas agora ela estava cedendo — se não fosse por amor, então era por pena. Ela precisava ser impedida, pelo seu próprio bem. Eliza se levantou, mas enroscou o pé em uma raiz e caiu de cara na cerca-viva. Quando conseguiu se livrar, um motor já tinha dado partida. Eliza correu até a calçada a tempo de ver o carro derrapando no asfalto iluminado pelos faróis. Ela reconheceu a perua de Andy.

Talvez tudo desse certo. Talvez Bobo realmente só quisesse conversar.

Mas Misery não voltou na manhã seguinte. Peter se ofereceu para procurar nos lugares que ela costumava frequentar, mas seus pais imploraram que ele não fosse. Misery costumava desaparecer sem avisar, mesmo nos bons tempos, e eles não queriam perdê-lo também. Eles passaram o dia seguinte inteiro no sofá, tomando chá e falando sobre coisas sem importância. Quando o sol começou a se pôr sem notícias, Eliza soube que estava na hora de contar tudo o que vira.

Ela ficou com receio de que Peter pudesse ficar bravo por ela não ter dito nada antes, mas aparentemente o amor lhe dá passe livre para coisas como essa.

— Tem certeza que era o carro do Andy?

— Tenho.

Cinco minutos depois, eles estavam na estrada, seguindo para a "casa da sogra". Peter estava tenso e carrancudo, por isso Eliza achou melhor ficar olhando através da janela apenas — para os postes apagados e o céu salpicado de estrelas. Dava para ver tantas, agora que estava sem eletricidade. Feixes grossos de estrelas, que pareciam fitas torcidas. Constelações tão densas que dava para imaginar formas, como todo mundo faz com as nuvens. Milhões, bilhões de estrelas. Claro que não daria para fugir delas para sempre. Seria o mesmo que tentar correr para a chuva achando que não vai se molhar.

Não havia nenhum sinal de luz na casa da sogra, e nenhum carro parado na frente. Mesmo assim, eles desceram e bateram à porta.

— Não tem ninguém — Eliza disse.

— Talvez eles estejam na casa do Bobo.

— De jeito nenhum. O Bobo basicamente mora em um trailer, e os pais dele são alcoólatras. Ninguém nunca vai lá.

Peter chutou a porta, frustrado.

— Eu sei onde eles estão — alguém disse.

Eliza se virou. Peter já tinha se colocado entre ela e seja lá quem tivesse falado.

Anita ergueu a mão, apática.

— Ei, pessoal. Vocês podem me dar uma carona?

ANITA

Eram poucos os restaurantes na cidade dispostos a continuar funcionando vinte e quatro horas por dia, sete dias por semana, independentemente do que estivesse se passando no mundo lá fora, e o Beth's Café era um deles. O lugar estava tão lotado que as pessoas comiam de pé entre os banquinhos do balcão, com a beirada dos pratos uma por cima das outras. Apesar de o cardápio parecer um documento secreto severamente censurado — pelo menos oitenta por cento das opções tinham sido riscadas —, ainda havia combustível no gerador para fazer café, torrada, panqueca e batata suíça, e isso era o suficiente para manter a sineta acima da porta tocando para anunciar a chegada de mais clientes.

Anita passara a maior parte dos últimos oito dias no Beth's, tomando quantidades incalculáveis de café, fortalecendo-se com waffles e conversando com estranhos. Quando batia o cansaço, ela entrava em seu carro e apagava no banco de trás. Chegou a pensar na possibilidade de ir para casa, onde poderia trocar a humilhação por uma cama quente e um pouco de comida caseira. Porém, quando se lembrava do rosto de sua mãe na última vez em que elas tinham se falado — *vá e condene a sua alma* —, acabava chegando à conclusão de que preferia dormir na rua a voltar rastejando.

Talvez ela passasse o resto da sua breve vida assim — comendo no café e dormindo no carro (que não passava de uma carcaça morta de metal depois que, sem querer, ela acabou pegando no sono com o motor ligado e ficou sem gasolina) — se não tivesse escutado algo que chamou sua atenção. Um casal de uns vinte e poucos anos estava sentado ao lado de duas mochilas enormes. A garçonete perguntou de onde eles tinham vindo.

— De Portland — o sujeito respondeu.

— O que vocês estão fazendo em Seattle?

— Nós viemos para a festa — disse a mulher. — Aquela que vai ter no aeroporto da Boeing.

— Vocês rodaram bastante pra participar de uma festa.

— Acho que sim. Na verdade, a gente veio em caravana. No último mês, os nossos amigos não pensam em outra coisa.

Anita meio que tinha se esquecido da Festa do Fim do Mundo, achando que ela tivesse morrido como todos os seus outros sonhos. Porém, quando começou a conversar com outros clientes do Beth's, ela descobriu que um monte de gente ainda planejava ir. De um jeito ou de outro, a festa iria acontecer, ainda que não acontecesse de verdade. Eles não precisavam de Chad para transformá-la em um "evento" ou em um "espaço comunitário"; só precisavam de corpos quentes.

Anita sabia que precisava encontrar Andy. De que adiantaria a Festa do Fim do Mundo se ele não estivesse lá? Claro que ela tinha ficado furiosa naquela noite, na base naval, mas tentar ficar brava com alguém que você ama é o mesmo que tentar enxugar gelo.

Andy poderia tanto estar na sua casa quanto no Independent, mas, enquanto os bairros de Greenlake, na região da casa dos pais dele, ainda eram relativamente seguros, o centro de Seattle tinha basicamente se transformado em uma grande briga de gangues; Anita não estava nada a fim de ir até lá sozinha. Por isso tinha passado os últimos três dias de tocaia na "casa da sogra", esperando que Andy aparecesse.

A última coisa que ela esperava era topar com Peter e Eliza. Pelo jeito o karass não podia ser ignorado.

A garçonete abriu caminho entre a multidão para recebê-los.

— Oi, Anita. Mesa pra um?

— Pra três. Eu trouxe uns amigos.

— Estamos lotados hoje, mas a Star Wars está vaga, se vocês não se incomodarem com os efeitos sonoros.

— Tudo bem.

— Star Wars? — Eliza sussurrou. — O que significa isso?

Significava que a mesa deles era o tampo inclinado de um fliperama. A cada segundo, a máquina disparava uma série de bipes do R2-D2 ou a trilha sonora de John Williams.

— O Andy e o Bobo estão aqui? — Peter perguntou.

— Não — Anita respondeu.

— Então o que nós estamos fazendo aqui?

— Nós viemos comer — Eliza falou. — Estou morrendo de fome.

— O lugar onde o Andy e o Bobo estão é perigoso à noite — Anita explicou.

— Onde é?

Mas Eliza interrompeu antes que Anita pudesse dizer algo.

— Não diga uma palavra. Se você contar, ele vai pra lá agora, perigoso ou não.

Peter a encarou, mas pareceu um pouco satisfeito por ver que a namorada o conhecia tão bem. Uma onda de amor novo irradiava dele e de Eliza, como uma música tocando baixinho. Anita tinha passado os últimos dias (talvez as últimas semanas) com raiva dessa garota, mas agora tinha esquecido completamente o motivo. Eliza, cansada e precisando de um banho, claramente vestindo as roupas de Misery, definitivamente não parecia a arqui-inimiga de ninguém. Assim, quando Peter se levantou para ir ao banheiro, Anita aproveitou o momento. Fazia um tempão que ela não tinha uma amiga para conversar.

— Eliza, posso te perguntar uma coisa?

— Claro.

— É meio pessoal. Quer dizer, bem pessoal.

— Manda ver.

— Com quantas pessoas você já transou?

Eliza riu.

— Não sei. Perdi a conta.

— Sério?

— Não! O que você pensa que eu sou? — Ela riu ainda mais. — Doze. O meu número é doze. Espera! Acho que agora é treze. Nossa. Parece muito?

— Não sei — Anita disse, e foi sincero. — Quer dizer, eu ainda não conheci ninguém com quem eu quisesse transar, por isso é difícil imaginar conhecer treze caras. Por outro lado, tem sete bilhões de pessoas no mundo. Se a gente pensar por esse ângulo, na verdade você foi bem seletiva.

— Não sei se isso ajuda, mas eu me arrependo da maioria.

— Então por que você fez?

— Sinceramente? — Eliza olhou na direção do banheiro, para se assegurar de que Peter não iria escutar. — Chega um momento, quando você está dando uns amassos com um cara. Talvez você saiba o que eu quero dizer. Nesse momento você é tudo pra ele. Ou talvez o sexo seja tudo pra ele, mas tudo bem. Acho que a gente tem uma ideia ruim sobre o modo como os caras veem o sexo. Só que, pra mim, sempre parece muito puro. É tipo um filhote querendo um biscoito. E aí começa a parecer tão pouco pra fazer uma pessoa tão feliz.

— Então você faz por caridade?

Eliza sorriu.

— Parece, né? Mas não me entenda mal. É bom também. Só que não *tão* bom assim. Quer dizer, na maioria das vezes. Em alguns momentos, quando eu me acho a pior pessoa do mundo, através do sexo eu consigo fazer um cara muito feliz por alguns minutos, e isso me faz sentir melhor.

Anita se perguntou por que tinha sido tão cruel e preconceituosa com Eliza, que não passava de uma garota que lidava com os mesmos problemas que todas as outras enfrentavam.

— Eu sei que é um pouco tarde pra isso — disse —, mas eu preciso falar mesmo assim. Você é *muito* descolada. Chega a ser irritante o jeito como você é descolada. Você nem precisa transar com um cara pra fazer ele muito feliz. Você não imagina a cara do Andy quando vocês estavam juntos.

— Só porque ele achava que podia rolar alguma coisa. Tinha a ver com sexo. Era de você que ele gostava de verdade. O jeito como ele falava da sua voz, as coisas que vocês estavam escrevendo juntos... aquilo era amor. Ele só é muito infantil pra perceber.

Anita sabia que não era verdade, mas foi legal da parte de Eliza dizer.

Peter voltou do banheiro, e logo em seguida a comida chegou, com a conta. Não demorou muito, a garçonete estava colocando os três para fora, desesperada por desocupar a mesa de fliperama improvisada para mais uma conversinha particular de última hora.

O dia seguinte era domingo, dois dias antes do fim do mundo. Depois de passar a noite na casa de Peter, os três acordaram cedo e seguiram para o Independent. Apesar de Peter estar louco para invadir o lugar e exigir ver sua irmã, Anita o convenceu de que seria mais seguro se eles esperassem por ela lá fora. Era impossível imaginar que Misery fosse passar seus últimos dias na Terra em um prédio velho e sombrio.

Por volta do meio-dia, eles viram Bobo e Andy saindo do prédio com skates nas mãos e entrando na perua de Andy.

— Por que a Misery não está com eles? — Peter indagou.

— Não sei. Ela deve estar lá dentro, ou em outro lugar.

— Eles devem estar indo pegá-la — Eliza disse. — Vamos seguir o carro deles.

Andy entrou na I-5, sentido norte, e pegou a saída para o Shopping Northgate, arrancando com tanta velocidade na rampa de acesso que não havia sinal dele quando Peter entrou nela. Ele parou o Jeep no estacionamento do shopping e todos desceram.

Era o dia mais lindo que Seattle produzia havia meses: totalmente sem nuvens, o sol um círculo branco perfeito se destacando no céu azul. Toda essa beleza contrastava dramaticamente com o shopping, onde jaziam um McDonald's queimado, a carcaça enegrecida de uma lanchonete da rede Red Robin e uma loja de calçados da Payless ShoeSource devastada, mas que, olhando bem, não estava muito pior do que antes. Todo o complexo tinha sido incendiado — e fazia pouco tempo. O odor de queimado ainda pairava no ar.

— Que barulho é esse? — Eliza perguntou.

De algum lugar próximo, vinha um ruído familiar.

— Skates — disse Peter.

No estacionamento dos fundos, Andy e Bobo subiam alternadamente uma rampa improvisada com listas telefônicas velhas e uma imensa placa laranja de sinalização. Andy estava se preparando para subir quando Anita gritou:

— Não vai amarelar!

Ele virou a cabeça no momento errado e caiu sentado no meio da rampa. Bobo já estava com o skate nas mãos, agitando-o atrás da cabeça, pronto para decapitar alguém.

— Anita! — Andy ficou de pé na hora e correu até ela, que estava preparada para enfrentar uma situação constrangedora ou uma demonstração de raiva, mas não um abraço, provavelmente o mais demorado que já tinha ganhado de um garoto; um daqueles abraços que deixam claro que a pessoa estava precisando de um abraço, ou achou que *você* estivesse precisando de um. — Que bom te ver.

— É...

Ele deu um último aperto antes de soltá-la, então se voltou para Peter.

— Cara, eu tô te devendo um pedido de desculpas.

Peter pareceu surpreso.

— Tá tudo bem, cara.

— Não. Eu estava muito bêbado. E... tinha acontecido um monte de coisas.

— Sim, eu sei.

Eles trocaram um aperto de mãos, e então Eliza se aproximou e abraçou os três ao mesmo tempo.

— É o karass — ela disse. — Finalmente juntos.

— O que vocês estão fazendo aqui? — Bobo perguntou bruscamente, acabando com o momento de reconciliação.

— Nós seguimos vocês — Peter revelou. — Estamos procurando a minha irmã.

— Ah, é? — Bobo soltou o skate, então o chutou de volta e o apanhou com uma mão. Seus olhos se voltaram para o chão, como se ele estivesse procurando alguma coisa que tinha perdido ali. — Acho que ela saiu com umas amigas ou algo assim.

— Que amigas?

— Vai saber. Eu não sou o pai dela. Mas você acha que é, até onde eu sei. E eu não gosto que fiquem me seguindo.

— Que pena.

Havia algo de violento nas palavras deles. Anita tentou acalmar os ânimos.

— Vocês vieram até aqui só pra andar de skate?

— Aqui a gente também pode botar fogo em alguma coisa — Andy respondeu, sorrindo. — Quer experimentar?

— Larga de ser idiota — Bobo disse. — Eles são os mocinhos da história. Tenho certeza que não estão a fim de participar de um incêndio criminoso.

Tecnicamente era verdade, mas Anita tinha descoberto que o Ardor era um grande incentivador de comportamentos atípicos. E, francamente, que diferença fazia se algumas lojas de merda tinham pegado fogo? O mundo nunca precisou daquela droga de shopping mesmo.

— Eu toparia. Se é que vocês deixaram alguma loja de pé por aqui.

— Anita, você tá falando sério? — Peter quis saber.

— Por que não?

Bobo olhou para o horizonte.

— Eu já tenho um alvo em mente — disse, apontando. A loja Target, do outro lado da rua.

— Eu sempre quis botar fogo em uma dessas lojas — Anita confessou.

Assim como quase tudo no mundo deteriorado, as vitrines da Target tinham sido quebradas semanas antes, e todas as mercadorias de certo valor haviam sido levadas. Mas ainda dava para descolar um almoço decente de biscoito, pipoca e batata frita — alimentos que não só iriam sobreviver ao apocalipse iminente como provavelmente ainda estariam crocantes e saborosos quando a próxima fase da evolução ressurgisse do lodo.

— E aí, como vamos fazer isso? — Anita perguntou.

— Bom — Andy começou —, graças ao pessoal bacana que governa este estado, a Target agora tem licença para vender bebida alcoólica. E aquela porcaria *pega fogo*. Claro que levaram o máximo que puderam, mas o Bobo e eu achamos mais no depósito.

Um par de portas duplas atrás do departamento de cama, mesa e banho se abriu para um labirinto de prateleiras até o teto, empilhadas de caixas. Eles levaram uma caixa de vodca (a três e noventa e nove a garrafa) para dentro da loja.

— Eu vou abrir esta belezinha — Bobo comemorou. Ele puxou a primeira garrafa e tomou um gole, em seguida começou a espalhar pelo chão, deixando para trás um rastro de sessenta por cento de teor alcoólico como se fossem migalhas de pão. Anita nunca tinha participado de um ato de vandalismo, mas aquilo parecia muito divertido. Ela abriu a tampinha de duas garrafas, removeu-as e saiu correndo pelos corredores. Quando ficaram vazias, ela as jogou contra uma vitrine cheia de tintura de cabelo. Uma explosão de vidro e depois um tilintar de cacos. Ela nem sabia como estava precisando fazer aquilo: uma chance de queimar literalmente toda a raiva que tinha sentido ao ver Andy e Eliza juntos, toda a decepção por ter precisado fugir de casa por causa dos próprios pais, toda a frustração de uma vida desperdiçada. Ela soltou um grito de guerra incoerente e ficou ouvindo o eco se espalhar pela loja. Peter escolheu não participar e ficou parado com cara de paisagem perto dos caixas, esperando até que os outros terminassem.

Minutos depois, eles já tinham espalhado trilhas de vodca por toda a loja e se encontraram nos caixas, onde Andy sacou uma caixa de fósforos.

— Quer ter a honra? — ele disse, oferecendo a Anita.

— Que cavalheiro. — Ela riscou o fósforo, que faiscou, do branco para o azul e finalmente para o vermelho. Olhando através da chama, ela imaginou a loja se transformando em uma imensa conflagração: os brinquedos, os livros, os CDs, as toalhas de banho e os móveis de montar. Esse era o destino que aguardava todos eles, muito provavelmente, em menos de quarenta e oito horas. Do pó ao pó. Ainda que tudo aquilo não passasse de um monte de porcaria, Anita imaginou que provavelmente eles não queriam acabar queimados, tanto quanto ela. Aqueles objetos também tinham um pouco de vida pela frente. Será que eles queriam mesmo desperdiçar os últimos momentos personificando o Ardor? Será que o único legado da humanidade seria o da destruição e da ruína?

Ela soprou o fósforo.

Bobo zombou.

— Eu sabia. Sabia que você ia amarelar.

— Acho que eu não vou conseguir desfrutar das minhas últimas horas na Terra me culpando pela morte de uma loja Target. — Anita olhou para Andy. — Tudo bem?

Ele pegou a caixa de fósforos e guardou de volta no bolso.

— Tudo bem.

Eles tinham dado alguns passos quando Anita escutou o clique de um isqueiro às suas costas. Bobo deu uma tragada em um cigarro e em seguida encostou a ponta laranja no chão. E lá se foi — a flecha da destruição.

— Olha isso! — Bobo exclamou. — Parece queima de fogos!

Anita saiu da loja, o calor já palpável em sua nuca. Ela não sabia qual o motivo de tanto aborrecimento — afinal, era apenas uma Target —, mas não dava para conter a raiva. Por que os garotos sempre tinham que destruir as coisas para se sentir vivos?

— Peço desculpas por ele — disse Andy, indo atrás dela. Peter e Eliza tinham cruzado o estacionamento e encostado em um Hyundai velho para assistir à loja pegando fogo.

— Tudo bem.

— Não, na verdade não está. Este não sou eu, Anita. Eu não quero que você pense que este sou eu. E ele também não era daquele jeito.

— Se você está dizendo...

— Tô falando sério. O Bobo mudou. E isso está começando a me assustar.

— Como assim?

Ele fez sinal para que ela o acompanhasse para longe da loja, até um local onde ninguém poderia escutá-los. Mesmo lá, ele sussurrou:

— Acho que aconteceu algo muito errado com ele.

— Você está dizendo isso como se fosse novidade.

— Agora é diferente. Ele está dizendo que a Mis está com ele no Independent, mas eu também estou ficando lá e não a vi nenhuma vez. E ele não me deixa entrar no apartamento dele faz dias. Parece que ele está escondendo alguma coisa.

— Como assim? A Misery está lá?

— Eu tô dizendo que não sei onde ela está.

Momentaneamente emoldurado pelas chamas, Bobo saiu da loja e foi direto para a porta do lado do passageiro do carro de Andy.

— Vamos, Maria! — ele chamou, do outro lado do estacionamento.

— Só um segundo!

— O que você vai fazer? — Anita perguntou.

— Preciso descobrir o que está acontecendo. Eu devo essa ao Peter.

Anita sorriu.

— Você deu um choque nele.

— Eu sei. Não acredito que ele ainda não me deu um chute na bunda.

— Eu também não.

— Vamos nessa! — Bobo gritou.

Andy pegou a mão dela.

— Eu vou levar a Mis pra casa, combinado? Antes da nossa festa.

— Combinado.

A *nossa festa*. Anita estava tão absorta pelo calor dessas palavras que mal prestou atenção na conversa de Peter e Eliza, no carro, enquanto eles voltavam para casa.

— Eu não confio nele — Peter comentou.

— Você está falando do Bobo? — Eliza perguntou. — Quem confia nele?

— Seria melhor continuar seguindo os dois.

— A sua irmã já é bem crescidinha, Peter. Ela sabe se cuidar.

— Talvez.

Anita se inclinou para a frente, colocando-se entre os dois bancos, e ligou o rádio, mas não havia nada além de um sopro desértico de ondas estáticas em todas as estações. Talvez ela devesse ter percebido algo crescendo naquele silêncio estoico de Peter, a determinação naqueles dentes cerrados. Mas ela já estava quase na metade do caminho entre o carro e a porta da casa quando se deu conta de que ele não tinha descido. Eliza correu de volta pela calçadinha de tijolos, na direção da entrada da garagem, gritando atrás do Jeep enquanto ele manobrava de ré até a rua e saía em alta velocidade, na direção do centro da cidade.

PETER

A recepção do Independent estava vazia. Partículas de poeira flutuavam na luz fraca feito moscas mortas em uma poça. A lareira abrigava uma imensa pilha de lixo. No canto da sala, um viciado de gênero indeterminado estava enrolado em um lençol sujo, cantarolando uma versão (que nunca acabava) da música "Ninety-Nine Bottles of Beer on the Wall". Peter estava parado diante do balcão abandonado da recepção, pensando no que iria fazer, quando dois caras surgiram de uma porta nos fundos. Vestiam roupas esfarrapadas de couro preto e botas com tachas.

— Oi — Peter cumprimentou.

— Que merda você quer? — O tom do cara era mais cansado que ameaçador.

— Eu tô procurando a minha irmã. O nome dela é Misery. Ou Samantha.

— Nunca ouvi falar.

— E o meu — Peter se contorceu por dentro quando disse a palavra — amigo Bobo?

O outro sujeito sorriu, revelando uma boca cheia de dentes amarelados.

— Ele tá no sexto andar.

— Você sabe o número do apartamento?

— Como eu vou saber? Por acaso eu tenho cara de gay?

— Não. Foi mal. Valeu pela ajuda.

Havia velas em vários pontos da escada, apesar de a maioria ter queimado até o toco. No sexto andar, dava para ouvir música saindo de um aparelho a pilha. Peter estendeu os braços e bateu com força em todas as portas, à esquerda e à direita, enquanto corria na direção da janela no outro extremo do corredor. Ele ouviu algumas portas se abrindo atrás dele.

— Eu tô procurando o Bobo — ele gritou.

Barulho de portas fechando, uma risada abafada. Então, segundos depois, alguém chamou baixinho, bem perto de onde ele estava.

— Peter?

O barulho vinha de trás da porta mais perto da janela, no lado oposto da escada.

— Mis?

— Peter! Me tira daqui!

Ele forçou a maçaneta, que girou como se não estivesse trancada, mas mesmo assim a porta não abriu. Embaixo, próximo ao chão, ele encontrou o culpado: uma aba de metal parafusada na parede e na porta, fechada com um cadeado. Apoiando-se na porta oposta, ele chutou várias vezes, até os parafusos da aba de metal se soltarem da parede.

Misery surgiu correndo da escuridão. Um rastro de rímel preto descia pelo seu rosto com as lágrimas. Ela o abraçou, soluçando.

— Me desculpa — disse. — Ele me pediu pra esperar um segundo e me trancou aqui.

— Tá tudo bem — Peter disse e acariciou os cabelos dela, feliz por ser bem mais alto e assim ela não poder ver sua cara de apavorado. Ele já sabia que algumas pessoas acabariam perdendo a cabeça com a aproximação do Ardor, mas nunca imaginou que esse desespero pudesse afetá-lo tão de perto.

Misery se afastou, e, mesmo sob a luz fraca que penetrava pela janela, ele pôde ver seus olhos se arregalarem.

— Peter — foi tudo o que ela disse, mas o tom de pânico era inconfundível.

Ele se virou. Um grupo de silhuetas avançava pelo corredor, indistintas e sem rosto.

— Quem está aí? — uma delas perguntou.

— Se prepara pra correr — Peter sussurrou.

Certamente não daria para os dois passarem juntos, mas no escuro, em meio à confusão de membros, ele poderia abrir espaço para ela, pelo menos. Peter correu de repente na direção deles com os braços abertos, derrubando todos, num amontoado de gente. Do chão, ele viu Misery desaparecer escada abaixo.

Na verdade, o grupo não passava de um bando de moleques — não muito mais velhos que Peter —, mas todos tinham o rosto abatido e pálido dos viciados em drogas. Eles o levaram de volta para a recepção e passaram por uma porta com uma placa que a identificava como "SALA DE GINÁSTICA". Descendo mais um lance de escada, Peter se viu em uma salinha minúscula que fazia as vezes de academia — carpete cinza, algumas bicicletas ergométricas antigas, um jogo de halteres surrados. Tudo parecia ameaçador sob a luz bruxuleante das velas.

— Tire os sapatos — um dos sujeitos disse.

— Sério?

— Vai logo. As meias também.

Descalço, Peter foi empurrado por entre as bicicletas e os halteres, uma prateleira de toalhas esgarçadas e um bebedouro vazio, e pela porta vaivém do vestiário, para uma nuvem de vapor com cheiro forte. O piso preto de borracha deixou pequenos hexágonos marcados na sola de seus pés. Em seguida, uma porta de vidro se abriu com uma baforada de ar quente para uma salinha de teto baixo, iluminada por uma lâmpada halógena de emergência. Havia meia dúzia de chuveiros dispostos em toda a extensão das paredes, todos ligados, lançando seus jatos na direção do único ralo, no centro. O piso, as paredes e o teto eram forrados de azulejos amarronzados num tom enjoativo, e tudo estava embaçado por causa do vapor. A água estava escaldante, forçando Peter a ficar na ponta dos pés.

Sobre um banco marrom comprido bem ao lado da porta, Golden estava sentado, recostado na parede, coberto apenas por uma toalha e sua infame corrente. Ele abriu um sorriso ao ver Peter.

— Esse cara arrombou a porta do apartamento do Bobo — um dos viciados falou. — Ele disse que veio atrás da irmã ou algo assim.

— Tragam o Bobo — Golden ordenou. — Ele deve estar no telhado.

Os viciados se foram. Quando a porta oscilou novamente, o vapor subiu, revelando um pouco mais de Golden. Seu corpo parecia um álbum de tatuagens: no braço direito havia uma cruz de ponta-cabeça, pingando sangue; no esquerdo, uma mulher nua sobre um cadafalso diante de um carrasco todo de preto. O peito inteiro era coberto por uma representação do inferno, com chamas vermelhas desbotadas e diabos castigando os condenados com um tridente. Os olhos dos homens e mulheres punidos estavam voltados para o alto, na direção do ponto onde o desenho terminava, um pouco abaixo do pomo de adão de Golden.

Peter pensou em tentar fugir, mas Golden estava entre ele e a porta. Um revólver jazia sobre o banco, próximo ao seu quadril, como um animalzinho de estimação.

— E aí, grandão?

— Como vocês ainda têm água quente? — Uma pergunta inútil, mas Peter se sentia idiota de medo.

— A gente tem aquecedor a gás. Por quê? Você quer tomar um banho?

— Eu só queria saber.

— Não, é uma ótima ideia! Por que você não tira a roupa pra mim, grandão? Eu também vou ficar mais à vontade. — Golden ergueu as mãos até a nuca e soltou a corrente, desenrolando volta por volta.

— Eu prefiro não tirar.

— Eu não estava pedindo. — Golden deu uma olhada para a arma.

Peter sabia que isso seria interpretado como um ato de rendição, mas o lugar *estava* sufocante com todo aquele vapor quente. Ele tirou o suéter e a camiseta, se preparando para o que pudesse acontecer em seguida.

— Peter! — Golden disse, com divertimento sincero. — Você tem uma tatuagem!

— Sim. E daí?

Ele tinha feito a tatuagem havia um ano, em Los Angeles, quando seu time de basquete participou do campeonato nacional. Depois do último jogo, eles tomaram todas no hotel e depois saíram para explorar a cidade. Não encontraram nenhum bar que aceitasse suas identidades falsas, mas um estúdio de tatuagem chamado Sunset Body Art não teve nenhum problema em receber menores de idade. Enquanto a maioria dos outros membros do time optou pelas tatuagens mais comuns — o símbolo chinês da vitória, o número do uniforme, o nome da namorada e, no caso de Cartier, um anacrônico "MÃE" desenhado com uma letra gótica rebuscada —, Peter quis algo especial. Ele contou para o tatuador que queria fazer uma homenagem ao seu irmão, de um modo que não parecesse óbvio nem sentimental.

— O que isso quer dizer? — Golden perguntou.

— Nada.

— Claro que significa alguma coisa.

— Não ia significar merda nenhuma pra você — Peter resmungou.

Golden pegou a arma e disparou para o alto. Na salinha pequena, o barulho foi ensurdecedor.

— Tente outra vez — disse Golden.

— É difícil explicar — Peter respondeu, com a voz trêmula. — É uma cruz celta, dessas que a gente vê nas lápides. E o círculo ao redor, a cobra mordendo a própria cauda, simboliza a eternidade. Mas um círculo com uma cruz dentro também simboliza a Terra. Por isso acho que, pra mim, tem a ver com ressurreição.

Golden assentiu.

— Gostei. Ressurreição. É legal. Sabe, eu tenho uma parecida.

Ele se levantou e virou, mostrando a musculatura compacta das costas e uma tatuagem mais nova. Ela se estendia da cintura até a nuca. As cores eram tão vivas e intensas que o desenho parecia iluminado por trás. No canto inferior esquerdo, um pouco acima da cintura, havia uma esfera azul, do tamanho de uma bolinha de gude, representando o planeta Terra. Daquele ponto até o ombro direito era tudo preto — sinal de horas de agonia sob a agulha do tatuador —, interrompido por um punhado de estrelinhas claras que, na verdade, eram no tom natural da pele de Golden, sobressaindo na tinta escura. Sobre o ombro direito, uma pedra disforme, cheia de pontas, ardendo no céu em tons de vermelho, roxo e laranja — o fogo divino — e, um pouco acima, uma mão gigante saindo das nuvens, como se tivesse acabado de jogar alguma coisa. Na lateral da pedra havia algumas palavras entalhadas: "E VIU O SENHOR QUE A MALDADE DO HOMEM SE MULTIPLICARA SOBRE A TERRA".

— Você conhece essa frase? — Golden perguntou.

— É do livro do Gênesis.

— Isso mesmo. — Golden se virou de volta. — Vem antes do dilúvio.

A porta da sauna se abriu. Bobo parecia cansado e abatido, com bolsas arroxeadas sob os olhos.

— Peter? — ele disse. — Que merda é essa?

Golden atirou a corrente para Bobo, que conseguiu segurá-la pela ponta.

— Você não adivinha o que o grandão aqui fez.

— O quê?

— Ele arrombou a sua porta.

O rosto de Bobo se contorceu, terror e raiva competindo pela liderança.

— Cadê a Misery?

— Ela fugiu — Peter contou, e nem tentou disfarçar a satisfação. — Ela foi embora.

O primeiro soco foi surpreendentemente sólido; Peter oscilou para trás. Um jato vermelho voou de seu nariz para o azulejo. Ele ergueu os punhos para se defender.

— Mãos pra trás — Golden disse, com a arma apontada para a testa de Peter. — Bobo, amarra ele. Senão ele vai acabar te dando porrada.

— Não precisa fazer isso — Peter disse para Bobo. — Qual o sentido disso?

— O sentido? — Bobo repetiu, enrolando a corrente firme ao redor dos pulsos de Peter. — Que sentido deveria ter? É o fim, cara. Nada mais faz sentido.

— Não é o fim.

Bobo chacoalhou a cabeça.

— Nem todo mundo tem condições de ser tão otimista como você, Peter.

— Não é otimismo...

— E se eu provar que é o fim?

"É fé", Peter ia dizer, só que não teve tempo, pois levou outro soco, e em seguida não conseguia lembrar se tinha dito alguma coisa ou se teve vontade apenas, pois tudo que havia era dor, o vapor sufocante e a sensação da pele de Bobo enquanto derrubava Peter no chão, e então os socos caindo rápidos e pesados como meteoros, cada um explodindo em seu cérebro feito uma supernova, até que, finalmente, ele se deixou dominar pela agonia e se entregou completamente.

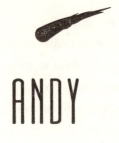

ANDY

Durante todo o caminho de volta para o Independent, enquanto Bobo falava mal de Peter (o babaca que tinha dado um soco nele) e Anita (a puritana que amarelou na Target) e Eliza (a provocadora egocêntrica), Andy sentia os laços entre ele e seu "melhor amigo" se desintegrando, feito o cubo solitário de açúcar que Anita costumava colocar no café. Ele sabia que tinha pisado na bola na base naval, e estava certo de que nunca seria perdoado, mas então o karass se manifestou novamente no Shopping Northgate. Anita e Eliza o abraçaram (será que tinha sido imaginação sua, ou Anita o abraçara um pouco mais apertado?), e até mesmo Peter, que tinha mais motivos ainda para odiá-lo, deixou claro que não guardava rancor.

Andy não tinha muita experiência com perdão — Bobo nunca o perdoara por ele ter quebrado o pacto —, por isso nunca tinha percebido como aquilo podia ser poderoso. O perdão o fez querer se transformar em uma pessoa melhor, do tipo que *merece* ser perdoado.

Portanto agora ele tinha um novo desafio. Iria encontrar Misery e a levaria de volta para casa, não importava o que Bobo tivesse a dizer sobre isso.

— Vou ver se ela está se sentindo melhor — Bobo anunciou assim que eles chegaram ao Independent.

Andy estava indo atrás dele.

— Eu vou com você. Faz um tempão que não vejo a Mis.

— Será que daria pra deixar pra mais tarde? Eu preciso de um tempo sozinho com ela.

— Pra quê?

— Dá um tempo, ok? — Bobo gritou, e suas palavras ricochetearam nas paredes da escada. O coração de Andy começou a bater forte como um tambor. Pela primeira vez na vida, ele sentiu medo de Bobo.

— O que está acontecendo, cara?

Bobo ergueu as mãos, frustrado — será que tinha percebido Andy se encolher um pouco?

— Não sei. Quer dizer, não posso contar.

— O que você não pode contar?

— Não posso contar aqui. Alguém pode ouvir. Vem.

No telhado, a festa ininterrupta de Golden tinha sido reduzida a um punhado de pessoas reunidas ao redor de um aquecedor, como sem-teto aquecendo as mãos em um latão de lixo com fogo.

Bobo levou Andy para um canto frio e sossegado.

— Ok. Tá pronto pra ouvir a verdade? — Ele respirou fundo. — A Misery tá grávida.

O coração de Andy disparou novamente. Não porque tivesse acreditado em Bobo — a explicação tinha demorado muito para ser dada e era novelesca demais para ser verdadeira —, mas pelo significado da mentira. Se Bobo estava fazendo de tudo para impedir Andy de falar com Misery, significava que estava acontecendo alguma coisa muito séria.

— Uau — Andy exclamou, entrando no esquema. — Há quanto tempo você sabe?

— Algumas semanas. Ela queria tirar, mas todas as clínicas de aborto fecharam. Foi por isso que ela fugiu de casa. Depois que a Eliza mudou pra lá, ela achou que não ia mais conseguir esconder.

— Ela deve estar pirando. Eu devia falar com ela.

Bobo negou com um aceno de cabeça.

— Não. Ela vai ficar puta comigo se souber que eu te contei. Além disso, ela anda muito cansada. Tenho certeza que está dormindo agora. Mas vou tentar convencê-la a sair de casa amanhã, ok?

— Ok.

— Ótimo. Agora vamos beber umas cervejas e esquecer toda essa merda.

Só que não havia mais cerveja — restavam apenas algumas latas de Sprite em temperatura ambiente —, e Andy não estava a fim de esquecer nada. Ele era um agente infiltrado, trabalhando em segredo para o time do karass, só esperando o momento certo de agir.

Nem teve de esperar muito. Os dois estavam no telhado havia aproximadamente uma hora quando um sujeito que Andy não reconheceu surgiu correndo da escada.

— Ei, Bobo!

— Que é?

— O Golden falou pra você descer. Ele tem uma coisa pra você.

— Espero que seja mais erva — Bobo disse. Andy forçou um sorriso. — Quer vir junto?

— Nah. Vou ficar por aqui.

— Beleza. Até daqui a pouco.

Andy esperou alguns minutos, então seguiu direto para o apartamento de Bobo, no sexto andar.

Ele não sabia ao certo o que esperar, mas tinha uma estranha sensação de filme de terror enquanto caminhava pelo longo corredor ao estilo de *O iluminado*. A porta perto da janela tinha sido arrancada das dobradiças. No chão, uma aba de metal e um cadeado inviolado. O apartamento além da porta arrombada estava destruído — espelhos quebrados, lençóis rasgados, móveis espatifados —, como se um animal selvagem tivesse ficado preso ali.

Só havia uma explicação. De algum modo, Bobo tinha conseguido atrair Misery para seu apartamento e depois a trancou lá. Talvez tenha sido para castigá-la por ter terminado tudo, ou talvez ele realmente tenha achado que conseguiria convencê-la a perdoá-lo, se tivesse uma chance de se explicar.

Andy ficou indignado que alguém que ele considerava seu amigo tivesse feito aquilo. Ao mesmo tempo, ficou estranhamente aliviado. Desde a noite em que o pacto deu errado, ele vinha sofrendo com o peso da culpa. Agora, pelo menos, estava livre para odiar seu melhor amigo. E foi o que fez. Ele odiou Bobo, do modo mais profundo e puro que já tinha odiado alguém. Foi boa a sensação de finalmente estar na mesma página que o restante de seus amigos — Misery, Anita, Eliza...

E Peter.

A peça final da história se encaixou. A porta arrombada. A "coisa" que Golden tinha esperando por Bobo, lá embaixo.

Andy saiu correndo de volta e desceu a escada de dois em dois degraus, tão rápido que teria passado direto pela recepção se elas não tivessem chamado.

— Andy!

Eram Eliza e Anita.

— Oi! — Sua alegria ao vê-las se transformou imediatamente em medo pela segurança das meninas.

Eliza o deteve pelo pulso.

— O Peter está aqui? Você viu ele?

Andy sabia que, se contasse o que tinha visto, ela insistiria em descer junto.

— Vocês precisam ir embora daqui, Eliza. Voltem pra casa do Peter. Eu prometo que levo ele e a Misery pra lá assim que possível.

— Não vamos a lugar nenhum.

— Você não está entendendo. É perigoso ficar aqui.

— Não tô nem aí.

Cada segundo que ele perdia discutindo com ela era um segundo que não estava sendo usado para socorrer Peter.

— Então subam para o segundo andar, tá? O apartamento 212 deve estar destrancado. É lá que eu durmo quando fico aqui.

— O Peter está lá?

— Ele vai pra lá depois.

Andy saiu correndo outra vez, passou pela porta e desceu as escadas para a sala de ginástica, onde topou com Bobo e Golden saindo do vestiário.

— Andy, meu velho! — Golden fechou a corrente de volta no pescoço. — Você perdeu o espetáculo!

— Que espetáculo? — Andy dirigiu a pergunta a Bobo, mas seu ex--melhor amigo não disse nada. Parecia ter acabado de voltar de uma guerra. — Bobo, você tá bem?

— Não se preocupe com ele — Golden disse. — Ele agiu como um verdadeiro campeão lá dentro. Infelizmente, a gente não sabe onde foi parar a linda namoradinha dele.

— Você viu a Misery? — Bobo perguntou, num sussurro.

— Não.

Golden deu um tapa nas costas de Bobo.

— Então ela já deve ter ido embora. Fazer o quê? Vamos beber alguma coisa, lutador. Eu guardo o estoque de primeira no meu apartamento.

— Eu encontro vocês lá — disse Andy. — Só preciso tirar água do joelho.

— Evite a cabine ocupada — Golden recomendou. E então riu, e pela primeira vez Bobo não riu junto.

Andy já sabia o que iria encontrar pela frente, muito antes de deparar com o rastro de sangue que se estendia da sauna até o banheiro. Peter estava dentro da cabine do canto direito, escorado no vaso sanitário. Ele estava detonado de um jeito que Andy só tinha visto em filmes. Um dos olhos estava fechado de inchaço, e o outro estava meio aberto. Sangue seco cobria toda a parte inferior de seu rosto. Ele estava sem camisa, e havia hematomas cobrindo suas costelas, cada um deles com um contorno vermelho intenso. Seus pulsos tinham várias marcas vermelhas de perfuração. O pior de tudo era a ferida em carne viva no bíceps direito. Nas extremidades, Andy identificou as manchas de tinta preta do que fora uma tatuagem.

Peter olhou para ele. Não havia nenhum sinal de emoção identificável no semblante entumecido.

— Eu tô aqui pra ajudar. — Andy se ajoelhou. Eles se levantaram juntos, Andy tomando o máximo cuidado possível. Peter gemia a cada passo. Demorou quinze minutos só para conseguirem chegar à recepção. — Peter, eu preciso que você fique aqui, tá? Eu vou buscar as meninas, e depois nós vamos embora.

— A Eliza está aqui? — ele perguntou.

— Sim.

— Então eu vou junto.

— Mas você...

O estalo de um tiro ecoou de algum lugar acima. Andy tinha esquecido que o apartamento de Golden também ficava no segundo andar. E tinha *acabado* de mandar Anita e Eliza para lá...

Ele correu na direção da escada, com Peter mancando logo atrás. Quando alcançou a porta, ela se abriu de dentro para fora. Golden apareceu, encurvado, apertando uma mancha na barriga ensopada de vermelho. Ele disparou uma série de palavrões quando passou por eles, cego de dor, e deixou o Independent.

Andy subiu a escada em saltos e escancarou a porta do segundo andar.

Escuridão, depois um feixe de estrelas brilhou através da janela no fim do corredor. Algumas desapareceram, bloqueadas pela silhueta de alguém. E se fosse Bobo? E se ele estivesse armado? Andy correu para o escuro a toda a velocidade, e com a mesma rapidez derrubou o estranho. Com as mãos ele protegeu o rosto e, com os joelhos dobrados, o alvo sensível entre as pernas. Estava prestes a disparar socos quando algo chamou sua atenção: um perfume que mesmo naquele ambiente inóspito era familiar.

— Anita — ele disse, tentando conter seus braços surpreendentemente fortes —, para de me bater!

— Andy?

Ele saiu de cima dela e estendeu a mão para ajudá-la a se levantar.

— Desculpa. Eu não sabia quem era...

Ele não tinha planejado fazer aquilo. Só estava tentando ajudá-la a ficar de pé. Somente quando estavam muito próximos ele percebeu que o rosto dela vinha ao encontro do seu, e naquele milésimo de segundo ele soube que precisava fazer isso. E se nunca mais tivessem oportunidade? O beijo não durou mais que alguns segundos, mas foi tempo suficiente para abrir a boca e inalar um sopro da respiração dela. Tempo suficiente para que tudo de horrível que estava acontecendo naquele momento — Bobo, Golden e até mesmo o Ardor — fosse para o espaço. Por alguns preciosos segundos.

— É o Andy? — outra voz disse. Uma bola laranja agachada na entrada de um apartamento a poucos passos de distância.

— Misery? — Andy perguntou. — Graças a Deus. — Ele avançou e a envolveu no mesmo abraço de Anita.

— Quem está aí? — Peter perguntou, da escada.

— É a Anita — Andy respondeu —, e a Misery também.

— E a Eliza?

— Pensei que ela tivesse corrido pra fora do apartamento comigo e a Misery — Anita disse. — Mas eu a perdi no escuro.

— Eliza! — Peter chamou, e então perdeu a voz num acesso de tosse. Os outros começaram a chamar por ela:

— Eliza! Eliza!

Segundos depois, a porta do apartamento 212 se abriu lentamente, com um rangido. A luz do luar a acompanhou pelo corredor, iluminando a pele nua de seus ombros e sua barriga, refletindo na renda do sutiã. A princípio Andy achou que se tratasse de uma ilusão de óptica — a sombra ferrugem que se estendia por todo o abdome dela até o cós da calça jeans. Mas, quando ela chegou mais perto, ele reconheceu o que era.

— O que aconteceu, Eliza?

— Desculpa — ela falou. — Eu tive que fazer isso.

— Isso o quê?

Ela repetiu, só que desta vez desesperada, quase histérica:

— Eu tive que fazer isso!

ANITA

A pista expressa estava muito mais movimentada que nas últimas semanas, e quase todos os carros convergiam na mesma direção. Se acontecesse um acidente, provavelmente acabaria causando um congestionamento, daqueles que costumavam acontecer nos bons tempos. Anita se lembrou das tardes quentes de verão parada na I-5, o ar-condicionado e a rádio Kube 93 bombando.

Seria mesmo possível que ela estivesse com saudade dos congestionamentos?

— Você acha que essa movimentação toda é por causa da festa? — ela perguntou. — Quer dizer, a festa é só amanhã, mas talvez eles estejam querendo chegar antes.

— Não sei — Eliza respondeu, distraída. — Não dá pra ir mais rápido?

— Vou tentar.

Elas demoraram para pegar a estrada. Depois que Peter se mandou com o Jeep, Eliza entrou correndo em casa e pediu a chave do Jetta da mãe de Peter, mas a única resposta que teve foi uma enxurrada de perguntas ansiosas de mãe: "Por que o Peter não veio junto? Ele está com a Samantha? Por que ele não veio pedir o meu carro pessoalmente? O que vocês vão fazer? Isso é seguro?" Eliza ergueu a voz, e então a mãe de Peter respondeu no mesmo tom, e então o pai de Peter deixou as duas ainda mais furiosas ao se recusar a tomar partido. Enquanto todos discutiam, Anita procurou nas gavetas do armário da cozinha até encontrar o conhecido logo vw.

— Esquece, sra. Roeslin — ela falou, puxando Eliza para fora. — Nós vamos andando.

Assim que pegaram a saída 520, Seattle se descortinou diante do para-brisa feito um livro pop-up. *A minha cidade*, pensou Anita. Era uma pena que ela nunca tivesse explorado outros horizontes do planeta — Paris, Roma, Timbuktu. Mas, em outro nível, essa noção despertou um tipo de terna intimidade por ter vivido em um lugar apenas: monogamia geográfica. Ela via tudo com outros olhos agora, desde o pesadelo multicolorido que era o prédio do Experience Music Project — um museu projetado em homenagem à guitarra derretida de Jimi Hendrix, mas que parecia mais o vômito de uma criança depois de ter comido uma caixa de giz de cera — à icônica Space Needle, que parecia muito mais sólida e monumental agora que seus elevadores tinham parado de subir e descer nas laterais feito besourinhos dourados. Tantas recordações: as visitas ao Centro de Ciência do Pacífico, as noites em claro estudando na imensa estufa de vidro que era a Biblioteca Pública de Seattle, os jantares austeros com a família nos restaurantes caros nos arredores do mercado municipal. Era impossível não amar tudo aquilo agora — até mesmo seus pais, que tinham sido colocados na mesma categoria das lembranças generalizadas e banhados com a luz dourada do retrospecto. Então lhe ocorreu que o ódio, a aversão e até mesmo a indiferença não passavam de um luxo, nascido da crença equivocada de que tudo pode durar para sempre. Ela sentiu uma pontada de remorso. Apesar de tudo, esperava que seus pais estivessem bem.

A bola branca do sol mergulhou no horizonte de tons rosados.

— Vou sentir saudade dessa merda — disse Eliza.

— Eu estava pensando a mesma coisa.

O céu escureceu assim que elas estacionaram em frente ao Independent. Enquanto descia do carro, Anita olhou para o Ardor, no alto. Todos eles sabiam onde localizá-lo no céu, algumas estrelas abaixo do asterismo conhecido como Grande Carro. Ele nunca pareceu muito grande, Anita se lembrava de ter ouvido falar, exatamente porque *não era* muito grande. Diziam que parecia mais uma bala do que uma bomba. Mas uma bala que poderia matar com a mesma facilidade de uma bomba.

A recepção do Independent era uma volta ao passado. Até que seria chique, de um jeito decadente, não fosse pelos montes de lixo e o cheiro indecifrável.

— Onde nós estamos? — Eliza perguntou.

— Parece mais o inferno.

Uma porta, no outro extremo da recepção, se abriu. Alguém saiu correndo tão rápido que Anita ergueu as mãos instintivamente.

— Andy!

Ele parou, derrapando igual a um personagem de desenho animado.

— O Peter está aqui? — Eliza perguntou, apressada. — Você viu ele?

— Vocês precisam ir embora daqui, Eliza. Voltem pra casa do Peter. Eu prometo que levo ele e a Misery pra lá assim que possível.

— Não vamos a lugar nenhum.

— Você não está entendendo. É perigoso ficar aqui.

— Não tô nem aí.

Andy suspirou.

— Então subam para o segundo andar, tá? O apartamento 212 deve estar destrancado. É lá que eu durmo quando fico aqui.

— O Peter está lá?

— Ele vai pra lá depois.

— Você não achou que ele estava estranho? — Eliza indagou assim que Andy desapareceu pela porta que tinha uma placa escrito "SALA DE GINÁSTICA".

— Ele sempre parece um pouco estranho. Mas tenho certeza que ele sabe o que está fazendo. Vamos.

Elas tinham cruzado metade da recepção quando ouviram um estalo perto dos sofás. Um tufo de cabelos alaranjados se ergueu por trás de um sofá de veludo remendado: Misery. Havia algo mortalmente sério em sua fisionomia.

— O que você está fazendo aqui? — Anita perguntou.

— Vocês não podem subir — Misery disse.

— O quê? Por que não?

Ela saiu de trás do sofá. Sombras deixaram sua pele, revelando vários hematomas em seus braços pálidos, cada um uma pequena aquarela de um sol nascendo. Ela tinha envelhecido cinco anos desde a última vez em que Anita a vira.

— O Bobo — Misery respondeu, em seguida chacoalhou a cabeça. — Ele me prendeu. E o Andy devia estar sabendo. Eles estão juntos nessa. Só podem estar.

— O Andy nunca te machucaria, Mis — Anita falou.

— Ah, é? Ele machucou o Peter.

— Eu sei. Mas foi um erro.

— Se você estiver errada e a gente subir para o apartamento dele, ele pode trancar a gente lá. Ou coisa pior.

— Ele não vai fazer isso.

— Como você sabe?

"Porque ele não é o Bobo", Anita queria dizer, mas ao mesmo tempo não queria magoar Misery. A crueldade de Bobo sempre esteve lá, infiltrada na pele, feito tinta de tatuagem. Mas Andy era diferente. Ele era bom. Se havia uma coisa no mundo que Anita sabia com toda a certeza, era isso. Ela encolheu os ombros.

— Eu sei.

— Eu também — Eliza respondeu, e Anita ficou grata.

Juntas, elas subiram a escada até o segundo andar e entraram no apartamento 212. A decoração se parecia com a de um quarto de hotel barato, com as duas camas de solteiro de sempre forradas com as colchas de matelassê salmão surradas de sempre, o sofá de dois lugares de sempre e a TV de tela plana gigante de sempre na parede. A única fonte de luz penetrava por uma persiana quase transparente. Anita a abriu.

Uma lancha branca solitária passou pelo estuário de Puget a toda a velocidade, simbolizando alguma coisa. Quase tudo que se movia estava indo para o sul, na direção do aeroporto da Boeing. Carros passavam por trás do imenso estádio nos limites da cidade como se estivessem cruzando para outro mundo. Antigamente, o estádio Kingdome ocupava aquela mesma área, grande e atarracado como um cupcake, seu telhado branco segmentado parecendo a armação de um guarda-chuva. Anita só tinha visto o estádio em fotos; ele havia sido demolido e substituído por uma monstruosidade cara quando ela tinha três anos. Agora o Ardor provavelmente destruiria aquele também. Existia uma justiça cósmica nisso.

Anita deu as costas para a janela. Misery estava deitada na cama, com a cabeça no colo de Eliza. Havia uma beleza trágica nela, em seus membros pálidos soltos ao longo do corpo e no olhar traumatizado e distante. Era estranho pensar que Bobo não teria feito o que fez se não a achasse bonita. A beleza sempre faz de quem a carrega um alvo. Todas as outras características humanas podem ser ocultadas com facilidade — a inteligência, o talento, o egoísmo, até mesmo a loucura —, mas a beleza não dá para esconder.

— Você já desejou não ter a aparência que tem? — Anita perguntou.

— O tempo todo — Misery respondeu. — Eu odeio a minha aparência.

Anita sorriu do mal-entendido. Ela lembrava como era ter dezesseis anos — tão desconfortável com seu corpo que às vezes ele nem parecia seu. Mesmo agora, com dezoito, ela só estava começando a conseguir se olhar no espelho sem pirar.

— Eu não quis dizer isso. Eu quis dizer...

— Ter medo — Eliza interveio.

— Isso mesmo.

Não foi preciso dizer mais nada. Não foi preciso descrever todas as coisas que é necessário fazer para não chamar atenção. Não foi preciso falar como era difícil chamar a atenção da pessoa *desejada* sem que os outros pensassem que você estava querendo chamar a atenção de *todo mundo*. Não foi preciso citar todas as barreiras colocadas; não apenas aquelas que protegem dos perigos físicos — apesar de serem muitas —, mas as barreiras erguidas para proteger o coração. Dizem que nenhum homem é uma ilha, e Anita achava que isso talvez fosse verdade. Mas as mulheres eram; tinham de ser. Mesmo que alguém se desse o trabalho de se aproximar e desembarcar, não demoraria a descobrir que no centro dessa ilha havia um castelo, cercado por um fosso profundo, com uma ponte levadiça instável, arqueiros armados nas muralhas e um caldeirão de óleo fervente acima do portão, pronto para fritar vivo qualquer um que ousasse cruzar o portal.

— Os meninos nunca entendem isso — Anita disse, e, apesar de tecnicamente não dar continuidade ao assunto, era o tipo de afirmação sempre apropriado. Pelo menos quando se está em um lugar cheio de garotas.

— Nem me fale — Eliza concordou.

— Eles só entendem de peitos — Misery comentou, com sarcasmo.

— Essa é a pior parte. Na verdade eles não entendem.

E no escuro daquele quarto, pouco mais de vinte e quatro horas antes do possível fim do mundo, as três ainda conseguiram rir. Acontece que não existe medo capaz de impedir a imensa necessidade humana de se relacionar com os outros. Talvez, pensou Anita, o medo na verdade estivesse no cerne dessa necessidade. Afinal toda vida acaba em um apocalipse, de um jeito ou de outro. Quando aquele apocalipse chegasse, seria muito triste pensar: *Pelo menos eu não tenho muito a perder*. Não se vence o jogo da vida perdendo o mínimo possível. Essa seria uma daquelas — qual era o nome mesmo? — vitórias pírricas. O verdadeiro vencedor era o que tinha mais a perder, mesmo que isso significasse perder tudo. Mesmo que significasse que, mais cedo ou mais tarde, você *iria* perder tudo mesmo.

E assim elas esperaram, juntas, pelo que aconteceria em seguida.

ELIZA

Eliza estava sentada na beirada da cama, dedilhando a ponta de uma faca de caça e imaginando como seria a sensação de esfaquear alguém. Será que era parecido com espetar o peru para ver se já assou? Quebrar a casca de um ovo? Fatiar a polpa macia de uma melancia? Peter lhe dera a faca naquela manhã, pouco antes de eles saírem de casa. "Só por precaução", ele tinha dito. A luz do Ardor refletia, linda, pela persiana. Eliza olhou na direção da janela, para o imenso céu estrelado. O asteroide parecia tão insignificante quanto antes — um piscar de olhos de um deus poderoso, o equivalente celestial a um soco: você só percebe quando acerta a sua cara. A vida tinha um monte de coisas como aquela: asteroides apocalípticos, câncer em estágio terminal, amor.

Barulho de passos no corredor.

— Peter! — Eliza exclamou, já correndo em direção à porta.

— Espera — Anita disse.

Eliza abriu a porta, mas estava tão escuro que era impossível enxergar quem se aproximava.

— Oi?

— Eliza?

Era Bobo, e atrás dele vinha um vulto baixo e de membros fortes, compacto como uma estrela de nêutrons: Golden, com uma arma enfiada no cós da calça jeans.

Eliza improvisou:

— Eu vim falar com o Andy.

— Ele tá lá embaixo. Eu posso te levar lá.

— Obrigada.

Ela tentou sair sem abrir muito a porta, mas algum movimento às suas costas deve ter chamado atenção.

— Tem alguém lá dentro — Golden alertou.

— Corram! — Eliza gritou, pegando a arma de Golden e jogando o mais longe possível pelo corredor. Ele a atacou, prendendo-a pelos ombros, mas então Anita e Misery também estavam lá, e tudo ficou confuso. Eliza conseguiu se desvencilhar e acabou correndo de volta para o quarto. Um barulho de luta do lado de fora, e em seguida a porta se fechou com um baque. Pessoas corriam pelo corredor, e, em algum lugar bem mais próximo, um som humano, úmido e sibilante.

— Bobo?

— Deu merda — ele disse.

Eliza sacou a faca da cintura sem fazer barulho.

— O quê?

— Ela está com ódio de mim.

— A Misery? Você deixou ela presa, Bobo?

— Só porque ela não queria falar comigo. Eu só queria que ela falasse comigo, como um ser humano!

Apesar de tudo, Eliza chegou a sentir um pouco de pena. Andy tinha lhe contado toda a história de Bobo — os pais alcoólatras, o pacto suicida, os antidepressivos e seus efeitos colaterais.

— Você não devia ter feito isso — ela disse.

— Eu sei.

— Mas isso não faz de você uma pessoa má.

— Faz, sim. Nós dois sabemos. Eu sou um merda.

O choro se tornou mais alto, mais próximo, e então Bobo a estava abraçando, com o rosto enterrado em seu ombro. As roupas dele exalavam um odor de gasolina, e o rosto áspero arranhava a pele do seu pescoço. Ele a apertou de uma maneira desconfortável, prendendo seus braços nas laterais do corpo, e ela percebeu tarde demais que ele estava jogando o peso do corpo sobre o seu, forçando-a de costas em direção à cama. E ela se viu obrigada a soltar a faca para não ferir as próprias costas.

— Para com isso, Bobo.

— Eu sempre te quis — ele sussurrou. Sua voz tinha aquele tom que Eliza conhecia muito bem. O tom de voz de um homem que tinha passado do ponto da razão.

— Você não quer realmente fazer isso.

As mãos dele estavam em sua cintura, desabotoando a calça jeans. A calça de Misery.

— Você é tão linda.

Eliza se lembrou do estranho que tinha se deitado em sua cama no quartel da base naval. Ele tinha sido mil vezes mais carinhoso e cavalheiro que Bobo, mas será que os dois eram tão diferentes assim? Uma dupla de garotos dignos de pena, ambos desesperados por amor, ambos tentando consegui-lo a todo custo. E não teria sido tão difícil deixar rolar. Se ficasse imóvel como um defunto e pensasse em outra coisa qualquer, ela poderia sobreviver a isso. Quão pior podia ser do que tomar um porre e ir para a cama com um cara que ela tinha acabado de conhecer em um bar? Alguns minutos de torpor e pronto.

Mas então sua mão direita, que tateava desesperadamente entre os lençóis, tocou o cabo de madeira quente da faca de Peter. E esse pareceu ser o auge da demonstração de seu amor por ela, que a faca estivesse lá ao seu alcance, como num milagre. O tempo que eles tinham passado juntos invadiu sua mente em um único rompante — não apenas os últimos dias, mas o ano inteiro de silêncio, quando ela fingia não o ver, apesar de sua presença em qualquer lugar estar mais para uma frase em um livro destacada com marca-texto ou uma fotografia superexposta. "Você nem precisa transar com um cara pra fazer ele muito feliz", Anita tinha dito. E era verdade. Afinal Peter se apaixonara por ela depois de um beijo. Talvez ela também tivesse se apaixonado por ele depois daquele beijo. Talvez ela tivesse sido colocada na Terra para amá-lo, e o amor deles seria a única coisa que importava de verdade nesta vida breve e idiota.

Bobo arrancou a blusa dela pela cabeça; a faca enroscou no tecido e a rasgou.

— Pela última vez — ela avisou. — Não faça isso.

Ele abriu o zíper da calça. Ela sentiu a pele da barriga dele contra a sua, e o hálito quente parecia um fósforo incandescente em sua orelha.

— Nós estamos todos condenados mesmo — ele disse.

As coisas não aconteceram como ela esperava, praticamente sem nenhuma resistência, e da escuridão ressoou um barulhinho humano, um leve gemido — *ohhh* —, como uma revelação de última hora. Ele escorregou de cima dela para o chão, e ela pulou em cima dele, preparada para a próxima estocada. Mas ele não se mexeu. Ela tinha mirado no coração e achou direitinho.

Um momento de silêncio, então um tiro ecoou do lado de fora. Eliza ficou de pé com um pulo e se encostou na parede. Ela não estava a fim de tirar a faca do corpo de Bobo, mas ainda lhe restavam suas unhas e dentes. Ela seria capaz de rasgar a garganta de Golden com as próprias mãos se fosse preciso.

— Eliza! Eliza!

Um coro de vozes, seus amigos. Ela se apressou para o corredor. Andy foi o primeiro a vê-la. Seu olhar pousou direto na mancha vermelha em sua barriga.

— O que aconteceu, Eliza?

— Desculpa — ela disse. — Eu tive que fazer isso.

— Isso o quê?

— Eu tive que fazer isso!

Andy passou por ela e entrou no apartamento. Os outros vieram logo atrás — Anita, Misery e um estranho. Apesar da penumbra, Eliza percebeu que o rosto dele parecia um pouco desfigurado. Ele estava vindo em sua direção agora, com uma caricatura de sorriso na boca retorcida.

E ela se esqueceu de tudo quando o reconheceu, caindo aos soluços em seus braços feridos.

No silêncio ecoante da escada, a respiração de Peter era dolorosamente alta. Raspando, enroscando, engasgando. Eles precisavam levá-lo para o hospital. O único problema é que não havia nenhum hospital funcionando. Talvez depois de amanhã voltasse a ter hospitais. Era possível. Qualquer coisa era possível.

— O que aconteceu com o Golden? — Peter perguntou.

— Eu atirei nele — Anita respondeu, e não havia remorso em sua voz.

Eles ainda o viram por um segundo, do lado de fora do Independent, cambaleando enquanto dobrava a esquina. Talvez ele sobrevivesse, talvez não. Mas isso pouco importava agora.

— Ele vai ficar triste se não tiver ninguém para escutar suas últimas palavras — disse Andy. — Ele sempre adorou se ouvir falando.

— Não é assim que as pessoas vão embora — Peter comentou. — A maioria não tem chance de dizer as últimas palavras.

Eliza imaginou se ele estava pensando em seu irmão mais velho, que morrera em um acidente de carro. Ou talvez estivesse pensando em todos eles. Quão rápido seria o fim quando chegasse a hora? Será que ia doer? Agora que eles estavam todos juntos novamente, o nevoeiro tinha se dissipado. Não havia mais nada entre eles e o Ardor além de alguns milhões de quilômetros de vácuo.

Andy ocupou o banco do motorista da perua.

— Não seria melhor tentar encontrar um hospital? — perguntou.

— Só me leva pra casa — Peter pediu.

Eles seguiram em silêncio pelas ruas escuras e desertas de Seattle. A cada minuto que passava, Peter ficava mais pálido. Longos acessos de tosse deixaram a palma de sua mão respingada de sangue, mas ele ainda estava consciente quando estacionaram em frente à sua casa.

Eliza deu um apertozinho no ombro dele.

— Você consegue ficar de pé?

— Posso descansar um pouco antes? Os meus pais vão pirar quando me virem neste estado.

— Claro. — Ela olhou ao redor, para os rostos preocupados de seus amigos. — Vocês se importam de entrar sem a gente? Digam que já estamos chegando.

— Você quer que eu fique também? — Misery perguntou.

Peter negou com um aceno de cabeça.

— Obrigado mesmo assim. Eu te amo, Samantha.

— Eu também te amo.

Eliza ficou observando enquanto eles se afastavam. Então ergueu a cabeça de Peter e a colocou com todo o cuidado em seu colo, esperando que o acesso de tosse parasse.

— Eu queria que a gente tivesse mais tempo — ele disse, finalmente.

PETER

— Mais tempo? Não seja ganancioso, Peter. O que a gente ia fazer com isso?

— Estou falando sério.

— Eu sei. Mas não fale assim. Senão eu vou me descontrolar.

— Eu não estou falando de décadas nem nada disso. Só um ano, quem sabe. O suficiente pra construir uma história.

— Nós temos uma história! Lembra quando a gente se beijou no laboratório fotográfico? Lembra quando a gente se encontrou no protesto? Lembra do nosso primeiro café da manhã com a sua família?

— Estou falando de uma história de verdade. Tipo uma linguagem que ninguém além de nós conhece. Os meus pais têm isso. Aposto que os seus também tinham.

— Nós temos uma linguagem nossa.

— Temos?

— Sim.

— Então diga alguma coisa pra mim usando essa linguagem.

— Seus olhos são lindos.

— Isso é linguagem normal.

— A maioria das palavras da nossa linguagem é pronunciada do jeito normal. É pras pessoas não perceberem que nós estamos falando a nossa linguagem.
— Tem alguma diferença?
— Algumas. Por exemplo, *cenoura*.
— O que significa?
— Abóbora.
— O que mais?
— *Eu te amo*.
— O que significa?
— Significa "Eu te odeio".
— Haha. E o que significa "Eu te odeio"?
— A mesma coisa. Essa não tem diferença.
— Entendi.
— Você quer saber como se diz "Eu te amo"?
— Claro.

Eliza se abaixou. Seus cabelos formaram uma pequena barreira de proteção ao redor do rosto dele, e por um segundo ele se esqueceu da dor que lancetava seu peito cada vez que ele respirava. Rapidamente, como um gato dando uma lambida no leite, ela passou a língua na ponta do nariz dele.

— Assim.
— Isso não é linguagem.
— A nossa linguagem é metade sinal, metade palavras. Ela é muito complicada. É por isso que nós somos os únicos que sabem se comunicar com ela.

Ele percebeu o vacilo na voz dela, e de algum modo lhe pareceu extremamente importante impedi-la de chorar pelo máximo de tempo possível.

— Me ajude a lembrar. Como era aquela sua filosofia sobre os eventos? Como funciona mesmo?

Eliza balançou a cabeça.

— Eu não tenho mais uma filosofia.
— Então invente uma nova.
— Inventar uma filosofia?

— É. Tipo uma história de ninar. Só que esta tem que ser de verdade.
— Ah, tudo bem. Uma filosofia de verdade, inventada de bate-pronto. Só isso.
— Sim.

Ele esperou. A dor no peito estava se espalhando por todo o torso agora, pesando mais a cada respiração, como o aperto lento de uma jiboia. Ele fechou os olhos. Estava tudo bem. Ele tinha protegido a todos — seus amigos, sua família, seu karass. Mesmo que por apenas algumas horas a mais, ele tinha conseguido mantê-los em segurança. Independentemente do que acontecesse, não tinha sido uma vitória pírrica. Tinha sido uma vitória de verdade.

Eliza demorou o que pareceu uma eternidade para falar novamente. Peter estava começando a achar que ela tinha desistido, ou adormecido.

— Há muitos e muitos anos — ela disse —, uma civilização muito avançada tinha um laboratório de ciências. Tinha um cara que trabalhava no laboratório, vamos chamá-lo de Teo, que era um funcionário mediano. Não era um gênio, mas também não era totalmente burro. A especialidade desse laboratório, eu esqueci de dizer, era criar mundos. Então Teo resolveu criar um mundo basicamente feito de água, algo que nunca tinha sido feito antes, pois todo mundo sabia que com o tempo a água destrói tudo por onde passa, e o pessoal desse laboratório gostava de criar coisas mais duradouras, como pedras e tal. No começo não aconteceu nada de mais no mundo de água, além de algumas erosões, ferrugem e vários alagamentos. O chefe de Teo não estava muito satisfeito. Mas Teo continuou trabalhando, e, depois de um tempo, aconteceu uma coisa incrível. Surgiu a vida. No começo foi bem pouco, mas depois veio mais. Um monte. E ela começou a se desenvolver. E aí os macaquinhos começaram a aprender coisas novas e foram ficando mais espertos, e tudo estava indo muito bem pro Teo. Mas então, uns dois mil anos depois, a coisa ferrou outra vez. Havia guerras, terrorismo e armas nucleares por toda parte. Teo não conseguia entender. Era como se ele tivesse construído uma bela casa para as pessoas morarem, mas elas resolveram destruí-la. E a empresa de Teo, que já estava farta, resolveu desligar esse mundo. Nem todos os mundos davam certo.

Peter sentiu uma gota fria pingando em seu rosto, mas estava muito cansado para enxugar. Lentamente a gotinha escorreu por sua face, fazendo cócegas enquanto deixava um rastro úmido. Agora, cada respiração era uma vitória. Eliza se calara. O medo chegara para preencher o silêncio. Medo de desaparecer, do escuro, do desconhecido. Medo de ir para algum lugar sem esse amor que o definia. "Não pare de falar", ele tentou dizer.

Como se tivesse ouvido, Eliza continuou a história:

— Aí Teo levou o mundo para casa e o jogou no lixo, exatamente como disse que faria. Mas o filho dele, que se chamava Cris, numa referência aos seus tradicionais valores cristãos, acabou encontrando o mundo. E se apaixonou pelos macaquinhos. Então ele tirou o mundo do lixo, limpou e levou para o escritório do pai. "Você não pode simplesmente desistir desses macaquinhos!", ele disse. E o pai tentou explicar sobre negócios e capitalismo e tudo o mais, mas Cris não queria saber. E agora vem a parte em que aconteceu um verdadeiro milagre, porque eu sei que vocês, religiosos, adoram um milagre: naquela mesma semana ele tinha aprendido na escola sobre misericórdia. Então implorou para o pai dar mais uma chance ao mundo. Até teve uma ideia de como eles poderiam fazer isso. "Vamos assustá-los", ele disse. "Vamos deixar eles pensarem que tudo acabou." E o pai dele perguntou: "Você quer dizer com um tipo de enchente?" E o Cris respondeu: "Enchente é coisa do passado, pai. Vamos fazer isso com um asteroide. Vamos dizer que eles estão prestes a morrer, e aí, no último segundo, nós salvamos todo mundo". Então o pai de Cris relatou todas as coisas terríveis que os macaquinhos tinham feito ao longo da história. "Eles não merecem uma segunda chance", o pai disse. O Cris argumentou: "Bom, não seria misericórdia de verdade se eles merecessem". Quando ouviu isso, o pai dele cedeu, e os dois seguiram adiante com o plano. No começo pareceu que não estava funcionando direito. Na verdade, com o passar dos dias, as coisas pareciam estar ficando cada vez *mais* horríveis e assustadoras. Mas Cris falou para o pai não se preocupar com os macaquinhos. Ele disse que um momento fantástico ia chegar, quando todos iam esquecer das próprias vidinhas e olhar para o alto, para ver se aquela imensa bola de fogo no céu ia mesmo acabar com todo mundo. E talvez, quando vissem a bola passar reto, quando sentissem a misericórdia, isso seria suficiente para convencê-los a mudar. Talvez...

As gotas caíam a cada segundo agora, apesar de Peter senti-las um pouco mais distantes, como se estivesse caindo com elas. Eliza não parecia mais saber o que dizer, por isso simplesmente continuou repetindo sem parar, beijando-o ao final de cada palavra, mais e mais suavemente:

— Talvez... talvez... talvez...

Ele não sentiu nada quando ela lambeu as próprias lágrimas no ponto entre sua testa e o nariz.

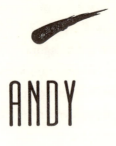

ANDY

— Como...? — Andy começou, mas acabou esquecendo o fim da pergunta enquanto olhava surpreso através da janela.

Da estrada, o aeroporto da Boeing reluzia como se fosse um reino encantado. Centenas de chamas — de tochas de bambu e imensas fogueiras às chamas delicadas e bruxuleantes de velas — sinalizavam um caminho serpenteante que se estendia pelas pistas vazias (que agora tinham se transformado em um mar de carros estacionados) até um hangar inimaginavelmente enorme. Também havia eletricidade lá: milhares de pisca-piscas de Natal pendurados, parecendo teias de aranha fosforescentes em um velho sótão; luzes de holofotes se cruzavam no céu como se estivessem procurando alguma coisa acima das nuvens; um globo de discoteca refletia um caleidoscópio de luzes em constante mudança dentro do hangar; o brilho vermelho do freio dos carros piscando dava um tom monocromático de queima de fogos por toda a estrada. Andy abriu a janela. Era possível ouvir a música dali, e um leve odor de diesel perfumava o ar.

Se ao menos todo o karass estivesse junto ali para ver aquilo...

Eles tinham ficado acordados até o nascer do sol, conversando com os pais de Peter. Todos choraram, e, no fundo do seu coração, Andy chorou por Bobo também. Ele não se lembrava do momento em que dormiu, mas quando acordou o sol já estava alto no céu, berrando como um megafone. Os pais de Peter acabaram adormecendo no sofá, e mesmo dormindo pareciam arrasados. Peter teve sorte de tê-los como pais.

Andy encontrou Anita na cozinha, conversando com Misery e Eliza.

— Anita — ele disse —, a gente precisa ir ver os seus pais.

Ele esperava por uma discussão, mas Anita enxugou o canto dos olhos e assentiu.

— Vou pegar alguma coisa limpa pra você vestir, Eliza — Misery avisou.

Eliza olhou para suas roupas e pareceu surpresa ao ver que as manchas de sangue ainda estavam lá.

— Certo. Obrigada.

Já era mais de meio-dia quando eles deixaram a casa de Peter. Misery disse que ia tentar aparecer no aeroporto da Boeing naquela noite, mas Andy sabia que não era verdade. Seus pais precisavam dela, e ela também precisava deles.

O interfone da casa de Anita não estava funcionando, por isso Andy teve de abrir o portão na marra, com o para-choque do carro.

— Eles nem devem estar em casa — Anita arriscou.

Mas, segundos depois de ela soltar o batedor de cobre, sua mãe abriu a porta. Emudecida, ela envolveu Anita em seus braços.

Lá dentro, Andy e Eliza foram apresentados ao pai de Anita, um homem com pose de estátua, mãos frias como mármore e poucas palavras. Havia um montão de comida caseira pronta, como se a mãe de Anita estivesse esperando por eles. Depois de comerem até as tampas, eles dormiram amontoados no tapete grosso da sala de estar, exauridos pela combinação de saciedade, tristeza e choque.

Só acordaram com o pôr do sol.

— Merda! — Andy exclamou, espreguiçando-se como um gato. — A gente precisa ir.

— Só vou trocar de roupa — Anita disse. — Não estou nem aí que seja vaidade. Eu estou usando essas roupas há duas semanas. — Ela correu para cima e, minutos depois, retornou transformada. Tinha trocado a camiseta e a calça jeans por um vestido vermelho colado ao corpo, meia-

-calça preta e botas de couro de cano alto. O cabelo estava preso para trás, e um colar grosso de prata brilhava em seu pescoço. Ela estava deslumbrante.

— Você está linda — disse Eliza.

Andy só conseguiu concordar com a cabeça.

À porta, a mãe de Anita se agarrou à filha como se ela fosse um tipo de boia salva-vidas.

— Você e o papai podem vir com a gente — Anita convidou.

Mas sua mãe negou com um aceno de cabeça, enxugando as lágrimas.

— Você conhece o seu pai — disse.

— E como conheço.

Quando os três estavam descendo os degraus entre a porta da frente e a alameda, viram a mesma coisa — um pássaro azul com olhos cor de fogo saiu voando de um canteiro de magnólias brancas e desapareceu no céu, como se estivesse levando uma mensagem diretamente para o Ardor.

◆

À medida que o carro se aproximava da rampa de saída, Andy finalmente conseguiu distinguir os vultos das pessoas lá embaixo, no aeroporto da Boeing, andando em pares ou em trios, na direção da boca escancarada do hangar. Todos usavam colares e pulseiras de neon — daqueles que a gente bate na perna para liberar as substâncias que os fazem brilhar ou joga para o alto como se fossem frisbees. Elas abriam isqueiros de gás butano e encostavam a chama azul na ponta de baseados e cigarros. Traçavam círculos brancos dançantes na terra com a luz branca de suas lanternas. Sob a cúpula estrelada, criavam suas próprias constelações, como um reflexo infinitamente variável do céu.

Andy acompanhou a fila de carros que passou por uma placa iluminada, em que estava escrito: "BEM-VINDOS AO FIM DO MUNDO". Nesse ponto, a música dubstep tinha se transformado em outro passageiro dentro do carro, tão pesado quanto a umidade. Demorou uns quinze minutos até conseguirem encontrar uma vaga para estacionar.

Os três seguiram pela trilha que levava ao hangar. Andy pegou na mão de Anita, depois na de Eliza; se eles se perdessem naquela multidão, nunca mais conseguiriam se encontrar. Quando passavam por uma das fogueiras maiores — uma imensa tigela de bronze batido que brilhava e dançava junto às chamas em seu interior —, Andy sentiu que estava sendo observado. Seus olhos se voltaram para a direita e pararam diretamente nos olhos da desconhecida. Ela devia ter vinte e tantos anos, estava acompanhada de um homem que parecia ter a mesma idade e tinha um sling preso no corpo. Dentro, um bebê pulava, balbuciava e olhava tudo ao redor, totalmente despreocupado com o apocalipse iminente.

— Desculpe — a mulher disse.

— Sim?

— Hum... a sua amiga... — Ela apontou para Eliza. — Você é Eliza Olivi?

— O que você quer? — Eliza perguntou.

— Não acredito! — Antes de esclarecer qualquer coisa, a mulher abraçou Eliza, espremendo o bebê entre elas.

O homem ficou rodeando as duas, e parecia tão nervoso como se estivesse diante da realeza.

— Você está chegando atrasada para a sua própria festa? — ele perguntou.

— A festa não é minha. Nem achei que fosse acontecer.

— Todo mundo achou que você tivesse morrido — a mulher disse, finalmente soltando Eliza. — Eles vão pirar quando te virem, como se fosse Jesus ressuscitando no domingo de Páscoa ou algo assim. Eu não acredito que conseguimos te conhecer. Muito obrigada.

— Não tem nada que me agradecer. Eu não fiz nada. — Mas o casal de fãs já tinha retomado o passo rumo ao hangar. Eliza chacoalhou a cabeça. — Não entendi nada.

— O que você não entendeu? — Andy perguntou.

Eliza não respondeu, mas seu rosto refletiu, pensativo, a luz da fogueira. Eles continuaram, em meio aos círculos sobrepostos formados pelas luzes das tochas, e passaram por um palco que tinha um piano e um par de microfones. Mais adiante, um pequeno grupo de voluntários de camiseta vermelha tentava organizar o trânsito de pedestres na frente do hangar.

Um hispânico grandão segurava uma prancheta e distribuía ordens, por isso Andy chegou à conclusão de que ele devia ser o responsável.

— Ei! — Andy chamou. — Nós estamos procurando o Chad Eye.

O cara deu uma olhada neles.

— Vocês são amigos do Peter, não são?

— Como você sabe?

Ele apontou para Eliza.

— Eu vi esta menina uma vez, pela vitrine.

— No Friendly Forks — ela completou.

— Isso mesmo. Na verdade, eu só estou aqui por causa do Peter. Um pouco antes de sumir de lá, ele falou que você estava organizando esta festa. Eu nunca me esqueci disso. Então, alguns dias atrás, eu vim pra cá e me ofereci pra cozinhar. Como já tinha bastante comida, me colocaram pra cuidar da porta. Melhor que ficar de bode em casa. Ei, Gabriel! — ele chamou outro voluntário, um negro alto com uma longa cicatriz no queixo. — Vem cá.

— Que foi?

— Estes são os amigos do Peter. Você pode levá-los até o Chad?

— Cadê o Peter?

Um longo silêncio.

— Ele se foi — Eliza respondeu.

Gabriel meneou a cabeça.

— Entendi. Vamos.

Ele os conduziu pela lateral do hangar até uma porta sem identificação. Atrás dela, uma escada comprida se estendia pela escuridão, iluminada por flashes de luz roxa, verde e laranja, que mudavam de acordo com a luz de uma pista de dança distante. Velas votivas boiavam em copos com água, um degrau sim, outro não. Eles saíram em uma passarela de metal vazado, construída com as laterais do telhado do hangar. Abaixo, um verdadeiro mar de gente se agitava em ondas, vibrando sob o brilho da luz e o som.

— Quantas pessoas tem lá embaixo? — Andy perguntou, mas Gabriel não conseguiu escutar, por causa da música. A batida grave do baixo fazia a passarela vibrar feito um prato de bateria. No outro extremo do hangar, eles se depararam com mais uma porta.

— O Chad está aqui dentro — Gabriel disse. — Quando descerem, procurem por mim se precisarem de mais alguma coisa. — Ele deu alguns passos pelo mesmo caminho por onde tinham vindo, então parou e olhou para trás. — O Peter era legal — falou.

Andy esperou que ele continuasse, mas pelo jeito isso era tudo o que ele tinha a dizer. Ele se virou e continuou andando.

O escritório atrás da porta estava à luz de velas. O ritmo kora saía de um conjunto de caixas de som, um pouco abafado pelas batidas que vinham de baixo. Chad vestia um conjunto de cânhamo cru e estava sentado em uma cadeira dobrável barata, de frente para uma janela, observando a festa lá embaixo.

— Ei — Andy falou.

Chad se virou, e seu rosto explodiu de alegria. Sid, o beagle, pulou de seu colo quando ele se levantou.

— Vocês vieram! — Ele envolveu todos em um abraço coletivo. — Eu sabia que viriam.

— Você sabia muito mais do que a gente — Andy respondeu, então se ajoelhou para acariciar Sid. — A gente pensou que você tivesse sido preso.

— Eu fui. Mas os guardas me soltaram quando descobriram que eu era o responsável pela festa.

— Sério?

— Sério. Aconteceram algumas surpresas boas ao longo do caminho, não foi? Falando nisso, vocês viram o palco que eu montei pra vocês perto da entrada?

— Aquele que tem o piano? — Anita indagou. — Aquele palco é pra gente?

— Claro. Vocês não acharam que eu tinha esquecido, né?

— Mais ou menos.

— Que falta de fé! Enfim, é melhor vocês descerem logo. Já tem um monte de gente olhando para o céu lá fora. Agora — pousou a mão no ombro de Eliza — vamos falar da *sua* apresentação.

— Como assim?

— Você precisa dizer alguma coisa para a multidão, Eliza!

— Por que eles iam querer me escutar?

— Tá brincando? Esse monte de gente só está reunido aqui hoje por causa do seu blog.

— Do meu blog? O que tinha de bom na merda do meu blog?

Chad olhou no fundo dos olhos de Eliza, como se estivesse tentando encontrar uma velha conhecida sua. Após um momento, se voltou para Andy e Anita.

— Eu mandei preparar um camarim pra vocês, aos pés da escada. Vão se aquecer um pouco. Eu preciso falar em particular com a Eliza.

Andy hesitou. Não parecia certo deixar Eliza para trás. Faltavam poucas horas para o fim; cada despedida parecia a última.

— Tudo bem — ela disse. — Eu encontro vocês lá embaixo.

Andy voltou pela passarela atrás de Anita, tentando identificar os rostos em meio à multidão lá embaixo. Havia mais velhos do que ele esperava — pequenas faixas de cabelos prateados, parecendo trechos de mato seco sobre um gramado. Ele imaginou se o sr. McArthur, o sr. Jester ou o segurança do Shopping Bellevue estavam ali. E quanto a Jess, Kevin e o resto da turma da Hamilton? Ele preferiu pensar que todos estavam lá embaixo em algum lugar, rodeados de amigos.

Eles estavam quase no fim da escada interminável quando Andy se deu conta de que estava prestes a ficar sozinho com Anita pela primeira vez desde o beijo. Bateu uma ansiedade e uma excitação — os quadris dela se moviam sinuosamente a cada degrau, e o vestido vermelho era colado em todas as partes certas —, além de um sentimento esquisito de culpa. Por que levou tanto tempo para ele perceber o que sentia por ela? Como ele pôde se distrair com uma garota que tinha dito logo de cara que não estava interessada? Como ele pôde desperdiçar um tempo tão precioso?

O "camarim" não passava de um escritório velho equipado com uma guitarra surrada e alguns sofás. "Velas" a pilha com chamas perfeitamente bruxuleantes tinham sido espalhadas por todo o ambiente.

— Legal aqui — Andy comentou.

— Sim. Muito.

— Quer beber alguma coisa?

— Quero.

Havia algumas garrafas de água em uma geladeira desligada. Por um segundo, Andy foi tomado pelo medo ridículo de não conseguir abrir a tampinha. Uma gota de suor escorreu da axila até a barriga. E se ela nem quis dar aquele beijo nele? E se ela só deixou rolar porque não conseguiu impedi-lo? Ele tentou lembrar se ela tinha retribuído o beijo, mas tudo acontecera muito rápido. Talvez fosse melhor esquecer. Só faltavam algumas horas para o fim do mundo mesmo. Era bobagem se preocupar com amor e sexo em um momento como aquele. Eles só iriam tocar juntos suas músicas e ser amigos, e isso seria o suficiente...

— Eu não quero morrer virgem — Anita soltou, e na mesma hora cobriu o rosto com as mãos. — Eu sei que é loucura dizer isso agora, com tudo o que está acontecendo, mas é verdade. — Ela se endireitou, respirou fundo e olhou bem nos olhos dele. — Eu gosto de você. Se você topar, eu topo.

Andy não sabia o que dizer. Ele tinha esquecido que havia outra pessoa na sala — alguém com necessidades próprias, desejos e medos. Mas era engraçado, ou melhor que engraçado, que duas pessoas pudessem estar sentindo exatamente a mesma coisa no mesmo exato momento. Ele caiu na risada. Anita arregalou os olhos e por um segundo sentiu o orgulho ferido, antes de Andy se aproximar para beijá-la.

— Nós precisamos aquecer — ela falou.

— Precisamos — Andy concordou. — Definitivamente.

ANITA

Anita leu uma vez que todas as perguntas triviais têm uma única resposta, mas, em se tratando de perguntas importantes, todas as respostas são igualmente válidas. Será que a vida era muito curta? Sim — nunca haveria tempo suficiente para fazer todas as coisas que queremos. E não — se durasse mais, iríamos valorizá-la menos ainda. Seria melhor viver pensando em si mesmo ou nos outros? Em si mesmo, é claro — é loucura assumir a responsabilidade pela felicidade alheia. Nos outros, é claro — o egoísmo não passa de uma forma de isolamento, afinal todos sabem que a verdadeira felicidade se encontra na amizade e no amor.

Anita sentiu alguma diferença depois de ter transado com Andy?

Claro que sentiu — perder a virgindade sempre era uma coisa importante, e, para ela, tudo aconteceu no fim de uma jornada que começara seis semanas antes (como era possível encaixar tantas vidas em seis semanas?), quando ela saiu da casa dos pais com uma malinha na mão e um monte de angústias. Mais importante: o sexo com Andy a aproximara dele de um modo que ela nunca imaginou que fosse possível, um modo profundo e inexplicável, mas que não era mental (Deus sabia que ela já tinha passado bastante tempo presa em seus próprios pensamentos) nem espiritual (que não era a sua praia). Era uma ligação física, humana, terrena. Era a mais pura negação da morte: o êxtase teimoso do corpo, o coração incansável. Anita finalmente compreendeu por que o amor era simbolizado por aquele órgão grotesco de bombear o sangue, sempre ameaçando entupir, ou falhar, ou ter um ataque. Porque o coração era o motor do corpo, e o amor era um ato do corpo. Sua mente podia lhe dizer quem odiar, respeitar ou invejar, mas somente o corpo — suas narinas, sua boca e a grande tela em branco que era sua pele — podia lhe dizer quem amar.

Ao mesmo tempo, era ingênuo pensar em si mesma totalmente transformada — ela e Andy não tinham feito nada que bilhões de outras pessoas já não tivessem feito antes. Foram apenas alguns minutos em um sofá de veludo roxo. Uma tirada rápida de roupa e uma dorzinha (menos do que ela esperava) e um pouco de prazer (menos do que ela esperava), algumas caras engraçadas, algumas risadas nervosas, depois aquele tremorzinho gostoso e algo nos olhos dele que Anita imaginou que só podia ser visto nos olhos dos garotos naquele exato momento, algo incrédulo, vulnerável e ao mesmo tempo másculo.

Será que ela o amava?

Claro que não — ela mal o conhecia.

E claro que sim — pois seu corpo lhe dizia isso.

— Eu devia ter sido mais cuidadoso? — ele quis saber.

— Acho que a maior pílula do dia seguinte do mundo está a caminho. Se nós ainda estivermos aqui amanhã, podemos ir atrás da verdadeira.

— Legal. Quer dizer... legal.

Apesar de todas as bobagens que os homens costumam dizer sobre "dar uma" e "ir para o abate", Anita se sentia muito mais forte, como havia muito tempo não se sentia. Na verdade, era Andy quem parecia mais fragilizado; talvez fosse por isso que sexo para eles era sempre questão de "ir para o abate" em vez de "ser abatido". No fim, eram as meninas que tinham todo o poder; os garotos só tinham sorte de elas compartilharem um pouco desse poder. Anita conseguia entender Eliza muito melhor agora.

— Vamos nos vestir — ela disse.

— Ok.

Andy saiu andando pelo camarim feito uma aranha branca desengonçada, juntando as roupas dela. Ela o ajudou a vestir o moletom, como se o estivesse vestindo para o primeiro dia de aula. A ideia a fez rir.

— Que foi? — ele perguntou.

— Nada. Você é incrível.

Ele sorriu de um jeito que dizia: "Não sei onde enfiar a cara".

— Você quer mesmo aquecer?

Anita negou com um aceno de cabeça.

— Já estou bem aquecida.

De mãos dadas, eles deixaram o camarim e seguiram pela trilha iluminada por tochas. A aparelhagem do palco era simples: um piano de cauda, um violão, uma guitarra e dois microfones. Andy ligou os amplificadores e aumentou o volume. Ainda tinha uma porção de gente chegando do estacionamento, e algumas pararam para ver o que estava acontecendo.

Será que ela estava nervosa? Claro. E claro que não. Ela tinha nascido para isso.

O volume da música eletrônica começou a diminuir. De onde estava, Anita conseguia enxergar até o outro extremo do hangar. Dois telões de quinze metros de altura deixaram de exibir imagens de efeitos luminosos para mostrar imagens ao vivo. O DJ abandonou seu posto, Eliza apareceu em seu lugar e ajustou o microfone para sua altura.

— Hum, oi. Eu tô viva. — Uma salva de palmas subiu e estourou igual a uma onda. Eliza falou por cima, claramente desconfortável por estar no centro das atenções. — Eu não quero tomar muito tempo de vocês. Mas achei que devia dizer algumas coisas. Em primeiro lugar, eu gostaria de agradecer aos meus amigos, Andy e Anita, que tiveram a ideia de promover esta festa. Eles vão tocar algumas músicas dentro de alguns minutos. Acho que vocês deviam ouvir. Quero agradecer também ao Chad, que tornou tudo isso possível. E, finalmente, eu gostaria de agradecer àqueles que acessaram o meu blog. Eu só queria mostrar para as pessoas um pouco do que estava acontecendo ao meu redor. Nunca esperei que aquilo pudesse dar em alguma coisa. Mas acho que os últimos meses têm sido um grande aprendizado de como lidar com o inesperado. Eu... — Eliza enroscou na última palavra e parecia prestes a chorar, mas em vez disso sorriu. — Eu me apaixonei — confessou. — Vocês acreditam nessa merda?

A plateia riu em cumplicidade, como se Eliza não tivesse sido a única.

— Mas tudo tem um fim — ela disse de repente. — Tudo. E eu não quero deixar vocês tristes nem nada, pois sei que essa é a última coisa que nós precisamos neste momento. Mesmo assim, é verdade. Eu não acredito em muitas coisas. Não acredito em céu ou inferno, ou que alguma parte de nós vai sobreviver... se isso acontecer. Mas, da minha parte, posso dizer que mesmo assim valeu a pena. Valeu a pena viver. Eu realmente acredito nisso. Obrigada.

Mesmo da distância do palquinho, os aplausos soaram estrondosos.

— Nada mal — disse Andy.

Anita enxugou os olhos.

— É. Nada mal.

O DJ retomou seu posto, mas o volume da música estava mais baixo agora. Tinha chegado a hora.

— Pronta? — Andy perguntou. Anita assentiu. Fazia um tempão desde o último ensaio, mas tudo bem. O mais importante era que eles estavam ali, naquele momento, e juntos.

Quando Andy tocou os primeiros acordes de "Save It", Anita segurou o microfone com as duas mãos e fechou os olhos. A plateia ainda era pequena, por isso foi fácil se imaginar dentro do closet, cantando pela satisfação de cantar. Quando abriu os olhos novamente, um minuto depois, a multidão já tinha aumentado. Vários rostos desconhecidos voltados para ela. Não demorou muito, eram centenas deles. Mas será que eram todos estranhos mesmo? Não dava para dizer quem estava ali na escuridão. Talvez aquela garçonete do Jamba Juice que dizia ser a melhor coisa que surgiu desde a invenção do pão de fôrma, ou os outros membros do conselho estudantil, ou Luisa e sua família. Anita tentou imaginar que se tratava de uma plateia de conhecidos apenas. E então surgiram alguns rostos que ela *reconheceu* de fato, se aproximando da beirada do palco — a encantadora Eliza, com Chad e seu beagle. Perto deles havia outro homem, muito magro e totalmente careca, abraçado a Eliza. O pai dela. Anita sorriu para ele, que sorriu de volta.

A voz de Andy atingiu os falsetes mais altos de um modo tão afinado que às vezes Anita tinha a sensação de que estava cantando as duas partes.

Ela não falou nada entre as músicas, enquanto Andy se revezava entre o piano e a guitarra. Eliza já tinha dito tudo que precisava ser dito. Além disso, Anita buscava uma comunhão além das palavras.

Quando a apresentação terminou, a sensação era a de que mal tinha acabado de começar. Ela e Andy tocaram todas as músicas que tinham feito juntos — em torno de meia hora no total. Dias antes, Anita teria visto aquilo como a soma de sua curta existência na Terra e teria se sentido orgulhosa disso. Mas agora tinha algo mais para se orgulhar. Ela e Andy avançaram para a frente do palco, olharam por cima da multidão, se curvaram e se endireitaram novamente. Ele a puxou contra seu corpo suado e a beijou na frente de todo mundo. Que maravilha era aquilo — o corpo e sua voracidade adolescente. Ela olhou para o céu, na direção do brilho implacável do bom e velho Ardor, e percebeu que os dois — ela e o asteroide — estavam presos em uma batalha de vontades. Naquele momento ela deixou de sentir medo dele, até o desafiou a vir, pois sabia que não era possível ele ansiar mais pela morte do que ela ansiava pela vida.

ELIZA

Se Eliza tivesse parado para escrever um discurso — se tivesse planejado —, provavelmente teria saído totalmente oposto. Enquanto deixava o palco sob aplausos ensurdecedores, ela se perguntou quem era aquela garota que falara tão poeticamente sobre o amor. Definitivamente, não era a Eliza Olivi que ela conhecia.

Depois que Andy e Anita saíram da sala — com um clima estranho rolando entre eles —, ela se viu sozinha com Chad e seu inescrutável beagle. Apesar de Eliza ter passado apenas algumas horas com o velho hippie esquisitão, e de isso ter acontecido semanas antes, ela se sentiu à vontade.

— O que aconteceu? — ele questionou.

— Como assim?

— Você sabe o que eu quero dizer.

Eliza pensou em se esquivar da pergunta ou mentir, mas estava muito cansada para qualquer uma das opções.

— Alguém morreu. Alguém que eu gostava muito.

— Sinto muito.

— Obrigada.

— Mas você já deve saber que aqueles que amamos nunca morrem.

Internamente, ela revirou os olhos.

— Acho que sim.

Chad observou por alguns segundos, esperando. Quando falou novamente, foi igual a um professor desapontado.

— Sério? Você vai deixar barato?

— O quê?

— Esse clichê nojento. — Ele arregalou os olhos e falou num tom de voz agudo e enjoativo. — Aqueles que amamos nunca morrem.

— O que eu devia dizer?

— A verdade. Que você não acredita nisso.

— Certo. Eu não acredito nisso.

— Repita.

— Eu não acredito nisso.

— Outra vez.

— Eu não acredito nisso.

— Mais alto!

Eliza finalmente ergueu a voz, mais porque Chad a provocara do que por qualquer outra coisa.

— Eu não acredito nisso!

— Diga que isso é bobagem! — ele gritou de volta.

— Isso é bobagem!

— Diga que não passa de um monte de merda!

— É isso mesmo! — Eliza gritou. — As pessoas morrem! Elas morrem e vão embora pra sempre!

De algum modo, pareceu totalmente natural que a mórbida constatação fizesse Chad rir.

— Assim está bem melhor — ele disse. — Eliza, por que você mentiria para mim? Eu não sou ninguém. Eu sou só um personagem secundário no grande livro da sua vida. E você está certa. As pessoas morrem. Todas elas. Sem exceção. O que isso quer dizer? Eu chamo alguém de louco porque nem todo mundo é louco. Eu digo que alguém é brilhante porque nem todos são brilhantes. Mas todo mundo morre. Os esquilos morrem. As árvores morrem. As células cutâneas morrem, os seus órgãos internos morrem, e a pessoa que você era ontem também morreu. O que significa morrer, então? Nada de mais.

— Que argumento idiota — Eliza retrucou.

Chad deu um soquinho no ombro dela.

— Esse é o espírito da coisa!

Eliza não conseguiu segurar um sorriso, mas, assim que o deixou escapar, assim que permitiu que uma pontinha de alegria penetrasse seu coração, ela se lembrou de Peter.

— O garoto que morreu — ela disse. — Eu fingi que acreditava no que ele acreditava, no final.

— No que ele acreditava?

Eliza piscou duro, lutando para controlar a voz.

— Sei lá. Umas loucuras. Jesus. Perdão. Sacrifício, misericórdia e coisas assim. Amor.

— Você não acredita em nada disso?

— Não.

— Você não acredita em sacrifício nem no amor?

Eliza não sabia mais em que acreditava. Lágrimas escorriam pelo seu rosto. Tudo ficou embaçado, como se o mundo tivesse se liquefeito, e então ela sentiu algo quente se acomodando em seu colo.

Era o beagle de Chad.

— Abrace o Ardor — ele disse.

— Achei que o nome dele fosse Sid.

— Eu troquei o nome dele. Eu queria associar o asteroide a alguma coisa que eu amo.

Eliza fez carinho em Ardor, que abanou o rabinho uma ou duas vezes, agradecendo seu esforço, então reassumiu a calma de sempre. Ela se lembrou do que Peter tinha dito no parque, sobre querer ser igual a um cão. Uma lembrança feliz — só sua.

— Está se sentindo melhor? — Chad perguntou.

E o mais estranho era que ela estava.

Anita e Andy tinham cantado uma ou duas músicas do repertório quando aconteceu. Gabriel, o cara que os tinha levado até Chad, abriu caminho em meio à multidão.

— Eliza? — ele sussurrou em seu ouvido.

— Oi?

— Tem uma pessoa aqui querendo te ver. — Por um segundo, seu coração veio parar na garganta, pois ela teve esperança de que pudesse ser Peter. Mas isso era impossível.

— Quem é?

— Ele está logo ali.

Ela olhou na direção em que Gabriel apontava. Um ponto branco fantasmagórico, parecendo uma auréola — a cabeça branca e careca do seu pai. Ele estava na ponta dos pés, adoravelmente velho e deslocado. Ela correu para os braços dele.

— Oi, Lady Gaga.

— Você me achou!

— Não foi tão difícil assim. Você está famosa.

— O apartamento — ela disse. — Pegou fogo.

— Eu não estava lá quando aconteceu.

— Bom, estou vendo! — ela respondeu, rindo e enxugando as lágrimas.

Depois de todas as coisas terríveis que tinham acontecido nos últimos dias, uma notícia boa parecia um milagre. Eles assistiram juntos ao restante do show, um ao lado do outro. Quando acabou, Andy e Anita se beijaram (graças a Deus — eles estavam um a fim do outro desde o começo).

— Adorei o show — o pai dela disse para Anita. — Foi da hora.

Eliza balançou a cabeça.

— Por favor, não use essa expressão.

— Nunca?

— Nunca.

Em algum momento durante a apresentação, tinha começado a chover. A garoa típica de Seattle, gotas que pareciam baforadas de ar frio. Eliza percebeu que estava de mãos dadas com seu pai e Andy, que por sua vez estava de mãos dadas com ela e Anita, que segurava as mãos de Andy e Chad. Eles pareciam Dorothy e seus amigos em *O mágico de Oz*, seguindo pela estrada de tijolos amarelos rumo à Cidade das Esmeraldas, com Totó (conhecido como Sid, e agora conhecido como Ardor) logo atrás. Só que, nesse caso, a Cidade das Esmeraldas era uma chance de 66,6% de deixar de existir.

Chad os levou para a parte de trás do hangar, onde havia uma multidão olhando para o céu, sentada em cobertores ou almofadas, um tabuleiro de xadrez esparramado, mas ao mesmo tempo unido. Eles encontraram um lugar na beirada da pista, de onde era possível ouvir ao longe apenas as batidas graves da música. Pairava no ar um burburinho de milhares de pessoas falando baixinho, parecido com o vento soprando em uma praia deserta. Chad tinha trazido duas colchas brancas grossas e ajeitou uma por baixo e a outra sobre as pernas, até que ficou aconchegante. Eliza recostou a cabeça no ombro de seu pai. O Ardor parecia um pouco diferente agora — mais brilhante do que antes. O tempo tinha passado.

— Eu queria que a mamãe estivesse aqui — ela disse.

— Eu também. Mas pelo menos nós temos um ao outro.

— Sim, temos.

Ela pensou em contar a ele sobre Peter, mas achou melhor não. Haveria tempo para tristeza depois. Se houvesse tempo para qualquer coisa, certamente haveria para isso.

— Eliza — Andy chamou. — Posso falar com você um segundo?

— Claro.

Ele se afastou do grupo. Ela se levantou e foi atrás.

— Que foi?

— Hum, desculpa se parece estranho, mas eu só queria... bom... pedir desculpa.

— Por quê?

— Eu sei que era eu quem gostava de você e não o contrário, mas parece estranho de repente eu estar com a Anita, depois de ter sido todo apaixonadinho por você.

Eliza riu.

— Essa é a maior idiotice que eu já ouvi.

Ela ficou com receio de ter incorporado bem até demais a lição que tinha aprendido com Chad, mas Andy riu junto.

— É, acho que sim.

— O que eu estou perdendo? — Anita perguntou, juntando-se a eles no ponto em que o asfalto se rendia à terra, às ervas daninhas e às sombras.

— O Andy está agindo feito um tonto — Eliza respondeu.

— Faz sentido. — Anita olhou para o alto, na direção do Ardor. — Ele é tão pequeno daqui de baixo.

— Aposto que ele pensa o mesmo da gente — disse Andy.

— Se você olhar de um certo ponto de vista, quase tudo parece pequeno — Eliza comentou.

Eles ficaram em silêncio por um momento, então Andy cantou o trecho de uma música pouco conhecida:

— *Can't believe how strange it is to be anything at all.**

Eliza pensou em todas as coisas que queria ter feito na vida, em todas as vidas que queria ter vivido. Imaginou tudo, os caminhos entrecortados em um futuro indistinto, iluminados por pequenos flashes: seu primeiro dia na faculdade, a reconciliação com a maluca da sua mãe, seu primeiro namorado de verdade (talvez uma mistura de Andy e Peter, ou talvez algo totalmente novo), a primeira exposição de fotos em uma galeria de Nova York (*Apocalipse Já: a retrospectiva*), seu casamento (isso se ela sentisse vontade de se casar), o primeiro filho (isso se ela sentisse vontade de ter um), o divórcio (por que ela, de todas as pessoas, iria acertar na primeira?). Entrevistas para a imprensa. Uma carreira como professora universitária. Amores. Morar na Europa. Uma mesa de jantar cheia de amigos elegantes. Um romance. O Mediterrâneo. Netos. Um retiro espiritual na Índia. Seu próprio jardim, em algum lugar na Europa, com uma luz da cor do trigo. Doença. Morte.

Será que Andy e Anita estavam tendo os mesmos pensamentos? Será que todo mundo estava? Se todos conseguissem sair vivos dessa, o mundo seria diferente quando eles acordassem no dia seguinte? Seria um lugar melhor?

Andy abaixou para dar um beijo no rosto de Anita. Talvez eles ficassem juntos pelo resto da vida. Talvez terminassem uma semana depois.

---

* "Não posso acreditar como é estranho ser alguma coisa."

Talvez os dois se tornassem músicos de sucesso. Talvez acabassem virando produtores musicais, ou escultores, ou encanadores. Quem sabe? Mesmo que Peter tivesse sobrevivido, isso não seria garantia de nada; ele e Eliza poderiam acabar descobrindo que eram totalmente incompatíveis. Ou talvez ela acabasse morrendo de leucemia um ano depois. Independentemente de o Ardor cair ou não, ela não tinha como saber o que seria deles. Eliza sentiu toda a sua culpa e arrependimento se desfazendo diante dessa grande verdade. E com isso veio a revelação de que o tempo todo eles estiveram na escuridão, implorando que as estrelas enviassem algum sinal do que iria acontecer, e nunca tiveram nenhum retorno além das mudanças das constelações de um planeta inclinado precariamente, girando em alta velocidade. Ela se encostou ao corpo de Andy e sentiu o braço de Anita passando por trás e pousando sobre o seu quadril. Eles estavam interligados, como os elos de uma corrente.

— Vamos passear na floresta enquanto o seu Ardor não vem. Tá pronto, seu Ardor? — Eliza cantarolou.

Eles riram. O asteroide estava um pouco maior agora, mais brilhante, e mesmo assim eles continuaram rindo. Rindo diante do que não podiam prever, mudar ou controlar. Será que ia ter fogo e enxofre? Será que era o Armagedom? Ou seria uma segunda chance? Eliza se agarrou a seus amigos, rindo, e sentiu um par de mãos pousando leves como penas sobre seus ombros, como as mãos de um fantasma, e continuou rindo à medida que o Ardor percorria seu curso predestinado, e em meio ao riso ela rezou. Rezou pelo perdão. Rezou pela graça divina. Rezou pela misericórdia.

UMA NOTA SOBRE AS MÚSICAS

Por um tempo, Eliza se deixou levar pela melodia apenas, até que algumas palavras da letra chamaram sua atenção — algo sobre o número de amores que alguém pode ter ao longo da vida. Eliza percebeu que Andy tinha escrito aquela música para ela...

Como cantor, compositor e escritor, sempre sonhei juntar minhas duas paixões em um único projeto. Assim que percebi que alguns personagens deste livro se tornariam músicos, eu soube que essa era a minha chance. *We All Looked Up: The Album* é a minha tentativa de dar vida às músicas do livro — e a mais algumas que compus sobre temas relacionados à história. Visite o meu site e faça download gratuito de uma música ou compre o CD inteiro em formato digital ou físico. O CD também se encontra à venda nas maiores lojas virtuais, e provavelmente nas pequenas.

Obrigado por ter lido o meu livro, e espero que goste do disco!

— Tommy

tommywallach.com

AGRADECIMENTOS

Em primeiro lugar, agradeço a John Cusick, agente literário e fashionista. Você me fez mudar aquela segunda parte, que estava horrível. Em segundo, a Christian Trimmer, editor e humanitário. Você me fez mudar outra vez aquela segunda parte, que estava *só um pouquinho* menos horrível. Agradeço também a Lucy Cummins, que criou a capa, pela qual ela merece uma medalha de chocolate. Obrigado a todo o pessoal da Simon & Schuster, por ser tão caloroso e receptivo.

Um obrigado a todos os cafés que me deixaram ficar sentado escrevendo ao longo dos últimos doze anos e sete romances ("Tomei um chá outro dia!" "Você não pagou." "É mesmo..."), incluindo o Kávé, onde escrevi a maior parte de *Até o fim do mundo*.

Obrigado aos meus generosos mentores, especialmente Seth Kurland, que me deu conselhos sábios sobre a trama, os quais eu deveria ter ouvido antes. Agradeço também a Thomas Ertman, por todos os toques, e a Jeanine Rogel, pela força.

Meu amor a minha família: Stephanie Wallach (mãe), Bob Dedea (que alterna entre o papel de pai/irmão e companheiro no mundo artístico), Stephen Terrell (que faz o tipo paternal distante), Doug Myers (pai e especialista em TI) e Ryan Davis (irmão).

Acima de tudo, a Tallie Maughan. Primeiro você me ensinou a ser um artista, depois me ensinou a ser um homem. Obrigado, obrigado, obrigado.

Impresso no Brasil pelo Sistema Cameron da Divisão Gráfica da
DISTRIBUIDORA RECORD DE SERVIÇOS DE IMPRENSA S.A.